ARIÈLE BUTAUX

LA VESTALE

roman

ARCHIPOCHE

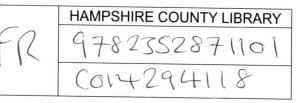
Ce livre constitue une édition revue et corrigée de *La Vestale*, paru aux éditions Michel de Maule en 2001.

www.archipoche.com

Si vous souhaitez recevoir notre catalogue et être tenu au courant de nos publications, envoyez vos nom et adresse, en citant ce livre, aux éditions Archipoche,
34, rue des Bourdonnais 75001 Paris.
Et, pour le Canada, à
Édipresse Inc., 945, avenue Beaumont,
Montréal, Québec, H3N 1W3.

ISBN 978-2-35287-110-1

LA VESTALE

DU MÊME AUTEUR

Violon amer, L'Archipel, 2009.
Morue !, L'Archipel, 2006 ; Archipoche, 2007.
Connard !, L'Archipel, 2005 ; Archipoche, 2006.
La Samouraï, L'Archipel, 2004.
Les Fleurs de l'âge, L'Archipel, 2003.

Aux hommes de ma vie.

À Oriane, ma fille à la voix d'ange.

Prologue

Paris, décembre 1856.

Elle a vingt-deux ans et elle va mourir. Entre des draps sales. Dans la solitude glacée de cet appartement qui fut jadis l'écrin de ses ivresses amoureuses. Mais qui a vraiment aimé cette enfant pour autre chose que pour sa beauté?

Une vie perdue au fond du miroir. Une vie pour rien, partie en fêtes galantes et en frivolités.

Elle m'a suppliée de toujours placer mon art au-dessus de tout. De ne jamais m'en laisser détourner. Par personne. Afin que sa vie perdue soit un peu rachetée par la mienne. Pour que la mort l'emporte moins inutile, moins désespérée.

Ai-je vraiment entendu ses derniers mots?

J'ai déposé pour la dernière fois un camélia à son chevet et j'ai promis, submergée de chagrin au souvenir de notre première rencontre.

Trois ans déjà. Été 1853. Rossini était revenu passer trois mois à Paris et donnait de nombreux dîners pour ses amis et connaissances. J'arrivais tout juste de Vienne avec Louis lorsqu'un billet nous parvint. Le maître nous invitait à déguster ses dernières trouvailles culinaires. Cette invitation nous causa un vif plaisir et nous décidâmes de retarder notre départ pour Nohant afin de l'honorer.

Rossini avait rassemblé ce soir-là deux musiciens, une cantatrice mariée et son époux républicain, deux demi-mondaines, un riche aristocrate et le fils naturel d'un écrivain de renom. Rossini aime trop la vie pour se la compliquer avec le protocole !

Marie était venue accompagnée du fringant Lord Seymour, membre du Jockey Club et protecteur généreux de cette toute jeune beauté. Louis semblait offusqué de dîner à la table d'une courtisane déjà célèbre mais Berlioz, Meyerbeer et Rossini étaient ravis. Lord Seymour avait fait livrer plusieurs bouteilles de champagne et tous ces messieurs se disputaient l'honneur de remplir la coupe de la belle Marie. Seule Olympe Pélissier – à qui sa longue liaison avec Rossini conférait, malgré un glorieux passé de cocotte, un air de respectabilité – restait d'une politesse glaciale tandis que le jeune Alexandre Dumas ne cessait de rougir bêtement.

On dîna entre six heures et sept heures puis on discuta et chanta jusqu'à minuit. Le repas fut excellent. On nous servit de la mortadelle de Bologne, des raviolis au parmesan, de la dinde aux truffes et des pâtisseries. Curieux comme je me souviens de tout cela…

Les meilleurs vins de Bordeaux coulaient à flots et nous y fîmes tous honneur, à l'exception de Marie qui préférait siroter son champagne en picorant dans l'assiette de Berlioz. Elle était gaie mais parlait peu, préférant écouter avec attention. J'étais fascinée par la fraîcheur de cette femme que l'on disait si dépravée.

Lors du dîner, la conversation ne valut point qu'une honnête femme s'y mêlât et Marie se contenta d'y apporter son joli rire en contrepoint. Soudain, ses yeux s'agrandirent de stupeur en voyant Rossini engloutir à lui seul la moitié du plateau de pâtisseries. C'était, j'en conviens, un spectacle stupéfiant que ce défilé de choux crémeux, de feuilletés, de fruits déguisés, happés par une main ronde mais élégante laquelle, échappée d'une manchette impeccablement blanche, semblait vivre sa vie propre dans le seul but de combler l'impérieux orifice du maestro. N'y tenant plus, Marie sortit de sa réserve.

« Mais comment faites-vous ? demanda-t-elle en riant. Comment pouvez-vous manger autant sans vous rendre malade ?

— Mais je suis malade ! », répondit Rossini la bouche pleine, projetant vers Marie des débris de gâteau. L'un d'eux, plus gros que les autres, alla se nicher entre ses seins. Mutine, celle-ci proposa :

« Voulez-vous récupérer vous-même votre bien ? Lord Seymour n'y verra pas à mal, n'est-ce pas, trésor ? »

Le « trésor » qui me faisait face me regarda d'un air navré.

« J'accepte, souffla-t-il, que mes largesses profitent à mes amis. »

Rossini se leva, contourna la table et, avec la même gourmandise qu'il mettait à cueillir sur le plateau une grasse sucrerie, palpa les seins de Marie et attrapa du bout de la langue la miette clandestine. Berlioz et Meyerbeer applaudirent. Les autres préférèrent porter ailleurs leurs regards. J'avais pour ma part bien envie de succomber à cette gaieté sensuelle que toute mon éducation rejetait.

Après le dîner, nous passâmes au salon et la conversation reprit un tour plus normal. On causa musique et politique, on demanda à Rossini de raconter sa vie à Bologne et l'on se tint presque bien. Vers dix heures, Rossini vint me prier de chanter. J'hésitais à accepter lorsque je lus dans les yeux de Marie une prière si ardente que je déclarai sans réfléchir :

« Je vais chanter tout spécialement pour Mlle Duplessis qui, seule parmi vous, ne m'a jamais entendue. Maestro, voulez-vous m'accompagner ? »

Rossini était un excellent pianiste et le Pleyel sonnait bien. Nous régalâmes notre auditoire d'airs de Rossini, mais aussi de Meyerbeer et de Mozart. Parfois, Rossini joignait sa belle voix de baryton à la mienne. Je chantai fort bien ce soir-là, pour plaire à Marie qui battait des mains entre chaque morceau et m'envoyait des baisers, mais aussi pour tester mon propre pouvoir de séduction. Je n'avais ni la peau laiteuse de Marie ni sa gorge épanouie, mais je frissonnais à chaque fois qu'un homme effleurait cette jolie fleur, comme si chacune de ces caresses m'était aussi destinée. J'avais faim de ces hommages, mais la nature ne m'avait pas suffisamment dotée pour me les attirer. Le chant, je le savais, pouvait retourner la situation à mon avantage. Il dévoilait mon âme, ma beauté intérieure.

Après quelques airs, Marie cessa en effet d'exister. Seul le jeune Dumas continuait de la couver tristement alors qu'elle n'avait d'yeux que pour moi. Comme il persistait à vouloir attirer son attention, elle ôta distraitement le camélia rouge qu'elle portait à sa robe et lui en fit don sans même le regarder. Le pauvre garçon manqua défaillir et alla s'affaler dans une bergère, la fleur serrée contre son cœur. On ne le vit ni ne l'entendit plus de toute la soirée.

Lorsque je cessai de chanter, tous ces messieurs vinrent me fêter. Berlioz, surtout, me baisa les mains avec une chaleur qui me fit rougir. Étais-je subitement devenue désirable ? Marie s'empressa de me détromper.

« J'accepterais de bon cœur d'être aussi laide que vous s'il m'était donné d'avoir votre voix. Quel bonheur d'abriter en soi un tel joyau ! Partout où vous allez il vous suit et nul ne le soupçonne tant que vous n'ouvrez pas la bouche. Voilà qui affole plus sûrement un homme qu'une beauté comme la mienne ! »

Ce compliment ambigu m'alla droit au cœur, mais Marie n'en avait pas fini.

« J'espère que votre mari vous rend heureuse », me dit-elle gentiment.

Comme je ne répondais rien, elle ajouta :

« Je vois. C'est un mari. Sauf votre respect, madame Viardot, vous devriez vous laisser aimer par d'autres. Mais n'aimez point trop vous-même. Votre beau talent ne mérite pas que vous vous laissiez distraire ! »

Par ces propos, Marie m'avait parlé d'égale à égale mais je ne m'en formalisai pas. Je ressentis au contraire une vive affection pour cette femme si simple dans l'expression de ses émotions. Elle m'avait fait penser à Maria et, dans le secret de mon cœur, je l'aimai dès ce jour comme une sœur.

PREMIÈRE PARTIE

1

Saurai-je tenir ma promesse ? Jusqu'à présent, j'ai été irréprochable. À vingt-cinq ans, j'ai consacré chaque jour de mon existence à la musique au détriment de ma vie de jeune femme et de mère. Je n'en tire aucune gloire car je n'ai jamais fait qu'obéir à mon père, à ma mère, puis à George Sand qui m'a mariée à Louis pour la tranquillité de mon âme et pour le bien de ma carrière. Je n'ai jamais rechigné à suivre la voie que d'autres ont tracée pour moi. Ma liberté est ailleurs. Sur une scène d'opéra, c'est moi qui chante et personne d'autre. Je suis seul maître à bord, portée par une voix que je n'ai pas choisie mais que je maîtrise parfaitement à force de l'avoir travaillée. Grâce à cette voix, je chante toutes les passions que je n'ai pas encore vécues, je les fais miennes. Moi qui ne suis que travail et rigueur, je deviens par la magie du chant un être de chair et de sang qui aime, souffre, se déchire.

Je me souviens de notre départ de Liverpool en août 1825. La famille Garcia partait à la conquête du Nouveau Monde et Maria ne cessait de chanter *La*

17

Cenerentola de Rossini[1]. J'aimais par-dessus tout la chanson triste de Cendrillon :

> *Il était une fois un roi*
> *Qui s'ennuyait d'être seul*
> *Il chercha, chercha et finit par trouver !*
> *Mais toutes trois voulaient l'épouser.*
> *Que faire ?*
> *Dédaignant le faste et la beauté,*
> *Il finit par choisir pour lui*
> *L'innocence et la bonté.*

Elle était vraiment mélancolique, ma belle Maria, lorsqu'elle confiait à la mer cette romance. Fragile figure de proue de l'inconfortable voilier qui nous servait de foyer depuis bientôt cinq semaines. Cendrillon au pied marin.

« S'il te plaît, Maria, chante encore ! »

J'avais quatre ans et Maria qui ne savait rien me refuser s'esquivait pourtant dès que la voix paternelle lui intimait l'ordre de venir répéter.

Mon père, Manuel Garcia, était un ténor adulé en Europe. Je le savais mieux que personne car il m'emmenait partout avec lui depuis que j'avais fêté mes trois ans. Il était aussi un professeur réputé mais sa pédagogie virait en famille au dressage le plus brutal. Manuel et Maria, de quinze et treize ans mes aînés, faisaient quotidiennement les frais de ses colères. Mon père m'apprenait ainsi à son insu que l'opéra est un monde d'illusions où les voix inhumaines de l'art mènent au sourire de Rosine[2].

---

1. Opéra créé en 1817.
2. Personnage du *Barbier de Séville*, opéra de Rossini, créé en 1816.

Plus nous approchions de New York, plus mon père devenait nerveux. Lorenzo da Ponte comptait en effet sur la troupe Garcia pour faire découvrir aux Américains les opéras de Mozart et de Rossini. Pour remplir cette mission, aucune gifle n'était assez violente, aucun reproche assez humiliant. Maria se préparait dans la douleur à tenir son plus beau rôle, celui qui ferait d'elle une femme moins réelle encore que la princesse au pied nu, éclipsant à jamais Rosine et Cendrillon au profit de la Malibran.

Ce voyage en mer aurait dû me dégoûter à jamais du chant mais, lorsque je découvris toute ma famille sur la scène du Park Theatre, je n'eus de cesse que l'on me confiât aussi un air !

Dans *Le Barbier de Séville*, Rossini avait écrit le rôle du comte Almaviva pour mon père. Le public new-yorkais entendait cette œuvre pour la première fois et mon père comptait bien s'imposer par la même occasion comme le plus grand ténor du Nouveau Monde. Assise seule et non sans fierté dans une loge privée, j'attendais donc avec ferveur le triomphe d'Almaviva. Ma mère jouait Berta, mon frère Manuel était Figaro et, pour la première fois, Maria-Rosine se moquait sans crainte de mon père et se vengeait de toutes les humiliations subies sur le bateau. Elle était gaie, pétillante, insolente et Almaviva supportait tout. Je recommençai à confondre le théâtre et la réalité, priant pour que les cartes ainsi redistribuées ne soient plus jamais reprises.

Soudain, ma prière fut exaucée : après le dernier accord de l'œuvre, mon père vint saluer le premier, ostensiblement seul, attendant son dû. Mais tous les yeux restaient braqués vers la coulisse. Lorsque Maria arriva sans attendre le signe de mon père, la salle entière se leva et l'ovationna. Elle rougit de confusion puis se ressaisit et salua avec grâce. Les applaudissements n'en finissaient pas, on criait son nom, des mains se tendaient vers elle. Mon père avait reculé, les bras ballants, le regard vide. Étranger au triomphe de sa fille. Alors Maria voulut signer la paix : désignant mon père, elle le poussa sur le devant de la scène ainsi qu'elle l'aurait fait d'un enfant timide. Le public redoubla d'enthousiasme, sans qu'il fût possible de savoir s'il applaudissait le géniteur, le pédagogue… ou le ténor. Mon père hésita un instant à saluer et je crus voir briller des larmes dans ses yeux.

Après cette soirée, les relations entre Maria et mon père changèrent du tout au tout. Chaque nouvelle représentation confirmait la préférence du public au détriment du plus grand ténor d'Europe. J'étais malheureuse pour mon père mais soulagée pour Maria qui n'avait plus à subir le supplice des leçons paternelles.

Mon père était suffisamment intelligent et musicien pour s'incliner devant la gloire de sa fille mais bien trop orgueilleux pour ne pas en souffrir. Peut-être aussi était-il fier de Maria mais il ne l'a jamais montré. Une fois seulement il laissa libre cours à sa jalousie : dans *Otello* de Rossini, il remplaça subrepticement son couteau de carton par un authentique poignard andalou et en menaça Maria-Desdémone. Terrifiée, ma sœur hurlait en français : « Au secours ! Il va m'égorger ! Pitié, ne me tuez pas ! » Croyant à un jeu de scène particulièrement réussi, le public se leva comme un seul homme pour acclamer sa *prima donna* et mon père, à regret, rengaina son arme. À compter de ce jour, il devint extrêmement distant avec ma sœur et tous deux en souffrirent car, au fond d'eux-mêmes, ils ne pouvaient s'empêcher de s'aimer.

J'étais étonnée de voir combien le succès et le regard d'autrui pouvaient modifier les relations entre les êtres. Bientôt, je ne rêvai plus d'être Rosine ou Cendrillon. J'aspirais à devenir Maria, seule véritable héroïne de l'opéra new-yorkais en cette année 1825.

Je suppliai mon père de me donner un rôle. Il se mit à rire puis, me serrant contre lui, m'assura que j'étais sa petite *prima donna*. Mais j'insistai tant et tant qu'il consentit à me laisser chanter une chansonnette de sa composition lors d'une représentation de *Don Giovanni*. À l'époque, et encore souvent aujourd'hui, on ne se gênait pas pour agrémenter les partitions de quelques airs ou improvisations. Mon père me fit donc répéter et ma mère, hostile au projet, me confectionna à contrecœur une ravissante robe de taffetas cerise ornée d'un gros nœud dans le dos. Lorsque le grand jour arriva, Maria glissa dans ma coiffure une épingle surmontée d'une pierre verte.

« C'est une émeraude, me dit-elle. Cadeau d'admirateur ! Je te la prête, mais elle sera à toi si ton chant la mérite. »

J'avais quatre ans et je me sentais grande. Je me croyais belle et j'attendis, rayonnante, le moment d'entrer sur scène. Je respirais à pleins poumons la poussière du théâtre, les toiles peintes du décor. J'observais le ballet des machinistes tandis que le drame se jouait et se chantait à quelques mètres de moi. J'étais au cœur d'un monde nouveau, insoupçonnable depuis la loge où j'avais assisté aux triomphes de Maria. Subjuguée, je ne songeais plus à faire mon entrée lorsque, veillant au grain, Mamita me poussa doucement sur les planches.

J'affrontais le public pour la première fois de ma vie ! Je ne vis ni mon père-Don Ottavio, ni Maria-Zerline, ni Manuel-Leporello. Je ne vis même pas le décor ni les musiciens. Je ne vis que mes pieds chaussés de satin perle et je chantai pour eux avec toute la conviction de mon petit cœur. On m'applaudit, des gens crièrent et je m'enfuis en coulisses, non sans avoir tenté une révérence imitée des gestes gracieux de Maria. Je ne sais si je chantai bien mais je possède toujours l'épingle à tête d'émeraude.

Derrière le décor, je butai dans les jambes d'un vieillard vêtu de noir. Je poussai un cri d'effroi, persuadée que la statue du Commandeur venait me demander des comptes pour ma prestation !

« Bravo, *signorina* Pauline ! Vous ne reconnaissez plus le vieux Da Ponte ? »

Non, je ne l'avais pas reconnu et, d'ailleurs, je le connaissais à peine.

« Tu chantes très bien, poursuivit-il, mais tu ne chantes pas du Mozart.

— Non. Je chante du Papa, avouai-je fièrement. Comment le savez-vous ?

— C'est moi qui ai écrit le livret de cet opéra et Mozart l'a suivi à la lettre.

— Comment le savez-vous ? »

Da Ponte éclata de rire face à tant d'innocente insolence.

« Figurez-vous, signorina Pauline, que j'ai eu l'insigne honneur de tenir entre mes mains le manuscrit du *Don Giovanni* de Mozart.

— Qu'est-ce que c'est, un manuscrit ?

— La partition écrite de la propre main de Mozart ! Le plus fabuleux des trésors, *signorina* Pauline. Vous vous rendez compte ? »

Pour la première fois de ma vie, je restai absolument sans voix.

Après *Don Giovanni*, la troupe Garcia se passa de mes talents pour interpréter divers opéras de Rossini et quelques compositions de mon père qui mettaient particulièrement en valeur la voix de Maria, à moins que ce ne fût l'inverse. À l'hôtel, nous étions sans cesse dérangés par l'arrivée de fleurs, de messages, de présents destinés à ma sœur. Maria était reçue partout, les journaux faisaient l'éloge de sa voix et de sa beauté, mais, pour moi, elle restait ma Maria adorée, toujours prête à jouer ou à me câliner. Lorsque ses admirateurs la décrivaient, j'avais l'impression qu'ils parlaient d'une autre et cela me mettait mal à l'aise. Vue par eux, Maria me paraissait aussi étrange que la Cendrillon qu'elle n'était finalement pas. J'espérais bien que toute cette folie cesserait lorsque nous partirions pour le Mexique, mais, contrairement à la chanteuse que je suis devenue, Maria n'ignorait rien des sentiments qu'elle jouait. Elle ne sacrifiait rien à son art et profitait pleinement de sa situation de *prima donna* pour s'enivrer de conquêtes et de serments d'amour. Mamita était scandalisée et la surveillait sans trop de succès tandis que mon père lui reprochait de délaisser le théâtre au profit de vaines distractions. Pour ma part, je redoublais d'assiduité dans l'étude du solfège et du piano, espérant ainsi apaiser le courroux de mes parents et protéger Maria.

Mes efforts furent inutiles : en mars 1827, lasse des incessantes querelles familiales, Maria épousa contre l'avis de mes parents François-Eugène Malibran, un soi-disant banquier. Le jeune marié portait monocle et quarante-cinq printemps, je le détestai d'emblée et Maria ne tarda pas à en faire autant.

Je me souviens à peine du mariage qui eut lieu au consulat de France à New York puis à l'église. J'y étais, pourtant, puisque mon père me félicita pour avoir versé du sel dans le verre du marié !

Je ressentis cruellement le départ de Maria. Je me sentais trahie et un peu orpheline. Je cherchai quelque réconfort auprès de mon père qui ne décolérait pas : en perdant sa fille, il voyait surtout disparaître le plus beau joyau de la troupe Garcia. Il aurait pu reporter ses espoirs sur Manuel mais la voix de mon frère était décevante. Je devins son enfant préféré, celle à qui incombait la bien lourde charge de consoler et de ne pas décevoir. Je m'appliquai tant à l'étude que jamais il ne me gronda. Il ne me destinait pas au chant mais au piano et à la composition. Il voulait que je devienne un « grand homme » et, de fait, il m'éleva plutôt comme un fils.

Notre tournée nous mena bientôt à Mexico où nous restâmes plus d'un an. Nous habitions une vaste demeure que mon père avait louée au cœur de la ville. Mamita s'était empressée d'y organiser notre vie quotidienne : une cuisinière fut installée au rez-de-chaussée avec l'interdiction absolue d'abuser des épices qui nous rendaient tous malades. La grande pièce attenante servait de salle de réception et je m'y dissimulais souvent en attendant le retour de la famille lorsqu'il ne m'avait pas été permis de me rendre à l'Opéra. J'assistais en cachette à de joyeuses réunions au cours desquelles chanteurs et musiciens buvaient et riaient à des histoires que je ne comprenais pas toujours. Des lanternes de couleurs projetaient des ombres immenses sur les murs et je m'amusais à deviner à qui appartenaient ces bras démesurés, ces têtes étirées. Pour moi, les spectacles qui se jouaient étaient presque aussi passionnants que les représentations d'opéra. Il ne leur manquait que la musique. Aussi, lorsqu'un soir où Mamita, fatiguée, était montée se coucher, je vis mon père vêtu du costume d'Almaviva enlacer puis embrasser la jolie Rosine qui avait remplacé Maria, je ne fus aucunement surprise. Néanmoins, par une prudence que je ne m'explique pas aujourd'hui, je m'abstins d'en parler à Mamita…

Au deuxième étage de la maison, mes parents avaient installé une salle de répétition. On y trouvait pêle-mêle des instruments qui avaient souffert du voyage et que mon père rafistolait lui-même, des compositions en cours, un harmonium, des costumes de scène que Mamita rafraîchissait et reprisait, des monceaux d'articles de journaux et même du matériel d'orchestre à l'encre encore fraîche car toutes nos partitions s'étaient mystérieusement volatilisées en route et mon père avait dû les réécrire de mémoire.

Le premier spectacle que nous avions prévu de donner à Mexico était *Don Giovanni*. Mon père en avait décidé ainsi afin que je pusse monter sur scène. Lorsque nous nous aperçûmes que les partitions avaient disparu, la troupe tout entière se laissa aller au désespoir, à l'exception de mon père qui, en une nuit, reconstitua de tête les parties de chacun.

« J'ai sans doute fait quelques erreurs, me confia-t-il le lendemain, mais le public d'ici n'a jamais entendu l'œuvre. Il n'y verra que du feu.

— Quand je serai grande, je vous offrirai le manuscrit de Mozart, Papa. Vous pouvez compter sur moi ! Ainsi vous verrez que vous vous êtes bien peu trompé.

— Le manuscrit de Mozart ? C'est une bible, petite. Le vieux Da Ponte m'en a parlé. Il paraît qu'il n'y a pas une seule rature, sauf dans le chœur final que tu n'aimes pas. Ni toi ni moi ne posséderons jamais ce manuscrit mais savoir qu'il existe est déjà une bien belle chose. Peut-être aurons-nous un jour l'occasion de le lire. Pour le moment, contente-toi de bien étudier tes leçons, ainsi les manuscrits se graveront-ils dans ton cœur. Là est leur place, ma Pauline. »

Au milieu du capharnaüm de la grande salle de répétition trônait le piano que mes parents avaient loué dès notre arrivée à Mexico. Plusieurs heures par jour, je répétais mes exercices et mes nouveaux morceaux. Mon père disait avec fierté que j'étais un bourreau de travail mais je n'avais aucun mérite : outre le désir fou de combler dans le cœur de mon père le grand vide laissé par le mariage de Maria, je sentais sourdre en moi une excitation de plus en plus grande à vivre parmi ces mille objets anodins qui faisaient naître la magie de l'opéra. À les côtoyer longuement chaque jour sans en déranger l'anarchique ordonnance, je pensais faire partie d'eux et participer ainsi à la grande aventure de la troupe Garcia.

Mon père m'avait déniché le meilleur professeur de la ville : il s'appelait Marcos Vega et était l'organiste de la cathédrale de Mexico. Chaque semaine, il venait constater mes progrès et me donner de nouveaux exercices.

Un an après ma première rencontre avec Marcos Vega, je participai à l'audition annuelle des élèves de mon maître. J'avais six ans et je fis sensation. J'eus même droit à un article de presse qui louait ma virtuosité et mon assurance. Pour me récompenser, mes parents et Manuel m'offrirent une poupée et son trousseau. Je l'appelai Maria. Elle fait aujourd'hui la joie de Louisette et lui tient compagnie lorsque je suis en tournée.

Un matin, nous fûmes réveillés par des cris et des coups de feu. Une vitre de ma chambre venait de voler en éclats lorsque Mamita fit irruption et m'emporta dans la cuisine. La cuisinière pleurait et se lamentait à grands cris. Manuel et mon père restaient calmes et tenaient conseil. Je revois aujourd'hui tous les détails de cette scène : la cuisinière doit être mezzo-soprano, elle chante dans son coin pendant le duo ténor et baryton de mon père et de Manuel. Mamita, soprano, commente les événements. J'entends la musique, j'ai envie de l'écrire et ce pourrait être du Rossini. Puis un homme pousse

26

la porte et s'écroule sur les dalles. Il a un trou rouge dans sa chemise et la musique s'arrête dans ma tête. Ce n'était pas de l'opéra, c'était un coup d'État sanglant qui nous précipita sur le chemin du retour un peu plus tôt que prévu.

Mais nous n'en avions pas encore terminé avec les coups de feu. Les richesses que la troupe Garcia avait accumulées au cours de la tournée américaine tombèrent aux mains de brigands qui, avec la complicité de notre escorte de soldats, attaquèrent nos voitures. Malgré la violence de l'attaque, malgré mon cœur qui battait à se rompre en attendant que l'on me tuât, nous sortîmes tous indemnes mais ruinés de cette mésaventure. Mon père ne se fâcha pas.

« Nous étions venus chercher la gloire, me dit-il, pas l'argent. Nous sommes en vie, nous ne craignons pas de travailler et nous referons fortune à Paris. »

Parmi les débris d'une des voitures, je retrouvai ma poupée et l'épingle à tête d'émeraude offerte par Maria. Six semaines plus tard, nous étions à Paris.

2

En retrouvant, rue Richelieu, ma jolie chambre d'enfant, je ne fis pas tout de suite l'inventaire de mes trésors que je retrouvais. Je notai d'abord sur un calepin tout ce que j'avais appris d'important en Amérique : je parlais désormais, en plus du français, l'anglais, l'italien et l'espagnol ce qui, pensais-je, devait me permettre de me faire aimer de toutes sortes de gens. J'avais compris que, si l'opéra montre des scènes de la vie, la vie n'est pas un opéra. J'avais appris que l'on ne peut jamais être sûr de l'affection d'autrui puisque Maria m'avait abandonnée. J'avais vu l'amour se transformer en haine lorsque mon père avait brandi son poignard au-dessus de la gorge de Maria. Enfin, j'avais fait des progrès considérables au piano et ne chantais pas mal du tout. En somme, je grandissais.

Très vite, quelques-unes de mes certitudes toutes neuves se trouvèrent ébranlées. Certaines pour mon bonheur. D'autres pour mon plus grand malheur.

Tout d'abord, je fus bien déçue de mon nouveau professeur de piano. À Mexico, Marcos Vega m'avait traitée en enfant prodige et j'étais flattée de mes premiers succès. À Paris, le professeur Meysenberg me contraignit pendant trois ans à de fastidieux exercices, arguant du fait qu'on m'avait tout appris de travers et que ma tenue de main était déplorable. Lorsque je m'en plaignis à mon père, il me donna tort et je dus m'incliner. Je m'ennuyais. Ces longues heures passées au piano sans la moindre note de musique m'étaient insupportables. Je regrettais aussi de ne pouvoir m'amuser avec des enfants de mon âge, mais je n'osais l'avouer. Chez les Garcia, les enfants ne devaient jamais gaspiller leur temps en futilités et n'échappaient que rarement à la surveillance des parents.

Fort heureusement, j'eus dès l'âge de neuf ans la permission d'étudier le dessin avec Eugène Delacroix, un ami de Papa, et la composition avec Anton Reicha. Je dessinai bientôt mélodies et portraits avec la même sûreté et je m'amusais beaucoup à agencer les notes ainsi que je le faisais des couleurs de ma boîte d'aquarelle.

Régulièrement, Mamita ajoutait une nouvelle discipline à mon éducation : l'équitation, l'escrime, le patinage, la couture, la broderie. Chaque semaine, je devais lire et commenter un livre dans l'une des trois langues que j'avais apprises. Mamita m'assurait également une instruction religieuse irréprochable et nous allions régulièrement prier ensemble à l'église Saint-Roch. Je n'avais guère le loisir de me retrouver seule avec moi-même, mais Mamita était intraitable. Lorsque je fus plus grande, elle me fit comprendre à mots couverts qu'elle avait épousé mon père par amour mais qu'elle avait fait un mariage au-dessous de sa condition. Elle désirait de toutes ses forces que ses enfants pussent un jour être reçus dans la meilleure société et tentait de compenser par une éducation soignée ce que la naissance ne leur avait pas donné.

À l'époque de notre retour à Paris, la pauvre Mamita voyait s'écrouler ses rêves de respectabilité. Maria, en effet, nous était en partie revenue puisqu'elle logeait à Paris dans la famille de Malibran. Son mari était resté en Amérique pour tenter de régler d'insolubles problèmes financiers. Il ne semblait pas lui manquer beaucoup.

Lors de la première visite que nous fit Maria, je restai enfermée dans ma chambre, tenant serrée contre moi ma poupée mexicaine. J'avais refusé de me changer après ma leçon d'équitation et le miroir de la cheminée me renvoyait l'image peu flatteuse d'une fillette hirsute, dépenaillée et passablement renfrognée. Je ressassais ma rancune contre ma sœur bien aimée lorsqu'elle entra doucement dans ma chambre. Elle m'ouvrit ses bras et je m'y précipitai en pleurant. Blottie contre sa peau tiède, je lui murmurai toutes sortes de reproches et lui racontai combien elle m'avait manqué.

« Toi aussi, ma Pauline, tu m'as manqué. Mais tu comprendras un jour que je devais absolument partir, fuir Papa. Il me rendait folle et il aurait fini par me faire mourir. Mais comme tu as grandi, et comme tes cheveux sont devenus beaux ! Laisse-moi t'habiller, je t'emmène en promenade ! »

Comment résister ? Mon cœur se gonflait de bonheur et je buvais des yeux celle qui était devenue la Malibran. Elle était plus belle que jamais, ses cheveux noirs coiffés en bandeaux et son front lisse orné d'une perle retenue par une chaîne d'or. Sa robe bleu ciel était d'une exquise simplicité et, dans l'enthousiasme de ces retrouvailles inespérées, je voyais en ma sœur une souriante madone. Quelques jours plus tard, les pleurs de Mamita et la mine sévère de mon père m'apprirent que Maria n'était pas tout à fait sur la voie de la sainteté. En laissant à mon oreille exercée le soin de glaner quelques renseignements, j'entendis des propos que je ne comprenais pas bien mais je sus l'essentiel : Maria n'était pas, aux yeux de

Mamita, une personne respectable et il me fut interdit de la voir en dehors de la maison ! J'eus tout de même la permission d'aller souvent l'entendre à l'Opéra où Rossini en avait fait une reine. Sa voix était devenue plus chaude, plus étendue, plus puissante et sa présence sur scène était stupéfiante. Pour le public, Maria incarnait à la fois la beauté, le talent et la jeunesse. Je l'admirais follement et je rêvais de lui ressembler un jour. Je sais aujourd'hui pourquoi je ne l'ai toujours pas égalée.

Mon père finit par se réconcilier avec Maria. Tout aigri qu'il était par le déclin de sa propre voix et de sa carrière, il admettait enfin que le prodige acclamé par les Parisiens était son œuvre. Maria et lui chantèrent de nouveau ensemble à Paris et à Londres et plus jamais Otello n'essaya de tuer Desdémone.

D'une certaine manière, mon père avait déjà connu la mort lorsqu'il s'éteignit brusquement en 1832. J'en conçus un épouvantable chagrin mais il y avait une sorte de logique à sa disparition : lui qui ne vivait que pour le chant, lui dont le cœur battait au rythme de ces applaudissements qui s'étaient affaiblis à mesure que grandissait la gloire de Maria avait déjà perdu sa principale raison d'exister. Son regard impérieux s'était depuis longtemps éteint sans laisser place cependant à la douceur ou à la résignation. À onze ans, je compris qu'une vie pouvait s'enfuir sans attendre la fin de l'existence. J'eus dès lors une conscience aiguë de ma condition de mortelle et la moindre perte de temps me devint insupportable. Je pensais aussi que nous n'avions pas assez aimé notre père. Meurt-on quand on vous aime ? Maria, d'ailleurs, était rongée par un sentiment de culpabilité.

« Te rends-tu compte, Pauline, que j'ai passé plus de temps à le haïr qu'à l'aimer ? Je suis maudite ! Quelle fille manque assez de cœur pour se pardonner la mort de son père ? »

J'essayais de l'apaiser mais elle faisait souvent d'horribles cauchemars. Mamita et moi vivions alors chez elle et chez son futur époux, le violoniste Charles de Bériot, à Ixelles en Belgique. Lorsque Maria se débattait la nuit avec ses démons, elle venait se réfugier dans mon lit où je tentais vainement de l'apaiser. Une nuit, elle se mit à crier :

« Repens-toi ! Non ! Si ! Non ! »

Je reconnus avec effroi les paroles du *Don Giovanni* de Mozart, au moment où la statue du Commandeur entraîne Don Giovanni dans la mort. Je m'étais toujours demandé si Don Giovanni était finalement puni pour son crime de sang ou pour sa vie de débauche. En assistant, impuissante, aux délires de Maria, je devinais que son péché était de fasciner autant par sa voix que par sa beauté. Ma sœur avait tous les charmes, elle avait reçu tous les cadeaux que la nature sait dispenser à ses élus, elle avait donc plus à perdre que n'importe quelle autre jeune femme. Elle le savait et les sombres pressentiments ne la quittaient pas. Plus elle souffrait, plus elle était sublime. Plus son public l'adorait, plus elle avait peur.

Sur son lit d'agonie, Marie la courtisane a réveillé en moi le souvenir des angoisses de Maria. À quoi pense Marie, clouée par la douleur dans le lit qui vit passer tant d'amants ? Quels regrets l'assaillent lorsqu'elle regarde, près de la fenêtre de sa chambre, le portrait qui la montre dans toute sa splendeur ? Pourtant, je suis sûre qu'elle n'a jamais été aussi grande qu'en ce moment où, détachée de tout, elle regarde en face la vacuité de sa vie. Sa vie et sa mort auraient pu être celles d'une héroïne d'opéra. Mais qui se souciera d'elle lorsqu'elle aura quitté ce monde ? Et qui, de toute façon, aurait pu mieux chanter son rôle que ma pauvre Maria ?

Maria savait mourir sur scène avec un réalisme qui bouleversait le public. À Venise, à Londres, à Milan, à Paris, elle expirait sous un tonnerre d'applaudissements et se relevait un peu plus épuisée après chaque représentation. Notre ami Luigi Lablache[1] me confia un jour avec inquiétude :

« Son esprit est trop fort pour son petit corps. »

Maria devint véritablement mythique avec le rôle de Norma, la prêtresse sacrifiée. Mais lorsque Bellini mourut en 1835, elle renonça à son rôle fétiche et ses idées noires tournèrent à l'obsession.

« Norma est morte, Pauline, me disait-elle, et je la suivrai bientôt. »

Pour Maria, abandonner Norma c'était déjà faire ses adieux. C'était lutter contre son art, combattre sa propre vie. C'était renoncer avant l'heure ainsi que l'avait fait mon père.

Un soir de 1836, j'eus la malencontreuse idée de chanter à Maria un lied de Schubert que j'avais appris en accompagnant au piano le ténor Adolphe Nourrit. Il faut dire à ma décharge que les Lieder de Schubert étaient alors inconnus et que je voulais distraire Maria en lui donnant à entendre une musique nouvelle.

Ce lied était *Le Roi des Aulnes*, je n'en connaissais pas d'autre. Par une froide nuit d'hiver, un homme galope en serrant contre lui son enfant mourant. Tandis que le piano dépeint le vacarme assourdissant des sabots du cheval, l'enfant délire et croit entendre le Roi des Aulnes qui veut l'emporter vers la mort. Le père le rassure, mais la voix du Roi des Aulnes résonne, de plus en plus mielleuse, de plus en plus

---

1. Chanteur franco-italien (1794-1858), dont la voix de basse était, dit-on, d'une phénoménale puissance.

pressante. Terrifié, le père pousse sa monture. Lorsqu'il arrive enfin, le galop fou du piano se tait et je chantai : « *In seinen Armen das Kind war tod.* » Dans ses bras l'enfant était mort.

À ces mots, Maria poussa un gémissement et quitta la pièce. Je crus que ce poème de Goethe lui avait douloureusement rappelé la mort, à un jour, de son premier enfant mais le peu d'affection qu'elle manifestait à l'égard de son petit Charles-Wilfrid[1] m'en fit bientôt douter. Peu après, elle m'avoua la raison de son chagrin : elle était de nouveau enceinte. J'essayai de la convaincre que donner la vie n'était pas une catastrophe mais elle se fâcha.

« Et ma carrière ? Tu crois que j'ai le temps de faire des enfants et de les élever ? Je suis déjà une bien mauvaise mère pour mon fils. Le temps passe trop vite ! Je veux profiter encore des plaisirs de la vie, des attentions des hommes, de cette gloire dont je ne sais plus me passer. »

Un mois plus tard, lors d'une série de représentations triomphales à Londres, elle commit l'irréparable. Lorsqu'elle revint à Bruxelles avec Charles, Mamita et moi fûmes alarmées par sa mauvaise mine. Charles essaya de nous rassurer en attribuant l'état de Maria à sa grossesse mais je voyais bien qu'il n'y croyait pas vraiment lui-même. Il soupçonnait en partie la réalité que Maria lui cachait et je l'entendis un jour se confier à Mamita :

« Maria ne dort plus, elle souffre de migraines abominables. Elle compose des mélodies morbides et dessine des cimetières. Elle me parle à peine et ne mange rien.

---

1. Charles-Wilfrid de Bériot (1833-1914), fils de Charles de Bériot, devint pianiste et compositeur. Il fut le professeur de Maurice Ravel, qui lui a dédié sa *Rapsodie espagnole*.

— C'est sans doute une légère dépression, suggéra Mamita. Son père, à la fin de sa vie, était lui-même assez dépressif.

— Dieu veuille qu'elle ne soit pas à la fin de sa vie ! Mais je ne vous ai pas encore dévoilé le plus grave. N'avez-vous pas remarqué combien elle se farde ? Ne voyez-vous pas qu'elle cache son corps sous des manches longues et des châles alors que nous sommes en plein été ? Elle refuse de me dire la vérité au sujet des blessures qu'elle dissimule. À Londres, elle a assuré toutes les représentations. Je ne me suis donc pas trop inquiété. Mais à présent, j'ai peur. »

Je n'en écoutai pas plus et me précipitai chez Maria. Je la trouvai devant son miroir, contemplant gravement son visage défait et tuméfié. Elle était comme Marie aujourd'hui sur son lit de mort : un écrin vide pour une beauté surnaturelle. Je ne l'avais pas encore vue sans ses fards et je fus horrifiée. Maria m'aperçut dans le miroir. Elle me regarda sans se retourner.

« Pauline, me dit-elle, je vais te confier un secret à la seule condition que tu promettes de ne pas me trahir. »

Je promis, bien sûr, sans réfléchir aux conséquences de ce serment.

« Charles ne sait rien. Il serait trop malheureux si je me confiais à lui. Il… est mon unique amour. »

À ces mots, sa voix faiblit sous le poids du remords. Je me gardai d'interrompre ses confidences.

« En Angleterre, reprit-elle, j'ai commis un grave péché. Contre l'avis de Charles, je suis allée faire une promenade à cheval avec des amis. Il faisait beau et tu sais combien j'aime la campagne anglaise. Ce matin-là, pour la première fois depuis la mort de notre père, je m'étais réveillée le cœur léger et en paix. J'aurais même été parfaitement heureuse si je n'avais pas senti l'enfant bouger dans mon ventre. Charles était d'humeur tendre et voulait me garder près de lui. Mais tu sais combien je déteste que l'on s'oppose à mes désirs. Je partis donc après avoir pris une collation.

« Je chevauchai gaiement avec mes amis. Le parc était splendide et, dans une allée cavalière, nous croisâmes une biche et son petit si faible, si confiant. Alors j'eus envie de bousculer un peu la tranquillité de cette promenade matinale. Je m'élançai au petit galop, abandonnant mes amis à la nonchalance de leur conversation. Au début, j'étais simplement heureuse de sentir la brise sur mes joues. Je n'avais aucune arrière-pensée, je te le promets. Je jouissais de ce moment de liberté, le premier depuis le début des représentations londoniennes. Des bribes de musique me traversaient l'esprit de manière décousue. Je les laissais venir, je fredonnais. Puis il me vint à l'idée d'essayer de caler un air sur le pas de mon cheval. Pourquoi ? Je ne le sais pas. Par jeu sans doute, comme lorsque je m'amusais à te chanter un début de mélodie que je venais d'improviser et que tu devais l'achever à ta guise. J'essayai quelques airs de Rossini, mais cela n'allait pas. Je m'obstinais et plus je cherchais, plus je ressentais dans tout mon corps les claquements des sabots sur le sol, à tel point que je ne perçus bientôt plus que cela. C'est alors qu'un piano vint plaquer ses accords sous les pas de mon cheval, des accords furieux qui me firent presser ma monture. Je reconnus *Le Roi des Aulnes* de Schubert, je vis en pensée ce père serrant contre lui son enfant mourant, je me vis portant en mon sein un enfant que j'aurais voulu mort, je vis mon cheval partir au grand galop au moment où l'enfant crie : *"Der Erlkönig hat mir ein Leid getan"* ("Le roi des Aulnes m'a fait mal"). Je ne fis rien pour arrêter cette course à l'abîme, je crois bien que j'excitai plus encore mon cheval jusqu'au moment où il se cabra et me jeta à terre. Par malchance, mon pied resta bloqué dans l'étrier et je fus traînée sur plusieurs mètres tandis que mon dos cognait sur le sol. Je roulai enfin dans un fossé et m'arrêtai face contre terre avec un goût d'herbe tendre dans la bouche. Je m'évanouis. Je ne sais comment on me ramena chez moi, à Maddox Street, où je m'éveillai en souffrant atrocement. J'étais à demi morte et l'enfant, lui, était bien vivant.

Je priai mes amis de ne rien dire à Charles et je réussis à leur faire croire que mes blessures étaient légères. Je ne pus toutefois les empêcher de faire venir le docteur Belluomini[1] qui, dans le secret de ma chambre, diagnostiqua une fracture de la clavicule, de multiples contusions, une vilaine plaie à la tempe et des lésions internes dont il ne sut préciser la nature. Je l'exhortai au silence, il m'exhorta à la prudence. Il m'écouta et je lui désobéis. Le soir même, je décidai de chanter au Drury Lane Theatre. Mes tempes battaient douloureusement, j'avais à présent dans la bouche un goût de sang mais rien n'aurait pu me faire renoncer. Je maquillai mes blessures, misant sur l'éclairage un peu faible du théâtre. Je m'arrangeai pour quitter la maison avant l'arrivée de Charles qui était parti essayer un violon chez Hill[2] et, sitôt arrivée au théâtre, je prétextai une migraine bien réelle pour m'enfermer dans ma loge. »

Je vis passer sur les traits de Maria un sourire que je connaissais bien, celui du triomphe qui la faisait parfois traiter de courtisane par ses ennemis. Elle cessa de me regarder dans le miroir et se tourna enfin vers moi.

---

1. (1776-1854) Un des pionniers de l'homéopathie et l'un des premiers à l'exercer en Angleterre.
2. Dynastie de luthiers londoniens.

« Ce soir-là, Pauline, j'ai chanté *La Somnambule*[1] comme jamais. La salle entière hurlait de bonheur, j'ai eu vingt-deux rappels, des fleurs et même des pierres précieuses.

« Je ne sentais plus la douleur et je me disais que je ne pouvais pas être gravement blessée si j'étais capable de susciter un tel élan, une telle vie. Aussi, lorsque Charles vint me chercher dans ma loge, lui affirmai-je calmement que j'étais tombée dans l'escalier mais que je ne m'étais fait aucun mal sérieux. Ma seule crainte était que la presse ait eu vent de mon accident. Mais les journaux des jours suivants n'y firent pas la moindre allusion. Ils ne parlaient que de mes succès.

— Mais pourquoi, l'interrompis-je, as-tu ensuite continué à chanter ? C'était de la folie !

— Le succès rend fou, ma Pauline. Je ne voulais pas y renoncer et, surtout, je ne voulais pas faire pitié. Je recevais chaque jour des bouquets, des chocolats, des bijoux, des missives enflammées, des invitations. Comment résister ? Comment choisir de rester au fond de son lit quand le public vous attend et quand vos admirateurs vous promettent toutes sortes de fêtes et de plaisirs ? La vie est trop courte, Pauline, et je sais depuis ma chute que je vais bientôt mourir. »

Je fondis en larmes et la serrai de toutes mes forces dans mes bras. Elle se dégagea doucement.

« Tu me fais mal. Ne pleure pas, ma Pauline. Je vais chanter encore et personne ne saura rien de mon état. Tu as promis de te taire. Une Garcia tient toujours ses promesses. Je vais donc honorer celle que je t'avais faite avant de partir pour Londres ; ainsi, lorsque ma voix s'éteindra pour toujours, la tienne montera jusqu'à moi des plus grandes scènes du monde. »

---

1. Opéra de Bellini, créé à Milan en 1831.

Il n'aurait servi à rien de protester. Je me tus.

En juillet de cette sombre année 1836, Mamita avait reçu de Maria une lettre la suppliant de me faire étudier le chant selon les méthodes de mon père. De cette missive quelque peu embrouillée, Mamita comprit que Maria elle-même ne chanterait plus très longtemps. Elle fit semblant de croire que Maria se décidait enfin à passer plus de temps dans son foyer et accéda à sa demande.

Par ailleurs, Maria m'avait adressé un court billet dans lequel elle me promettait de soutenir mes débuts en chantant avec moi dès que je serais prête.

Le 18 juillet 1836, jour de mes quinze ans, je renonçai intérieurement à la carrière de pianiste que Liszt m'avait prédite et qu'il se disait prêt à chaperonner. Lors des longues périodes où Mamita et moi retournions vivre à Paris, il me donnait des leçons de piano.

Si j'ai perfectionné auprès de Liszt ma technique pianistique, j'y ai sans nul doute aussi commencé dans la douleur mon éducation sentimentale.

Secrètement amoureuse de ce jeune dieu du piano, si beau, si raffiné, je passais des heures à scruter mon propre visage dans l'espoir d'y trouver ce qui pourrait me faire aimer de mon maître. Mais j'étais déjà désespérément laide avec mes yeux tombants, mon nez fort et busqué, mes lèvres épaisses qui révélaient des dents d'ogresse à chaque fois que je souriais. Seule mon abondante chevelure brune me procurait quelque fierté mais Liszt, tout à ses amours avec Marie d'Agoult, ne s'intéressait qu'à mes progrès. Durant l'été 1835, il me fit don d'un nouveau cahier d'études qu'il avait composées à mon intention. Je me sentis rougir puis défaillir lorsqu'il me baisa la main :

« Veuillez accepter, chère Pauline, cet hommage à votre grand talent. »

Je le remerciai gauchement et m'enfuis presque, les yeux remplis de larmes.

Les jours suivants, je passai le plus clair de mon temps à étudier le cahier de Liszt. Je travaillais près de dix heures par jour, je m'usais les yeux afin de pouvoir jouer toute la partition lors de ma prochaine leçon.

Quatre jours plus tard, j'avais relevé le défi mais il me restait encore deux jours avant d'aller déposer aux pieds de mon maître bien aimé ce curieux présent d'amour. J'entrepris donc d'apprendre par cœur toutes ces difficiles études, ainsi que Liszt le faisait lui-même pour chacune des œuvres qu'il jouait en concert. J'y parvins au prix d'effroyables migraines et de deux nuits écourtées. Lorsque le jour de ma leçon arriva enfin, je m'habillai avec le plus grand soin et piquai dans ma chevelure l'épingle à tête d'émeraude offerte par Maria. J'étais certaine qu'elle me porterait chance et qu'elle me donnerait, au moins une fois, l'audace de regarder mon maître dans les yeux.

Chez Liszt, je trouvai malheureusement porte close. Je rentrai chez moi fort déçue, mais prête à inventer toutes sortes d'excuses à mon maître. Le lendemain, les gazettes apprenaient à tout Paris que Liszt avait enlevé la comtesse Marie d'Agoult et que les amants s'étaient réfugiés en Suisse. De ma vie je ne me suis sentie aussi laide que ce jour-là.

Lorsqu'on me rapporta, des années plus tard, que Liszt avait succombé aux charmes de Marie Duplessis et qu'il en avait fait sa maîtresse, je ne fus pas jalouse. J'avais déjà appris que la beauté parfaite ouvre tous les cœurs avant même que ne s'exprime la moindre qualité artistique ou morale. Pour ma part, je devais compter sur mon seul talent pour me faire aimer, reconnaître et pardonner ma laideur. Dès l'âge de quinze ans, il m'apparut comme une évidence que ma réussite future dépendrait de ma capacité à manier des armes d'homme au détriment des ruses et de la coquetterie féminines. Cette sagesse, je la dois à Maria.

Peu après son retour en Belgique, nous donnâmes à Liège notre premier et dernier concert ensemble. Maria avait pris grand soin de ma toilette. Elle m'avait fait faire une robe de soie brochée rose vif à grand décolleté drapé et à manches courtes. Elle-même portait une robe identique couleur ciel. Elle me fit une jolie coiffure à coques et lissa ses propres cheveux en bandeaux. Elle piqua la fameuse épingle au sommet de ma tête, m'embrassa sur les deux joues et nous déclara prêtes.

Dans un vaste salon au décorum un peu pompeux, je fis donc mes débuts de chanteuse devant un parterre d'aristocrates de la ville. Maria et moi avions décidé de ne donner que des duos. Après un programme de pure virtuosité vocale composé d'œuvres de Rossini, de Porpora et de notre père, nous fîmes une courte pause. Tandis que nous nous rafraîchissions, Maria me chuchota à l'oreille :

« Tu me surpasseras bientôt, Pauline, et nulle ne saurait en être plus heureuse que moi. »

Mais Maria n'était pas seule à murmurer. Malgré les applaudissements chaleureux dont nous avions été gratifiées, quelques remarques désagréables nous parvinrent. On notait la pâleur de Maria, sa voix fatiguée mais, surtout, on nous comparait. Derrière le paravent où nous nous étions réfugiées, nous ne perdions aucune remarque, aucune critique. Il ressortait de ces charitables bavardages que ma laideur avait quelque peu indisposé le public à mon égard mais que la fraîcheur et la puissance de ma voix m'avaient en partie rachetée. Maria était furieuse.

« Tu n'es pas laide, ma Pauline. Ne les écoute pas. Tu as juste du caractère et tes traits sont d'une grande noblesse. Crois-moi, tu briseras bien des cœurs ! »

À ce moment-là, nous entendîmes une voix de femme louer mon élégance et parler d'un ton pincé de la beauté de Maria qu'elle jugeait provocante.

« Il paraît que le père a du sang gitan, disait-elle. Eh bien ! l'aînée ne peut guère le cacher… »

Maria étouffa un petit rire.

« Tu vois comme le public nous aime ! Viens ! Nous allons leur montrer de quoi la gitane et son laideron de sœur sont capables ! »

Excitée comme une enfant, elle m'entraîna vers le piano. Les voix se turent, tous les regards se braquèrent de nouveau sur nous. Maria s'approcha de moi et, me prenant par la taille, me fit un petit signe de tête. Sereines, nos voix se mêlèrent.

> *Oui jusqu'au dernier moment*
> *Nous resterons toujours amies.*
> *Que la terre est vaste et sans limite,*
> *Nous serons à jamais ensemble.*
> *Ah, maintenant du sort*
> *Je puis braver l'atteinte*
> *Car une amitié sainte*
> *A fait battre mon cœur.*

Quelque part dans le ciel, Bellini souriait : à la veille de le rejoindre, Maria était redevenue, pour un instant, sa Norma. Dans les bras de ma sœur, j'étais Adalgise, l'amie fidèle qui renonce à aimer l'homme qui a trahi Norma. Jamais je ne m'étais sentie aussi proche de Maria, jamais je ne m'étais sentie si près de la perdre. Chacune de ces paroles m'était destinée et c'était pour me passer le flambeau que Maria revenait brièvement à ce rôle fétiche qu'elle avait choisi d'abandonner.

On nous fit un triomphe, on nous supplia de bisser mais tout était déjà dit. Nous ne nous sommes jamais revues.

Comme Marie, Maria aurait peut-être pu être sauvée si elle avait consenti à se soigner. Comme Marie, elle a préféré cacher son mal, ne pas perdre une seule journée de plaisir et rester, pour ceux qui l'avaient adulée, jeune et radieuse à jamais. Juste après notre concert, elle partit avec Charles pour Aix-la-Chapelle où, pour la dernière fois de sa vie, elle incarna *La Somnambule* de son cher Bellini. Au prix d'efforts surhumains, elle chanta encore à Manchester avant de s'éteindre le 23 septembre 1836, un an jour pour jour après la mort de Bellini.

Maria repose aujourd'hui à Laeken, en Belgique, sous sa propre effigie en costume de Norma.

3

Il m'appartenait désormais d'être digne des espérances de ma sœur. Malgré mon chagrin immense, je décidai de ne pas perdre de temps en vaines lamentations. Avec Mamita, je continuai d'étudier le chant selon les méthodes que mon père avait mises au point pour Maria. J'abandonnai tout à fait l'idée de devenir pianiste-concertiste malgré quelques premiers concerts très encourageants. Au fil des mois, ma voix gagna en rondeur et ma tessiture s'élargit considérablement, vers l'aigu comme vers le grave. Je pouvais aussi bien chanter soprano que mezzo. Aujourd'hui, ma voix s'est même enrichie d'un beau contralto.

J'attendais avec impatience le moment de faire mes débuts, non pas par vanité, mais parce que la maison d'Ixelles était bien lugubre depuis la disparition de Maria. J'aurais aimé rentrer à Paris, mais Mamita ne voulait pas abandonner trop tôt Charles à son triste sort. Elle était attachée à cet homme qui avait tant aimé Maria mais aussi au petit Charles-Wilfrid malgré l'aversion qu'il avait toujours inspirée à sa mère.

Lorsque Mamita jugea que je pouvais enfin me faire entendre sans rougir, elle convoqua une couturière et fit ajuster à ma taille une robe blanche que Maria avait l'habitude de porter lorsqu'elle chantait *Norma*. Ainsi vêtue, coiffée en bandeaux bien lisses et portant au front la perle retenue par une chaîne d'or que Maria quittait rarement, je m'aperçus avec ravissement que je ressemblais à la Malibran. Charles lui-même faillit s'évanouir en me voyant.

Le 27 décembre 1837, je me glissai dans la peau de ma sœur défunte pour mes débuts à Bruxelles avec Charles de Bériot. Dans la grande salle de l'hôtel de ville, en présence de la reine et du roi, je fis sensation. Charles, qui avait si souvent accompagné Maria, était aux anges : il retrouvait la voix de sa femme. Le public croyait voir et entendre le fantôme de la Malibran. Je trouvai pour ma part l'atmosphère un peu morbide et je décidai que, pour répondre pleinement au vœu de Maria, il me faudrait très vite devenir moi-même et non pas la réincarnation d'une morte, aussi mythique fût-elle.

Aujourd'hui, je suis la Viardot. Comme Maria, je fais carrière sous le nom d'un autre dont le talent pour la musique restera longtemps encore à prouver. J'aurais pu aussi devenir la Musset, mais je ne l'ai pas souhaité. Lorsqu'on parle de Louis Viardot, on ajoute toujours : « Le mari de Pauline Viardot. » Aurais-je supporté d'être « l'épouse d'Alfred de Musset » ?

En 1838, je revins à Paris après une tournée en Allemagne avec Charles. J'avais pris de l'assurance, je ne m'habillais plus comme Maria et les échos élogieux de nos concerts parvinrent jusqu'à Paris où l'on me sollicita dès mon retour. Je chantai donc au Théâtre de la Renaissance mais surtout dans les salons, notamment chez la princesse de Belgiojoso et chez Caroline Jaubert, l'amie intime de Musset.

Je fus également engagée pour six mois au Théâtre des Italiens où, tandis que Marie Duplessis arrivait à peine de sa

Normandie natale, j'étais provisoirement l'une des reines de Paris. L'actrice Rachel, une autre débutante de dix-sept ans, partageait avec moi le cœur des Parisiens.

Un jour que nous nous produisions toutes deux dans le salon de Caroline Jaubert, un homme encore jeune insista auprès de notre hôtesse pour m'être présenté. C'était Alfred de Musset. Il m'étourdit de compliments, se jetant presque à mes pieds et me suppliant d'accepter de le revoir. J'étais très gênée et je lui en voulus d'attirer ainsi l'attention sur nous. Dix minutes plus tard, il se conduisit tout aussi mal avec la mignonne Rachel ! Je me promis alors de ne pas le revoir mais c'était compter sans sa mauvaise éducation et sans son incroyable toupet. Bientôt, avec la bénédiction de Mamita dont il avait fait la conquête à force de flatteries, il vint presque chaque jour me déranger dans mon travail.

« Ne vous interrompez pas, chère Pauline ! Permettez-moi seulement de vous écouter ! »

Disant cela, il battait d'autant plus sottement des cils qu'il n'en avait pas. Toute son apparence était celle d'un libertin négligé et il me dégoûtait. Mais lorsque nous causions d'art ou de littérature, il tombait alors le masque du séducteur et pouvait être passionnant. Trois mois durant, il me demanda chaque jour en mariage, menaçant de mettre fin à ses jours si je refusais de lui accorder un peu plus d'attention. Un jour, il m'embrassa par surprise. Je le repoussai avec violence et faillis hurler de dégoût en recevant en plein visage son haleine de fumeur.

Aussi pesante fût-elle, cette passion que j'inspirais à Musset eut au moins l'avantage de me donner un peu confiance en moi. Dans ses yeux, je me voyais belle pour la première fois. Je me plaisais à penser que l'on me demanderait encore bien souvent en mariage et que je n'aurais qu'à choisir selon mon cœur. En attendant, je ne songeais qu'à me débarrasser de cet encombrant soupirant. Ce fut George Sand qui trouva pour moi une solution aussi inattendue que définitive.

George Sand avait bien connu mon père et elle avait assisté avec émotion aux débuts parisiens de Maria. Elle adorait ma sœur et l'avait immortalisée dans deux de ses romans, ce dont Mamita lui était à jamais reconnaissante. Pour ma part, je ne la connaissais pas encore, aussi fus-je remplie d'appréhension lorsque ma mère accepta son invitation à venir passer un mois de l'été 1839 dans sa maison de Nohant. La saison était finie et nous n'avions rien de précis à faire à Paris. Mamita réussit à me persuader que l'air de la campagne me serait bénéfique avant ma rentrée d'automne qui s'annonçait chargée.

La veille du départ, j'eus le plaisir d'apprendre par un billet de Mme Sand qu'Eugène Delacroix serait des nôtres et qu'une surprise m'attendait.

Après dix-huit heures de trajet dont une nuit en malle-poste, nous arrivâmes à Châteauroux où nous trouvâmes un gros cabriolet envoyé par notre hôtesse. Huit heures plus tard, nous nous trouvâmes pour dîner à Nohant… Il faisait encore jour et je fus d'emblée séduite par la noble simplicité de la maison. La glycine envahissait la façade, le parc alentour était soigné mais semblait en accord avec les fantaisies de la nature, des rires, des conversations animées et de délicieuses odeurs de gâteaux s'échappaient de cette demeure… Il flottait là un parfum de bonheur et de liberté qui leva toutes mes craintes. Trois chiens fous bondirent autour de nous, donnant le signal à une quatrième créature qui se précipita pour nous embras-ser sur les deux joues sans plus de cérémonie. C'était la maî-tresse de maison, en pantalons et chemise blanche.

« Entrez donc que nous prenions soin de vous ! ordonna Mme Sand en nous donnant à chacune un bras. Vous devez être épuisées. »

La maison était à l'image de la façade : simple, accueillante, confortable. Mme Sand nous avait fait préparer à l'étage une jolie chambre réchauffée d'une indienne rouge et crème, meublée de deux lits à la polonaise et d'une table de travail. Mamita et moi y fîmes un brin de toilette avant de rejoindre les convives de Nohant. Sous le grand lustre en verre de Venise, Chopin, à peine remis d'un pénible voyage aux Baléares, présidait la table où dînaient joyeusement Solange et Maurice, les enfants de Mme Sand, l'imposant quoique petit M. de Balzac, notre vieil ami la basse Luigi Lablache qui avait assisté Maria dans ses derniers moments, le comédien Bocage et... la surprise annoncée par George Sand. Assis face à la jolie petite Solange, Liszt me souriait avec bonté ! Je ne l'avais pas revu depuis sa fuite avec la comtesse d'Agoult et je me sentis rougir comme à quatorze ans. Mme Sand m'installa à sa gauche et je passai la soirée dans un état second de félicité, racontant à Liszt mes débuts parisiens et l'entretenant de mes projets pour l'automne. Liszt m'écoutait avec bienveillance, son regard vert un peu las posé sur moi. Soudain, il baissa le ton et se pencha vers moi.

« Je vous dois des excuses, Pauline, pour avoir aussi brutalement interrompu nos leçons.

— Ce n'était rien, protestai-je, confuse.

— Si, si ! C'était extrêmement cavalier de ma part et je tiens à mériter votre pardon. Vous connaissez les raisons qui m'ont poussé à agir ainsi et j'espère que vous ne les jugez pas trop mal. Je ne suis ici que pour quelques jours car la comtesse d'Agoult m'attend à Paris.

— Pourquoi n'est-elle pas ici ? demandai-je, étonnée de ma propre audace.

— Pour une raison aussi triste que stupide. Elle est en froid avec notre hôtesse et tolère à peine que je vienne ici. Mais je ne suis brouillé avec personne, moi ! Chopin et George comptent parmi mes plus vieux amis. Mais revenons à ce pardon que j'entends obtenir de vous. Acceptez-vous une réconciliation autour du piano avec quelques partitions que j'ai apportées spécialement pour vous ? »

L'émotion me coupa le souffle et je ne pus lui répondre.

Jamais je n'oublierai ces semaines passées à Nohant. J'y suis souvent retournée depuis et j'irai probablement long-temps encore mais cet été-là fut magique. Nous fûmes tou-jours au moins neuf à demeurer au château, sans compter les servantes, les cochers et les jardiniers, mais chacun d'entre nous préservait son indépendance, à commencer par Mme Sand qui était à sa table de travail dès six heures le matin. De manière générale, nous étions tous studieux malgré l'atmosphère de grandes vacances que la maîtresse de maison avait su créer pour nous.

Chopin et Liszt se partageaient un piano fort médiocre, Delacroix avait installé un semblant d'atelier dans le parc, Lablache vocalisait, Bocage déclamait, M. de Balzac s'en-fermait dans sa chambre pour écrire. Je travaillais aussi, mais je profitais surtout des moments où nous étions tous réunis, lors des repas, des promenades ou des parties de billard pour m'enrichir des conversations d'une aussi brillante compagnie.

Seul Balzac m'ennuyait un peu. Je le trouvais trop bavard et Delacroix partageait mon avis. Un jour, nous imaginâmes de lui jouer un tour. J'allai le chercher en lui disant que Dela-croix l'attendait dans sa chambre afin de l'entretenir d'un sujet de la plus haute importance. Lorsqu'il entra, il entendit la voix de Delacroix venant du cabinet de toilette.

« Veuillez m'excuser, cher ami, je n'ai pas fini de me raser. Mais nous pouvons fort bien causer ainsi, le temps que je finisse, n'est-ce pas?

— Volontiers! », répondit Balzac qui ne se méfiait pas.

Et il commença à raconter à Delacroix tous les détails d'une promenade qu'il venait de faire jusqu'au village. Pendant ce temps-là, Delacroix enjambait la fenêtre du cabinet de toilette et se laissait doucement glisser le long de la façade grâce aux draps de son lit qu'il avait noués de sorte à en faire une corde. Je l'attendais en bas. Nous prîmes le temps d'aller quémander un morceau de tarte à la cuisine puis nous remontâmes en pouffant jusqu'à la chambre de Delacroix. L'oreille collée contre la porte, nous entendîmes très distinctement la voix de Balzac qui continuait de discourir tout seul :

« En rentrant, je suis passé voir le potager. Quelle sagesse d'avoir planté tous ces légumes! Cela permet à notre bonne amie de réduire ses soucis d'argent lorsque ses éditeurs la mettent sur la paille. Tenez, le mien, par exemple… »

Nous ne sûmes jamais ce que Balzac s'apprêtait à dévoiler des mœurs de son éditeur. Nous fûmes pris, Delacroix et moi, d'un tel fou rire que la porte contre laquelle nous étions appuyés s'ouvrit brutalement, nous jetant aux pieds d'un Balzac stupéfait!

Ces gamineries étaient courantes à Nohant. Mme Sand me raconta un jour comment un avocat prétentieux et sans-gêne qui s'était invité tout seul se vit présenter une femme de lettres extrêmement réputée. L'importun, flatté, eut une longue conversation savante avec ladite femme de lettres de qui il prétendit avoir lu tous les écrits et qui n'était autre que Sophie, la femme de chambre de Mme Sand !

En dehors de leur travail, les hôtes de Nohant étaient très préoccupés par les choses de l'amour. Certains aimaient sans espoir, comme Delacroix qui dessinait sans relâche la ravissante et indomptable Solange ou Maurice qui me disait à mots couverts des tendresses que je refusais d'entendre en raison de son jeune âge. D'autres, comme Liszt, se laissaient aimer avec nonchalance : il ajourna plusieurs fois son retour auprès de la comtesse d'Agoult et accueillait avec tiédeur les attentions de Mme Sand qui, lassée sans doute de jouer les gardes-malades auprès de Chopin, déployait pour lui toutes les facettes de sa séduction qui était grande. Bocage, qui avait eu dans le passé une liaison avec Mme Sand, soupirait à présent auprès d'une actrice qu'il avait laissée à Paris. Lablache, bon père et bon époux, écrivait chaque jour à sa femme qui lui répondait avec la même régularité. J'avais eu pour ma part la sagesse de me persuader que je n'étais plus amoureuse de Liszt et j'attribuais à la beauté des quatuors de Beethoven les battements désordonnés de mon cœur lorsque nous étions assis au piano. Je suivais donc avec amusement toutes ces petites intrigues, sans chercher à en deviner davantage que ce que mon innocence me permettait d'imaginer. Quant à Balzac, il observait avec intérêt ce ballet des sentiments qu'il qualifiait de comédie humaine.

Il y avait vraiment une part de théâtre dans notre vie à Nohant. Je pense que cela tenait aux personnalités extrêmement typées des hôtes de Mme Sand et aux relations passionnées qui existaient entre eux. Sur cette scène bucolique, j'entrais dans le monde des adultes. On me faisait des confidences, on sollicitait mon avis sur toutes sortes de sujets, on me priait de chanter tandis que Liszt et Chopin se disputaient l'honneur de m'accompagner au piano et l'on causait beaucoup de ma carrière pour laquelle Mme Sand concevait les plus hautes ambitions.

« Chère mignonne, me dit-elle un jour alors que nous barbotions dans l'Indre, j'aime assez le génie ; mais quand il est joint à la bonté, je me prosterne devant lui. Vous êtes déjà, à dix-huit ans, la première cantatrice d'Europe et il ne m'étonnerait pas que votre réputation aille un jour bien au-delà. Vous avez, certes, la voix la plus étendue et la plus troublante qui soit mais, surtout, vous respirez la vérité lorsque vous chantez. Vous avez le grand courage de refuser les fioritures et les effets et je vois bien à présent que vous êtes aussi pure et honnête à la ville qu'à la scène. »

J'étais très gênée par ce discours exagéré, mais il est impossible d'interrompre une tirade de Mme Sand, surtout lorsqu'il y est question d'authenticité et de probité.

« Je vous parle comme si vous étiez ma fille et le devoir de mère que je me sens envers vous me commande de vous avertir. Un très noble destin vous attend, c'est certain. Mais vous ne devrez jamais vous laisser détourner de votre voie. Il vous faudra éviter les passions destructrices comme les vaines occupations d'un foyer bien rangé. Ne donnez pas votre cœur au hasard car il en va de la survie de votre art. »

J'étais à la fois touchée de cette sollicitude et étonnée de ces conseils. J'avais cru comprendre que Mme Sand tombait très souvent amoureuse et cela sans dommage aucun pour son activité littéraire. J'hésitais à lui faire part de cette observation lorsqu'elle s'exclama :

« N'épousez pas Musset ! C'est un noceur, un abominable libertin. Je sais à quel point il prendrait plaisir à abîmer une belle âme comme la vôtre.

— Il m'écrit chaque semaine pour me renouveler sa demande, protestai-je, mais je ne lui réponds même plus. Je l'ai déjà refusé de la manière la plus claire qui soit et je ne comprends pas son insistance.

— Vous êtes une jeune fille avisée, mais ne vous laissez pas fléchir. Ce diable d'homme est rusé et obstiné. Croyez-vous qu'il s'ennuie de vous à Paris ?

— Il m'importe peu de le savoir !

— Vous le saurez quand même, pour votre gouverne. Figurez-vous que cet individu dépravé vous écrit des serments d'amour alors qu'il soupire après une autre !

— Vous m'en voyez ravie, affirmai-je sans mentir, mais aussi bien surprise. Savez-vous qui est l'élue ?

— Il s'agit d'une très jeune personne, une provinciale fraîchement montée à Paris avec pour seule ambition de faire commerce d'une beauté que l'on dit remarquable. Tous ces messieurs du Jockey Club en sont fous et Musset devra partager ! »

Ainsi, pour la deuxième fois, la beauté d'une autre m'enlevait un amoureux.

« Vous connaissez cette jeune fille ? demandai-je.

— Pas personnellement mais les cancans circulent vite entre Paris et Nohant. Elle se fait appeler Marie Duplessis. »

J'entendais ce nom pour la première fois. Je le trouvai doux et poétique. Il me laissa un instant songeuse puis je cessai d'y penser. Musset m'intéressa dès lors moins que jamais.

En accord avec Mamita, avec qui elle avait de longs conciliabules, Mme Sand entreprit de m'amener à l'idée du mariage et à une conception identique à la sienne de l'homme qu'il me fallait.

Il peut paraître absurde qu'une femme fraîchement séparée de son époux se soit ainsi mêlée de me marier. C'était en réalité une sage précaution : on pouvait espérer que j'allais devoir bientôt beaucoup voyager pour les besoins de ma carrière et le statut de femme mariée serait un gage non négligeable de tranquillité et de respectabilité. Mme Sand me fit valoir ces arguments auxquels j'acquiesçai.

« Mais, ajoutai-je, je veux me marier selon mon cœur. Je veux aimer et être aimée. »

Mme Sand eut un sourire ambigu et nos projets matrimoniaux en restèrent là.

Deux jours plus tard, tandis que je lisais sous une tonnelle du parc, Mme Sand me dépêcha un émissaire. Balzac vint s'asseoir près de moi.

« Heureusement que des tâcherons comme moi usent leur plume, sinon nous serions privés du charmant spectacle d'une jeune fille lisant parmi les fleurs », me dit-il d'un ton badin.

Nous parlâmes un moment de tout et de rien, ou plutôt Balzac me fit la conversation, m'entretenant de sujets anodins que j'ai oubliés. Soudain, il jeta sur mes genoux le manuscrit qu'il avait apporté.

« J'ai presque terminé cet ouvrage, mais je ne sais comment conclure. Je compte un peu sur vous, ma chère Pauline, pour m'y aider. J'ai bien connu votre père. Il était magnifique dans l'*Otello* de Rossini, un Maure terrifiant de jalousie et tellement pathétique ! Le sang des Garcia coule dans vos veines, c'est assez dire si vous devez être passionnée. Par ailleurs, le ciel vous a dotée d'une voix que votre travail et vos mérites ont déjà placée parmi les plus envoûtantes de notre temps. Mais vous n'êtes pas la Malibran car il semblerait que l'éducation de votre très noble mère ait eu plus d'effet sur vous que sur votre sœur. Ne le prenez pas mal ! Je ne fais qu'exposer des faits sans porter sur eux le moindre jugement. Seul votre avis m'intéresse. Vous avez donc dix-huit ans, vous êtes à l'aube de votre vie et tout vous sourit. À présent, écoutez-moi bien. Le livre que voici s'intitule *Mémoires de deux jeunes mariées*. C'est un roman épistolaire mettant en scène deux jeunes filles à peine sorties du couvent. Elles s'appellent Renée et Louise et vont se raconter l'une à l'autre pendant plusieurs années. Renée fait un mariage de raison et s'enterre en province pour y mener une vie paisible et sans surprise. Louise épouse l'objet de sa flamme au risque d'en payer le prix. Qu'en pensez-vous ? »

Je tardai à répondre. J'avais encore assez peu réfléchi à ces sortes de choses, mais je voulais rendre service à Balzac.

« Si je devais me marier, répondis-je prudemment, je préférerais que cela ne se fît pas contre mon cœur. Mais j'aimerais savoir ce qu'il advient de vos deux héroïnes avant de les juger.

— Comme vous êtes sage ! Renée enviera un temps la vie brillante de son amie, mais elle finira par estimer son époux, aimer sa maison et trouver une raison de vivre dans l'éducation de ses enfants.

— En somme, elle se résigne à son sort.

— Je dirais plutôt qu'elle l'apprivoise. Quant à Louise, elle recherche les sensations fortes. Elle ne fera jamais la moindre concession, épousera son amoureux, puis un autre et connaîtra de grandes joies mais aussi de grands malheurs. Jamais elle ne sera mère. Comme vous le voyez, ce roman est un débat sur le mariage. J'en suis l'arbitre, mais, pour conclure, il faudrait aussi que je sois juge. Or je n'y parviens pas. Un regard jeune et neuf comme le vôtre pourrait sans doute m'y aider.

— Il ne s'agit pas seulement de deux situations différentes, répondis-je. Il s'agit avant tout de deux femmes dont les caractères déterminent le destin. Je crois comprendre que Renée construit son bonheur alors que Louise exige de jouir de la vie sans effort. Est-ce bien cela ? »

Balzac acquiesça. Je poursuivis.

« D'après le peu que je sais de Louise et de Renée, j'admire le courage de Renée mais j'ai compris ma sœur Maria de vouloir vivre intensément à défaut de vivre longtemps. Il est bien vain de travailler pour l'avenir lorsqu'on peut mourir demain. Et vous, monsieur de Balzac, à qui va votre préférence ? »

Il m'effleura la main, planta dans le mien son regard inquisiteur et murmura :

« J'aimerais mieux être tué par Louise que de vivre longtemps avec Renée. Merci pour votre aide. »

À la mi-septembre, j'étais de retour à Paris avec Mamita afin de préparer mes débuts au Théâtre des Italiens où j'avais été engagée pour la saison. Je devais y chanter *Otello*, *Cenerentola*, *Le Barbier de Séville* et *Tancredi* de Rossini avec Lablache et le ténor Rubini comme principaux partenaires.

À la maison, nous trouvâmes une lettre de mon frère Manuel qui avait passé l'été à préparer un mémoire sur la voix pour l'Académie des sciences et un petit paquet bleu passé. Intriguée, Mamita défit l'emballage. Une lettre accompagnait un cahier très épais, aux coins fatigués et à la couverture tachée d'encre. Mamita lut la lettre, prit sa tête entre ses mains et pleura. Je lus à mon tour et je pleurai aussi. Mme Naldi, une vieille amie de mes parents qui avait accueilli Maria à son retour d'Amérique, venait de déménager. En vidant son appartement, elle avait retrouvé dans l'ancienne chambre de Maria ce cahier dont le contenu, disait-elle, ressemblait à celui d'un journal intime. Elle affirmait n'en avoir pas lu plus que nécessaire pour avoir la certitude qu'il avait appartenu à Maria et croyait de son devoir de nous le restituer.

Le cahier nous narguait, il envahissait la pièce et nous laissait pétrifiées. Enfin, Mamita osa rompre le silence :

« Elle te confiait ses secrets, n'est-ce pas ? Tu savais tout ce qu'elle nous cachait à la fin de sa vie et tu n'as rien dit. Ne t'inquiète pas, personne ne vous a trahies mais mon cœur de mère a su tout deviner lorsque vous chantiez le duo de *Norma* à Bruxelles. Je te demande de lire ce cahier et de m'en laisser tout ignorer. »

Le soir même, j'implorai Maria de me pardonner mon indiscrétion et j'emportai le cahier dans ma chambre. Au début, je n'appris rien que je ne savais déjà. Maria racontait les représentations à New York, la brutalité de notre père, son mariage avec Malibran. Elle parlait aussi de moi avec une grande tendresse. Elle évoquait ensuite en termes discrets ses amitiés masculines à Paris.

Je survolai pudiquement ces anecdotes et m'empressai de les oublier. J'étais déçue. Rien dans ces pages ne me rendait ma sœur plus proche qu'elle ne l'avait été. J'allais refermer le cahier lorsqu'une enveloppe s'en échappa. C'était une lettre, une lettre d'amour sans doute puisqu'elle commençait par ces mots : « Mon bien-aimé. » Je la repliai précipitamment et la remis dans l'enveloppe adressée à « M. Louis Viardot, rue Favart, 12 ».

Louis Viardot ! C'était un nom que je jugeai médiocre et qui ne m'était pas inconnu. En mai 1839, j'avais fait des débuts londoniens très remarqués dans *Otello* et l'écho de mes succès était parvenu jusqu'à Louis Viardot, le directeur du Théâtre des Italiens à Paris. Il m'avait aussitôt engagée mais je l'avais peu vu car il avait négocié mon contrat avec Mamita. J'avais surtout remarqué son grand nez et son élégance sévère. Je l'imaginais mal en amoureux de ma fantasque Maria.

Au trac, bien naturel à l'approche de mes débuts aux Italiens, s'ajouta alors une grande anxiété à l'idée de rencontrer cet homme dont j'avais malgré moi découvert le secret. Je brûlai la lettre de Maria en me demandant pourquoi elle ne l'avait pas envoyée, pas plus qu'elle n'avait évoqué Louis Viardot dans son cahier. Je me promis d'élucider un jour cette affaire.

En réalité, j'eus bien d'autres soucis dès que j'eus mis le pied aux Italiens. J'arrivai, le 8 octobre 1839, dans le rôle de la débutante prometteuse et je fus intronisée le soir même sans que ma voix fût seule responsable de cette ascension soudaine.

Dans *Otello*, je reprenais le rôle de Maria, celui de Desdémone, et Luigi Lablache chantait mon père Elmiro. À la fin du premier acte, alors que mon père d'opéra venait de contrarier mon amour pour Otello, Lablache attendit tout juste le tomber de rideau pour m'entraîner sur le devant de la scène et, tenant ma main dans la sienne, m'embrasser chaleureusement. Le public nous fit alors une véritable ovation et notre triomphe alla grandissant tout au long de la représentation. Mais, pour moi, la conquête des Parisiens dans un rôle qui avait été l'un des préférés de Maria n'était pas la seule cause de ma grande émotion. Le geste de Lablache me touchait bien plus car, tandis qu'il prenait ma main pour me mener au succès, je l'imaginais tel que Bériot me l'avait décrit, tenant dans les siennes la petite main de Maria mourante et versant sur elle toutes les larmes que son amour paternel avait su trouver. J'avais beau ne plus vouloir être le fantôme de Maria, Lablache venait de me rappeler que ma vie de chanteuse était le prolongement de celle de ma sœur. Rien de plus.

Au troisième acte, ce fut pour Maria que je chantai la romance du saule :

> *Saule pleureur, délice de l'amour !*
> *Prête ton ombre charitable,*
> *oublieuse de mes malheurs,*
> *à ma funeste et dernière demeure*
> *et que la brise, de mes lamentations,*
> *ne répète plus le son.*

Jamais je ne l'ai si bien chantée depuis. Je dus bisser et je chantai moins bien mais le public n'en eut cure qui me fit une nouvelle ovation. Après avoir péri sous les coups d'Otello, je regagnai ma loge dans une grande euphorie. Un visiteur se fit aussitôt annoncer. C'était Louis Viardot.

« Permettez-moi de vous féliciter, me dit-il en me baisant la main. Vous avez été magnifique, adorable, exquise ! Entendez-vous le tapage du public qui vous réclame encore ?

— Je vous remercie, monsieur. J'ai fait de mon mieux et M. Lablache m'a beaucoup aidée.

— J'ai souvent entendu votre sœur Malibran chanter ce rôle de Desdémone et je croyais que nulle ne pourrait jamais l'égaler. Mais vous avez accompli ce miracle. Je tenais à vous en remercier du fond du cœur. »

Sur ces mots, il me salua et me quitta aussi brusquement qu'il était arrivé.

Durant les jours qui suivirent, Mamita attendit avec anxiété les comptes rendus. Musset m'encensa dans la *Revue des Deux Mondes*, Hector Berlioz me tressa des couronnes mais d'autres mêlèrent à leurs éloges des remarques désobligeantes sur mon apparence physique. Mamita en fut peinée pour moi et, si j'en avais eu le temps, j'aurais peut-être eu la tentation de me laisser consoler. Mais les succès que je remportais désormais à chaque représentation me valurent de solides inimitiés de la part d'autres chanteuses en vue, parmi lesquelles Giulia Grisi et Fanny Persiani. Plus âgées que moi, elles étaient habituées à régner sans partage et me déclarèrent une guerre stupide mais efficace. La Grisi, surtout, multipliait les démarches auprès des critiques et de l'administration des Italiens afin de me faire interrompre ma saison. Dans les salons, on commençait à colporter de vilaines rumeurs sur mon compte. Je me tuais donc au travail, je remettais sans cesse en cause mes interprétations et mon jeu, espérant ainsi ne laisser aucune prise à mes ennemis. J'ignorais alors que le talent dérange bien plus que la médiocrité ! Depuis, je me suis habituée aux tumultes de la gloire et je connais le prix à payer pour l'amour du public. Mais j'avais à l'époque dix-huit ans et ma laideur justifiait à mes propres yeux une partie des attaques dont j'étais victime. Aussi regrettais-je parfois mes sages études de piano et de composition et aspirais-je à une vie plus calme que j'aurais moi-même choisie. Fort heureusement, le sang des Garcia ne coulait pas en vain dans mes veines et le moindre craquement sous mes pieds d'un plancher d'opéra suffisait – et suffit toujours – à me guérir de mes doutes et de mes peines.

Mme Sand arriva fort opportunément à Paris durant cet hiver-là. Elle habitait rue Pigalle, dans une mansarde où elle recevait aussi brillamment qu'à Nohant. Lors du premier dîner auquel Mamita et moi fûmes conviées, nous retrouvâmes Chopin et le bon papa Lablache. Passées les embrassades des retrouvailles, je m'avisai d'un convive manquant puisque le couvert était dressé pour six.

« Ma chère fille, me dit Mme Sand en plissant les yeux d'une manière qui me déplut, j'ai invité un de mes vieux amis qui rêve de vous mieux connaître. D'ailleurs, le voici. Je l'entends monter. »

Deux minutes plus tard, Louis Viardot en personne faisait son entrée ! Mamita, Lablache et Chopin ne parurent pas surpris. Moi seule n'avais pas été prévenue.

Louis Viardot me salua avec chaleur et, abandonnant son masque sévère de directeur des Italiens, il me laissa entrevoir ce qui avait pu conduire Maria à lui donner du « mon bien-aimé ». Malgré ses quarante ans, il paraissait encore jeune et était un convive gai et agréable. Dans ce contexte, je décidai qu'il était assez bel homme. Il m'entretint de l'Espagne où il avait vécu. Il avait consacré plusieurs livres au pays de mes parents et promit de me faire porter sa traduction de *Don Quichotte*. Ses autres passions étaient la peinture et, malheureusement, la chasse. Tout en écoutant discourir Louis Viardot, je réfléchissais à la manière d'en savoir plus sur sa relation avec Maria alors que la même discrétion qui m'avait fait brûler la lettre m'enjoignait de ne pas provoquer une trop grande intimité avec un homme dont ma sœur n'avait pas jugé utile de me parler. N'ayant pas trouvé d'autre solution que de lui demander à brûle-pourpoint s'il avait bien connu Maria, je m'abstins et m'arrangeai pour que notre conversation ne prît pas un tour trop personnel. Ce fut difficile car Mme Sand nous avait placés côte à côte et les autres convives, qui s'étaient donné le mot, discutaient entre eux sans nous prêter la moindre attention.

« La lumière des chandelles vous va bien, me dit-il. L'éclairage au gaz ne vaut rien au teint des jolies femmes. Mais vous êtes mieux que jolie, mademoiselle, vous avez une vraie personnalité. Lorsque je vous ai engagée, je parlais de vous en disant "la sœur de la Malibran". Aujourd'hui, je ne comprends même pas comment j'ai pu voir en vous une autre que Pauline Garcia. »

Le compliment me flatta, mais je n'aurais pu le retourner : pour moi, Louis Viardot était avant tout le mystérieux bienaimé de Maria. Aux alentours de minuit, il fut clair que je lui plaisais et j'attendais désespérément que quelqu'un donnât le signal du départ car Mme Sand, comme par un fait exprès, avait lancé une conversation générale sur le thème du mariage.

« Une femme de talent, une grande artiste par exemple, a tout avantage à ne pas se priver d'un mari. Si celui-ci est dévoué, il peut aplanir autour d'elle toutes les difficultés de la carrière et de la vie quotidienne, lui laissant ainsi l'esprit libre pour se consacrer à son art », assurait Mme Sand en me regardant.

Mamita approuvait et j'étais au supplice. Par chance, personne ne me demanda mon avis et Chopin déclara bientôt qu'il se faisait tard.

Dans le fiacre qui nous ramenait chez nous, rue des Champs-Élysées, Mamita ne tarissait pas d'éloges sur mon directeur de théâtre.

« Quel homme charmant, affirmait-elle. Je suis heureuse que tu t'entendes si bien avec lui. Il n'avait d'yeux que pour toi. Je suis certaine que tu lui plais. »

Mme Sand avait fait du bon travail ! Alors que Mamita continuait, la veille encore, à encourager Musset à me faire sa cour, elle semblait désormais acquise à d'autres projets.

Durant les semaines suivantes, Louis Viardot, poussé par Mme Sand et par Mamita, devint omniprésent. Je ne pouvais pas regagner ma loge aux Italiens sans y recevoir sa visite, précédée souvent d'un envoi de fleurs ou de bonbons qui ajoutait à mon embarras. À l'Opéra où je chantais aussi, il venait m'applaudir chaque fois qu'il le pouvait. Mme Sand continua de nous inviter ensemble chez elle. Bientôt, il ne fit plus de doute, sauf pour moi-même, que mes fiançailles avec Louis Viardot étaient imminentes. Le piège affectueusement tendu par Mamita et par mes amis se refermait sur moi. Je redoutais que Louis Viardot ne se déclarât. Je ne l'aimais pas malgré toute l'estime que j'avais pour lui. Il restait pour moi le « bien-aimé » de Maria et une éventuelle union entre nous me semblait contre nature. Mamita, qui me parlait maintenant sans détour, ne cessait de mettre en avant les avantages que ne pouvait manquer de m'apporter un mariage avec Louis Viardot : une carrière assurée en dépit des intrigues de la Grisi et de la Persiani puisque le prétendant était tout-puissant au Théâtre des Italiens et, avant tout, une position sociale généralement refusée aux chanteuses, comédiennes ou danseuses. Mme Sand, de son côté, tentait de me persuader que ce mariage serait l'événement le plus favorable qu'on pût imaginer à l'épanouissement de mon art.

Je n'osais objecter à tous ces arguments que Louis Viardot avait passé la quarantaine alors que je n'avais pas encore dix-neuf ans, qu'il ne m'inspirait qu'une respectueuse amitié alors que la vie me réservait peut-être une de ces nobles passions que j'incarnais sur scène avec, disait-on, de grands accents de vérité. Par ailleurs, je m'inquiétais toujours de savoir si Maria avait pu aimer Louis Viardot.

En février, je chantais *Tancrède* de Rossini aux Italiens. Pour la première fois, je prêtais ma voix à un homme et, ma foi, je faisais un beau guerrier ! On m'ovationnait encore lorsque, de retour dans ma loge, j'entrepris de retirer mon casque et ma cotte de mailles. C'était une entreprise malaisée aussi allais-je appeler mon habilleuse lorsque Louis Viardot parut.

« Vous voici prisonnière, chère Pauline ! Je vois à peine votre visage sous ce casque mais j'en connais à présent chaque trait.

— Je crois que je vais retourner saluer comme cela.

— Vous recevez avec grâce les hommages du public mais vous refusez les miens. Que dois-je faire, Pauline, pour vous plaire un tout petit peu ?

— Mais vous ne me déplaisez pas, monsieur Viardot. J'aime à causer avec vous et je vous suis reconnaissante de toutes les bontés que vous avez pour moi mais il faut que je retourne saluer.

— Allez-y ! Je vous attends. »

Je m'enfuis, allai saluer dans mon harnachement guerrier et retrouvai Louis Viardot dans ma loge. J'eus peur, soudain, de ce qu'il allait me dire et attaquai donc la première :

« Vous avez bien connu ma sœur Maria, n'est-ce pas ? »

Je le vis se troubler avant de répondre.

« Oui, Pauline, j'ai très bien connu Maria, surtout à son retour d'Amérique. J'étais déjà un grand admirateur de votre père et je n'ai pu résister au plaisir de me faire présenter à sa fille lorsque celle-ci a fait ses débuts à Paris. Grâce à Mme Sand, qui s'était liée d'amitié avec elle, j'ai eu parfois l'occasion de revoir votre sœur et de lui rendre quelques services juridiques relatifs à son divorce. Vous ne le saviez pas ?

— Non, elle ne m'en a jamais parlé. J'étais pourtant sa confidente.

— Tout cela avait sans doute bien peu d'importance pour elle.

— À moins que cela n'en ait eu trop !

— Que voulez-vous dire ? »

J'hésitais à répondre. J'étais à deux doigts de découvrir la vérité et je ne voulais pas gâcher ma chance. J'enlevai alors mon casque et ôtai de mes cheveux l'épingle à tête d'émeraude offerte par Maria.

« De ma sœur, il me reste cette épingle et un journal intime que je n'ai lu qu'une fois, après sa mort, espérant la retrouver un peu dans ses écrits. Plus jamais je n'ouvrirai ce cahier car il ne m'a rien appris et ne m'appartient pas. J'ai eu aussi en ma possession une lettre qui vous était adressée. Je m'apprêtais à la lire lorsque j'ai vu que c'était une lettre d'amour. Alors… je l'ai brûlée.

— Écoutez, Pauline, vous n'ignorez pas les sentiments que j'ai pour vous, aussi vous dois-je la vérité. Maria, à son retour d'Amérique, a pris conscience de l'erreur qu'elle avait faite en se mariant si jeune et si vite. Elle n'aimait pas Malibran, mais elle l'avait suivi afin d'échapper à l'autorité de votre père. À Paris, elle a été fêtée, adulée. Elle a pris confiance en elle, elle a brisé bien des cœurs, tous plus intéressants à ses yeux que celui de son mari, ou supposé tel, puisque vous savez sans doute que ce mariage fut finalement déclaré nul. Lorsque Mme Sand nous présenta, elle s'enticha de moi et j'eus bientôt pour elle beaucoup d'admiration et d'affection. Mais je ne l'aimais pas et elle finit par le comprendre. Elle ne m'en voulut pas et se consola bientôt avec Charles de Bériot qu'elle me fit connaître. Voilà quelle fut ma relation avec Maria. »

J'étais abasourdie. Cet homme que je jugeais ordinaire avait repoussé les avances d'une des femmes les plus convoitées de son temps ! Et Maria avait jugé cet homme digne de son amour. Qui étais-je, moi Pauline, pour dédaigner un homme qui m'accordait ce qu'il avait refusé à Maria ?

« Ainsi, Maria était amoureuse de vous et vous l'avez repoussée ?

— Pour être franc, Pauline, je dois vous avouer qu'il était très difficile de résister aux charmes de Maria. Elle était d'une beauté exquise et son âme était celle d'une enfant triste que tout homme rêvait de consoler. Mais Maria ne m'aimait pas vraiment. Je la rassurais, je l'écoutais, je la comprenais et elle avait besoin de tout cela. Il lui était difficile de se résoudre à rompre avec Malibran et elle cherchait à se donner du courage en tombant amoureuse d'un autre. Je ne fus qu'un instrument. J'aurais pu tirer avantage de son désarroi, mais j'avais trop d'affection pour elle. Je préférai la repousser gentiment afin de rester honnête vis-à-vis d'elle et de ne pas abîmer notre amitié. Vous me croyez, n'est-ce pas ?

— Oui, murmurai-je, je vous crois et je vous remercie de m'avoir tout révélé.

— À présent que vous n'ignorez plus rien de moi, Pauline, acceptez-vous de devenir ma femme ? »

Je restai un moment silencieuse. J'étais très touchée par la délicatesse des sentiments de Louis Viardot vis-à-vis de ma sœur. Pour cela, j'étais prête à l'aimer un peu et à l'estimer beaucoup. Était-ce suffisant pour l'épouser ? Le destin, en déposant à mes pieds un amour qui eût comblé Maria, m'offrait là une jolie occasion de prendre ma revanche de laide. J'éprouvai en cet instant une irrésistible envie de me rapprocher de cet homme mais seul le souvenir qu'il avait de Maria m'intéressait en lui.

« J'accepte », répondis-je enfin sans le regarder.

Nous échangeâmes un baiser qui ne fut pas désagréable. Le soir même, nous annoncions nos fiançailles chez Mme Sand qui se montra plus émue encore que Mamita. Je ne sais si j'étais heureuse mais la joie que je donnai ce soir-là à ma mère, à mes chers amis et à mon fiancé suffit à faire descendre dans mon cœur le sentiment bienfaisant du devoir accompli.

Le 16 avril 1840, dix jours après la fin de la saison des Italiens, j'épousai Louis Viardot à la mairie du IIe arrondissement de Paris. À Balzac, présent à la cérémonie, j'affirmai avec quelque fierté :

« J'ai trouvé la solution que ni votre Louise ni votre Renée n'auraient su imaginer. J'épouse Louis par raison et par passion pour la musique. »

De toutes les félicitations que je reçus ce jour-là, celles de Balzac furent les plus sincères.

4

Notre voyage de noces fut gai, charmant et même studieux car je chantai quelquefois et Louis, qui venait tout juste de démissionner du Théâtre des Italiens, écrivit de nombreux articles sur les musées et les théâtres que nous visitâmes.

Nous allâmes à Venise, Milan, Rome, Florence et Naples. C'était un itinéraire judicieux pour la jeune mariée dubitative que j'étais. Émerveillée par le printemps italien, passionnée par les rencontres que nous fîmes, j'associais Louis au bonheur que je ressentais. Si j'étais heureuse, il devait bien y être pour quelque chose !

À Bologne, nous fûmes accueillis par Rossini qui avait quitté Paris en 1836 pour prendre la direction du Lycée musical. Je me réjouissais fort de rencontrer cet homme qui avait écrit de si beaux airs pour mon père et qui avait suivi avec tant d'intérêt et de bienveillance la courte carrière de Maria. Louis m'avait convaincue d'apporter au maître quelques-unes des mélodies que j'avais composées et ce fut avec une joie impatiente que nous arrivâmes devant la belle demeure du compositeur.

Nous sonnâmes. Une domestique au visage fermé nous introduisit sans mot dire. Elle nous fit monter un escalier de pierre, sombre et majestueux, jusqu'à un boudoir tendu de rouge où elle nous abandonna. Aucun bruit ne nous parvenait, toute la maison paraissait plongée dans un sommeil profond. Rossini arriva enfin et, les bras tendus, nous accueillit avec bonhomie.

« Bonjour mes amis ! Toutes mes félicitations et tous mes vœux pour votre mariage. Je suis ravie, madame, de rencontrer la *prima donna* qui prête, m'a-t-on dit, une voix digne de celle de la Malibran à mes opéras. Lorsque j'ai reçu les échos de vos triomphes, je me suis dit que j'écrirais peut-être de nouveau quelque petite œuvre. Mais à quoi bon ? À présent, je suis vieux et malade et je préfère consacrer le temps qui me reste aux plaisirs de la vie. »

Rossini me parut aigri et j'en fus chagrinée. Depuis huit ans, son imagination jadis si féconde semblait tarie et toute sa personne était lourde, épaisse. Seul son esprit était vif et un éclair de malice traversait parfois les fentes de ses paupières. Je pensai à mon père, mort avant sa mort de n'avoir pu continuer à chanter…

On nous servit un dîner princier. Rossini avait prêté son concours pour la confection des plats. À la lueur d'un chandelier monumental dont les lueurs rosissaient le cristal des verres et l'argenterie, le maître de maison retrouva sa gaieté et nous passâmes une soirée délicieuse à deviser de tout et de rien, buvant un peu plus que de raison, ce qui me fit oublier de montrer au maître les partitions que j'avais apportées ! Parfois, Rossini se taisait et contemplait la belle femme qui était à la droite de Louis. Olympe Pélissier avait suivi le compositeur dans sa retraite italienne et, malgré un passé tumultueux, ne ménageait aucun effort pour maintenir la paix autour de son illustre amant. Ils se sont mariés l'année dernière, après la mort de l'épouse légitime depuis longtemps délaissée. Sans doute Olympe aspirait-elle au mariage mais, à l'époque de notre rencontre, j'enviais un peu cette femme que seul l'amour attachait à un homme. Je ne pouvais m'empêcher de comparer sa situation à la mienne, surtout lorsqu'elle me questionna avec gentillesse sur mon mariage et qu'il me fut impossible de feindre l'enthousiasme. De son côté, Louis ne cachait pas sa félicité à Rossini et je songeai alors que la scène que nous nous jouions aurait pu prendre vie sous la plume alerte de notre hôte.

Je n'éprouvais aucune aversion vis-à-vis de Louis. Notre voyage de noces me permettait de faire connaissance avec un excellent camarade dont la compagnie n'était jamais pesante. Je découvrais avec plaisir l'étendue de sa culture, le raffinement de ses manières, sa générosité, toutes choses qui me le rendaient cher. Seul l'amour qu'il me portait me mettait mal à l'aise car, malgré tous mes efforts, je ne suis jamais parvenue à attendre, le cœur battant, son retour d'une partie de chasse ni à frémir lorsqu'il me prend la main, ni même à ressentir le moindre pincement à l'âme lorsqu'il s'intéresse à la conversation d'une jolie femme. Je ne suis pas amoureuse de Louis mais je lui suis tendrement attachée. Ce n'est pas tout à fait la même chose.

Au début de notre voyage en Italie, j'ai pu croire aimer Louis car j'ignorais tout du sentiment amoureux. J'étais tellement habituée à chanter l'amour sur scène que je ne faisais pas très bien la différence entre l'apparence et la réalité de ce noble penchant. On nous disait si souvent, à Louis et à moi, que nous formions un beau couple, que je me contentais de cette façade. J'étais bien consciente que la musique, en m'accaparant tout entière, contribuait à cette paresse des sentiments mais je redoutais de connaître autre chose que cette paisible camaraderie qui me laissait pourtant insatisfaite.

À Rome, nous séjournâmes à la Villa Médicis. Ingres, le grand peintre, en était le directeur.

Nous passâmes quelques jours enchanteurs en ce lieu inspiré, Louis causant peinture avec Ingres entre deux visites de la ville, moi travaillant un peu et musardant beaucoup dans les jardins de la Villa.

Dès le sixième jour, attirée par le murmure d'une fontaine, je m'engageai dans une allée et m'assis sur un banc à l'ombre d'un pin parasol. Je me laissai aller à la joie simple d'être en vie, les yeux mi-clos, respirant les effluves de fleurs, de plantes et de pierres chaudes. Je découvrais la douceur de l'inaction !

J'allais quitter mon banc lorsque je vis, assis de l'autre côté de l'allée, un tout jeune homme penché sur un carnet de croquis. Nos regards se croisèrent et je rougis en m'apercevant qu'il faisait mon portrait. Afin de me donner une contenance, je sortis à mon tour le calepin qui ne me quitte guère et j'entrepris avec nonchalance de dessiner le paysage environnant.

« Bonjour, mademoiselle, dit l'inconnu en venant vers moi. Permettez-moi de me présenter. Je m'appelle Charles Gounod et je suis pensionnaire à la Villa depuis le mois de janvier. »

Je me levai, mais n'osai le regarder. Ses yeux noirs et ardents dans un visage très blanc m'avaient déjà impressionnée.

« Je m'appelle Pauline Garcia. Je suis pour quelques jours l'invitée de M. Ingres. »

J'avais omis de mentionner Louis, j'avais repris mon nom de jeune fille et, à cet instant, j'étais vraiment celle que je venais de mentionner.

« Vous avez visité Rome ? s'enquit-il.

— Pas encore. Je me sens trop bien dans ces jardins pour m'aventurer en ville.

— Vous avez raison. Rome est décevante. On croit venir à la rencontre d'une ville majestueuse, pleine de temples, de monuments antiques, de ruines pittoresques, et l'on se retrouve dans une ville de province, vulgaire, incolore, sale presque partout. C'est une grave désillusion. Il faut des semaines, voire des mois, pour trouver quelque charme à cette ville. Si vous ne restez que quelques jours, mieux vaut, mademoiselle, que vous ne vous risquiez pas en ville. »

Ce « mademoiselle » me troubla. J'étais, dans l'âme, Mlle Garcia, prête à me laisser courtiser par ce beau jeune homme aux traits mélancoliques. Je pouvais même pousser l'aventure un peu plus loin que lorsque j'étais jeune fille car le mariage était mon meilleur garde-fou.

« Vous dessinez, mademoiselle ?

— Depuis toujours.

— Avec qui étudiez-vous ?

— Vous êtes bien curieux ! Je n'ai eu d'autre maître qu'Eugène Delacroix.

— Quelle chance ! Vous travaillez toujours avec lui ?

— Très peu mais, l'été dernier, il m'a prié de lui faire des études de paysannes pour sa Sainte Anne. Puis-je voir le dessin que vous avez fait de moi ?

— Le voici. Veuillez me pardonner de l'avoir fait à votre insu, mais je vous ai trouvée si belle que je n'ai pu résister. »

Je pensai que ce jeune homme devait avoir des problèmes de vue mais, de fait, le portrait qu'il me montra était plutôt gracieux.

« C'est un portrait flatteur ! Puis-je savoir à mon tour qui est votre maître ?

— Comme vous, je n'en ai eu qu'un seul, mon père François-Louis Gounod. Il était un excellent dessinateur et graveur, mais il est mort lorsque j'étais enfant.

— J'en suis sincèrement désolée. À présent, je dois partir. Adieu, monsieur.

— Vous partez déjà ? Vous arrivez dans ma vie comme un rayon de soleil, j'ignore tout de vous excepté votre nom et vous m'abandonnez sans même une promesse de vous revoir !

— Nous nous reverrons forcément, la Villa n'est pas si grande. Adieu, monsieur. »

Je m'enfuis sans laisser au séduisant jeune homme le temps de me répondre. Mes oreilles bourdonnaient et mon cœur hésitait entre la gaieté d'avoir fait une farce et l'ombre d'un émoi amoureux. Je me sentais un peu fautive vis-à-vis de Louis et je m'efforçai d'oublier au plus vite cette scène charmante. Je devais en effet me préparer à chanter dans le salon du directeur où, chaque dimanche, les pensionnaires venaient donner un concert informel. Ingres aimait passionnément la musique et jouait lui-même fort bien du violon. Il m'avait suppliée de venir le régaler d'un air du *Robin des Bois*[1] de Weber, la fameuse Cavatine d'Agathe. Ingres m'ayant promis qu'il se trouverait bien, parmi les pensionnaires présents ce soir-là, un volontaire pour m'accompagner au piano, je m'apprêtai avec plaisir. Je m'enfermai dans ma chambre afin d'y faire ma voix.

Lorsque l'air commença à fraîchir, laissant retomber sur la Villa un bouquet de parfums, j'enfilai la robe de soie vert d'eau que Louis m'avait offerte à Milan et jetai sur mes épaules un châle de cachemire. J'étais presque belle et je me surpris à sourire en pensant au jeune homme que j'allais peut-être

---

1. Version française (1824) du *Freischütz*, créé à Berlin en 1821.

revoir. Ce fut Louis qui pensa à glisser dans mes cheveux mon épingle fétiche.

Il m'offrit le bras et me conduisit, inconscient du danger, jusqu'au salon où nous attendaient déjà Ingres et de nombreux pensionnaires. Tous se levèrent pour nous accueillir et Ingres nous présenta de fort élogieuse manière, mentionnant les articles de Louis, mes succès parisiens et, à mon grand embarras, notre voyage de noces.

Je parcourus du regard l'assistance sans reconnaître le jeune homme aux yeux sombres. Mais, déjà, Ingres s'adressait à ses invités :

« Mme Viardot a accepté de chanter pour nous la Cavatine d'Agathe. Qui, parmi les compositeurs, aurait l'obligeance de bien vouloir l'accompagner ? Si j'étais moi-même pianiste, je ne laisserais pas passer cet honneur. »

Ingres avait à peine fini sa phrase qu'un homme surgit de nulle part et vint s'asseoir au piano sans même me saluer. Je sursautai en reconnaissant Charles Gounod.

« Vous êtes donc musicien ? demandai-je à voix basse, feignant de lui montrer la partition.

— Mademoiselle Garcia est donc mariée ? », répondit-il sans se démonter.

On fit silence. Je croisai le regard étonné de Louis et lui dérobai le mien. Charles Gounod posa sur le clavier ses mains qu'il avait superbes et nous nous transportâmes devant l'autel où Agathe, en robe de mariée, attend tristement son fiancé :

Et même si un nuage le cache
le soleil n'en reste pas moins au firmament ;
Là-haut règne une sainte volonté,
Ce n'est pas l'aveugle hasard qui régit le monde !
L'œil, dans sa pureté et sa clarté éternelles,

veille sur toute créature avec amour !
De moi aussi, le Père aura soin,
lui en qui mon cœur et mon esprit ont la confiance d'un enfant,
et quand bien même ce serait là mon dernier matin,
c'est une épousée que ses paroles appelleraient :
son œil, dans sa clarté et sa pureté éternelles,
veille sur moi aussi avec amour !

Gounod soutenait ma voix avec d'infinies délicatesses. Je chantais sans le regarder, ma voix blottie contre son âme, portée par son inspiration qui rejoignait la mienne. Nous respirions, nous vivions à l'unisson ce chant d'amour à la mélancolie poignante.

Nos regards ne se croisèrent pas davantage lorsque les applaudissements rompirent le charme, mais je frissonnai lorsque Charles Gounod me baisa la main avant de disparaître aussi mystérieusement qu'il était apparu.

J'aurais dû, peut-être, ne pas laisser s'enfuir ma première chance de vivre un amour partagé. Je sais trop bien ce qui me retint pour ne pas en rougir. Ce n'était pas le mariage qui m'enchaînait, pas plus que la crainte de perdre ma respectabilité. C'était le souci égoïste de ne pas causer dans ma vie confortable le moindre désordre néfaste à mon art. C'est sans doute à cause de cette même paresse de cœur que Marie Duplessis mourra sans avoir vécu jusqu'au bout un amour pur et désintéressé. En évoquant ma brève rencontre avec Charles Gounod, je me rends compte combien ma promesse faite à Marie me comble d'aise par la tranquillité qu'elle m'impose. Je ne déteste pas les mille frémissements du cœur, les émois délicieux, mais l'art se nourrit d'art et non de sautes d'humeur.

Je ne revis pas Charles Gounod, mais il me fit passer un court billet que j'eus la faiblesse de conserver.

Madame,

Mon cœur vous appartient, mais votre situation m'interdit de chercher à vous revoir. Jusqu'à notre rencontre, je pensais consacrer mon œuvre à louer le Seigneur mais mon devoir est maintenant d'entrer au service de votre voix. Un jour, lorsque mon savoir et mon talent me sembleront dignes de vous, je vous retrouverai où que vous soyez afin de vous offrir un opéra dans lequel j'aurai mis mon cœur et mon sang et qui fera votre gloire.

Désespérément vôtre,

Charles Gounod.

Il me fallut dompter mes regrets et la musique fut pour moi excellente conseillère. Louis avait en partie compris ce qui se tramait. Il ne m'en fit nul reproche, mais précipita notre départ, m'épargnant ainsi le supplice de revenir rôder en vain auprès du banc où j'avais rencontré Charles Gounod. Après tout, je n'avais pas eu le temps d'espérer quoi que ce fût de cette ardente rencontre avec un inconnu. Mais mon cœur endormi s'était éveillé et restait aux aguets, prêt à s'emballer de nouveau. Bien que je l'eusse souhaité, cette flamme toute neuve ne profita pas à Louis malgré l'estime croissante que je lui portais.

5

À la fin du moins de juillet, nous rentrâmes à Paris où je découvris le foyer qui allait être le mien. Louis n'avait pas jugé nécessaire de faire les frais d'un nouvel appartement, aussi nous installâmes-nous dans celui qu'il occupait avant notre mariage, au numéro 12 de la rue Favart. Les pièces en étaient vastes mais assombries par des rideaux de velours grenat ou vert foncé et le mobilier vieillot répandait une odeur d'encaustique qui me prit à la gorge. Mes trois belles-sœurs, Mlle Berthe en tête, veillaient sur le linge, les provisions et l'argenterie du ménage de leur frère. Elles avaient toujours habité cet appartement et le mariage de Louis n'était pour elles qu'un regrettable accident de parcours, à peine digne de les faire changer de chambre et moins encore de les déloger. Dès notre arrivée, je sus que j'étais une intruse. Les trois « pas trop belles-sœurs », raides et jaunes dans leurs robes grises, nous accueillirent avec la même désinvolture que si nous fussions partis la veille. Après quelques embrassades distribuées à coups de mentons piquants et de joues froides, je demandai la permission de me retirer dans notre chambre. Mlle Berthe m'y conduisit. J'y trouvai mes malles et des cartons envoyés par Mamita qui avait emballé avec soin toute ma vie d'avant, celle d'une jeune fille morte d'avoir préféré la musique à l'amour. Le cœur serré, je me faisais l'effet d'entrer dans la prison que j'avais choisie pour le bien de mon art. Sur la cheminée, une pendule de bronze me narguait, me rappelant que je n'avais pas de temps à perdre si je ne voulais pas, un jour, me repentir de mon choix.

Mlle Berthe s'était éloignée en silence, Louis était resté au salon, tout heureux de retrouver ses habitudes de vieux garçon.

J'entrepris de défaire mes malles, m'efforçant de ne pas relire chaque lettre, de ne pas rester à m'attendrir devant le moindre témoignage de ma jeunesse déjà perdue. Il me fallut une bonne dose d'héroïsme pour ne pas succomber à la nostalgie, mais je versai tout de même quelques larmes en dépliant la robe que Maria m'avait choisie pour notre premier et dernier concert ensemble. Je classai mes livres, triai mes partitions, mes dessins et gravures. Lorsque je me décidai enfin à ranger mes vêtements et mon linge, je m'aperçus que les portes des deux armoires étaient fermées à clé. J'allais quérir l'aide de Louis lorsque Mlle Berthe revint fort à propos, un trousseau de clés à la main.

« Je détiens toutes les clés de cette maison, me dit ce saint Pierre en jupons. L'intendance est une charge dont je me suis toujours acquittée de bon cœur et avec l'aide de mes sœurs. Puisque notre frère vous a épousée nous allons, je suppose, devoir nous en remettre à vous. Laissez-moi cependant vous dire, madame, que je vous trouve bien jeune pour tenir une maison où vivent cinq personnes. »

On n'aurait su être moins aimable. Je la regardai avec surprise et elle me parut moins revêche que ses paroles. Tout son visage exprimait l'inquiétude et la frustration mais pas la moindre méchanceté.

« Rassurez-vous, lui dis-je avec douceur, je ne tiens pas à changer vos habitudes. J'ai peu de goût à tenir une maison et vous savez certainement que mon métier m'entraîne souvent loin de chez moi. Il vaut mieux que vous gardiez ce trousseau car je m'en voudrais de partir en tournée en oubliant de vous laisser la clé du garde-manger ! »

Mon trait d'humour ne dérangea pas une ride du visage de Mlle Berthe, mais je me débarrassai d'un seul coup des tâches ménagères et de l'inimitié de mes pas trop belles-sœurs. Peut-être, après tout, étais-je douée pour le mariage !

Mais j'eus bientôt d'autres soucis. Sous le soleil d'Italie, Louis avait su être un compagnon agréable, brillant causeur et fort courtois. Après notre voyage de noces, son amour pour moi ne faiblit pas un instant, mais il me devint de plus en plus pesant.

Louis, en dehors de ses réunions politiques – il était un républicain fervent – passait beaucoup de temps à la maison puisqu'il n'était plus directeur des Italiens. Il écrivait toujours mais sans conviction et je le soupçonnai bientôt de paresse. Ses sœurs encourageaient les aspects un peu faibles de son caractère. Elles le dorlotaient, le nourrissaient, lui faisaient une conversation infantile qui tournait surtout autour des alliances et mésalliances des enfants de leurs amies d'enfance, des naissances des bébés et de considérations sur le temps qu'il faisait. Louis, tel un gros chat, ronronnait de volupté parmi ces assommantes vieilles filles qui partageaient tous nos repas et s'installaient au salon avec leurs ouvrages lorsque je travaillais ma voix en m'accompagnant au piano.

J'avais espéré que la saison m'occuperait assez pour justifier mon renoncement aux choses de l'amour et pour me tenir le plus souvent éloignée de la rue Favart. Hélas ! Hormis quelques concerts, je chantai fort peu en cet automne et en cet hiver-là.

Giulia Grisi, avec un incontestable talent pour les intrigues et le tapage, m'interdisait l'accès des Italiens où elle était reine depuis longtemps et plus encore depuis la démission de Louis. Sa voix n'était pourtant pas plus belle que la mienne, mais la Grisi avait – et a toujours ! – une telle manière de se mettre en scène au théâtre comme à la ville que la presse ne cessait de relater chacun de ses faits et gestes, lui assurant ainsi une notoriété que le chant seul ne pouvait pas m'apporter. Qui pouvait s'intéresser à ma vie de recluse dans le clan Viardot alors qu'on se battait en duel, qu'on se ruinait pour les yeux bleus de la Grisi ?

Durant les premiers mois, je ne regrettai pas trop de ne plus chanter aux Italiens. J'avais envie d'autres rôles et je pensais que ma place était à présent à l'Opéra. Je m'en ouvris à Louis qui prétendait devenir mon impresario, raison pour laquelle il avait abandonné son poste aux Italiens.

« Je te comprends, me dit-il, mais tu connais la faiblesse de Léon Pillet. Un directeur amoureux de sa *prima donna* est un homme perdu !

— Tu en sais quelque chose, répondis-je en riant.

— Oui, mais ma *prima donna* n'était pas la redoutable Rosine Stolz. Elle a réduit en esclavage ce pauvre Pillet et dirige l'Académie royale à sa place. Elle ne souffrira jamais une concurrente comme toi.

— Quel genre de femme est-elle ?

— Abominablement vulgaire. Imagine une fille de concierges du boulevard Montparnasse, de son vrai nom Victoire Noël, piquée par la folie des grandeurs et se faisant appeler marquise d'Altavilla, comtesse de Ketschendorf et j'en passe… Sa voix est puissante mais elle chante sans style et ne recule devant aucun effet douteux. Elle n'a aucune éducation et prétend que les tableaux minables qu'elle possède sont des Rembrandt et des Murillo. Mais il y a pire ! La Stolz est d'une méchanceté effroyable pour ses rivales. Elle n'hésite pas à payer une contre-claque pour les faire huer ou à leur tacher leur costume juste avant de monter sur scène.

— Elle a donc un bien grand succès pour qu'on lui pardonne tout cela ?

— Pas même. Le public ne l'aime guère mais Pillet est un sot et ne cesse de la défendre. Il dit partout qu'elle chante aussi bien que Maria… moins les défauts !

— Mon Dieu ! Comment ose-t-il ? Dans ces conditions, mes chances sont minces. »

Hormis quelques concerts, je ne chantai donc pas à Paris cette saison-là et pas davantage les suivantes. Les caprices de Giulia Grisi et de Rosine Stolz n'étaient pas les seules raisons de mon silence forcé. S'il s'était trouvé quelqu'un de haut placé pour m'aider, j'aurais pu chanter envers et contre toutes mais les idées républicaines de Louis me fermaient bien des portes. Ainsi, je m'étais laissé marier pour mieux me consacrer au chant et l'homme qu'on m'avait choisi contribuait à me rendre muette !

Je ne voulus pas pleurer sur mon sort. J'avais du temps devant moi et j'en profitai pour apprendre de nouveaux rôles. Je m'attelai d'abord à Valentine des *Huguenots* de Meyerbeer puis à Norma. Je chantais déjà Adalgise, mais reprendre le rôle de Maria était pour moi un défi. Je ne savais si j'aurais un jour l'occasion d'apparaître sur scène dans la robe blanche de la prêtresse mais je travaillais avec acharnement et trouvais dans les accents de ma propre voix un bonheur qu'aucun amour terrestre n'aurait pu me donner. Pourtant, le théâtre me manquait, non pas seulement parce que j'aimais sentir sous ma voix la masse chaude et vivante de l'orchestre mais surtout parce que j'avais besoin des métamorphoses que l'on m'y faisait subir. Qui n'est jamais arrivée par l'entrée des artistes en tenue de ville pour paraître un peu plus tard sur scène dans tout l'éclat d'une autre ne pourra jamais comprendre la cruauté de ma situation. Le maquillage, la coiffure, le costume, sont les dangereux ingrédients de l'ivresse de la métamorphose. Lorsque la laide Pauline Viardot sourit dans le miroir de sa loge à la délicate Desdémone, le chant passe du cœur de l'une à la poitrine de l'autre pour jaillir avec une force que l'on ne soupçonnait pas durant les heures de travail solitaire. On est toujours deux avec soi-même lorsqu'on chante à l'opéra et seul un grand amour où deux ne font plus qu'un doit pouvoir consoler une chanteuse de l'absence de reflet dans le miroir de la loge.

En cet hiver 1840, j'étais donc en quête d'un rôle à l'opéra ou d'une âme sœur et j'ignorais où eût été ma préférence s'il m'eût fallu choisir.

Maria, elle, n'avait jamais connu ces douloureux balancements de l'âme. Elle avait eu la gloire après sa malheureuse union avec Malibran et son grand amour avec Charles de Bériot n'avait été qu'un diamant de plus sur l'éblouissante parure de sa renommée. Elle disait souvent que l'amour de Charles décuplait ses forces et ses capacités vocales. Mais son bonheur conjugal fut si bref qu'il est difficile de juger si une telle félicité aurait pu longtemps ne point troubler sa carrière. Je me demande parfois si un mariage avec Louis aurait pu faire ainsi briller ma sœur. Peut-être suis-je seule responsable de l'ennui qui fut le mien lors des premiers mois de ma vie conjugale. Mon éducation ne m'aidait pas à surmonter mon désarroi car, si j'avais appris à accomplir tous les gestes qu'une honnête femme doit connaître pour tenir son foyer, les ambitions musicales que mes parents avaient toujours eues pour moi ne m'avaient pas préparée à partager sagement mon temps entre la direction de ma maison et les mondanités. En revanche, Mamita m'avait inculqué avec sévérité tous les principes qui font d'une femme une irréprochable épouse, fût-elle chanteuse. Dans un premier temps, il me parut donc inconcevable de chercher hors des liens du mariage ce à quoi mon impétueuse jeunesse aspirait. C'est pourquoi je devins plus enragée encore au travail.

Si Marie n'avait pas été si malade aujourd'hui, je lui aurais volontiers avoué que mon ardeur à l'étude est née d'abord d'une grande frustration. Ce n'est pas la sérénité du mariage qui m'a permis de me vouer corps et âme au chant mais son infinie morosité.

Seule la musique m'a évité de sentir ma vie s'enfuir jour après jour dans un affreux gâchis.

Aussi étrange que cela paraisse, Marie meurt mariée et même comtesse de Perregaux. En février dernier, déjà malade, elle a souhaité donner non pas un sens mais un titre à sa vie. Dérisoire vanité que celle qui pousse une femme à s'acheter un nom pour exister aux yeux du monde ! S'il n'avait tenu qu'à moi, jamais je n'aurais troqué Garcia pour Viardot, mais Marie n'avait qu'un nom d'emprunt, un Duplessis pour cacher la misère d'une naissance obscure. Duplessis disparaîtra avec elle, mais la comtesse de Perregaux aura sa place dans la généalogie compliquée de cette famille aristocratique. Face à la mort, chacun fourbit les armes qu'il peut.

Au printemps, alors que je rentrais avec Louis et notre fille de Saint-Pétersbourg, je voulus passer une semaine à Bade afin de m'y reposer des fatigues de ma saison russe. Nos malles furent déposées à l'hôtel Blume où, par le plus grand des hasards, séjournait aussi Marie. Je la rencontrai le jour même de notre arrivée dans le grand salon de l'hôtel.

« Madame Viardot ! Quelle heureuse surprise ! », s'exclama-t-elle en se levant.

Je lui dis les raisons de mon séjour, elle me confia les siennes.

« Je suis venue prendre les eaux. Mon état de santé laisse à désirer et mon mari a beaucoup insisté pour que je ne renonce pas à cette cure.

— Votre mari ?

— Ah ma chère ! Je viens de me marier à Londres avec le comte Édouard de Perregaux. Me voici donc comtesse ! », ajouta-t-elle en riant de bon cœur.

« Toutes mes félicitations ! Vous devez être bien amoureuse pour avoir renoncé à votre liberté !

— Amoureuse ? Disons plutôt que j'accepte de me laisser aimer. Quant à ma liberté, telle que vous me voyez je suis toujours une femme libre et je compte le demeurer. »

Elle me dit cela sans la moindre insolence, avec la simplicité de l'enfant qu'elle a su rester malgré sa vie dissolue. Elle était belle en cet instant, très élégante dans une robe de velours bleu nuit au décolleté orné de trois rangs de perles et d'un camélia blanc. Belle mais pitoyable à se croire libre alors que la moindre parure de son costume avait été payée par l'abandon de son corps délicat à quelque riche désœuvré. Si, en cet instant, Marie avait décidé de reprendre la seule chose qui lui appartenait en propre, la direction de l'hôtel Blume n'aurait pas tardé à la jeter à la rue, gardant en gage ses bijoux et ses robes. D'après ce que Marie me raconta de son mariage, je compris donc qu'elle avait refusé d'aliéner sa liberté à un seul homme pour dépendre tout entière de ses nombreux amants. Je repensai alors à notre première rencontre tandis que Marie commandait deux menthes à l'eau, à cette soirée au cours de laquelle j'avais par mon seul talent écarté à mon profit les admirateurs de Marie. Ce soir-là, j'étais rentrée rue Favart avec la ferme intention de ne plus douter de mes charmes et d'en faire bon usage afin d'aimer un jour selon mon cœur. Tel avait été le résultat de ma première rencontre avec Marie.

Mais j'étais encore bien loin de cette disposition d'esprit lorsque les premiers désenchantements du mariage vinrent me contrarier. Fort heureusement, à la morte-saison parisienne succéda pour moi, au printemps et à l'été 1841, une saison londonienne telle que je n'aurais jamais osé l'imaginer.

Puisque nos bizarres voisins anglais ont coutume de reve-nir à Londres au moment où, partout ailleurs, on quitte la ville pour la campagne, j'eus le bonheur de retrouver les planches le 11 mars 1841 dans *Gli Orazi e i Curiazi*[1] de Cimarosa[2] où je triomphai sans partage. J'étais encore peu connue en Angle-terre, mais tous les critiques m'y prédisaient un avenir auquel je voulais croire.

À l'issue des premières représentations, je rentrais sage-ment avec Louis dans l'appartement que nous avions loué à Regent Street. Entre ces murs au mauvais goût anglais, nous retrouvions un peu de la complicité de notre voyage de noces. Louis s'intéressait de plus près au développement de ma carrière et veillait au bon ordre de mes contrats. Il m'encoura-

---

1. Tragédie en musique créée le 26 décembre 1796 à Venise.
2. Domenico Cimarosa (1749-1801).

geait dans les moments de doute et consentait à me laisser dormir seule lorsque j'avais à chanter le lendemain. Je lui en savais gré et ce fut à Londres que nous apprîmes à mieux vivre ensemble.

Il me fallut bientôt affronter une redoutable épreuve : j'avais été engagée pour chanter *I Capuleti*[1] de Bellini. Maria avait été une bouleversante Juliette dont les Anglais se souvenaient encore et je m'apprêtais à reprendre le flambeau lorsque la direction du théâtre m'informa que Giulia Grisi exigeait de chanter ce rôle ! Je me voyais évincée lorsqu'on me proposa de chanter... Roméo ! Une fois de plus, j'endossai donc un vêtement d'homme et me préparai, le cœur battant, à déclarer ma flamme à ma détestable rivale !

J'étais en grande forme vocale, mais je me sentais un peu ridicule dans mon pourpoint, mes boucles brunes cachées sous un chapeau de garde-chasse et une lourde épée me battant les flancs. Pour couronner le tout, je portais des bas blancs qui soulignaient mes mollets courts et un peu forts. J'étais cependant trop heureuse de jouer de ma voix pour m'attarder sur d'aussi futiles désagréments.

Lorsque Giulia Grisi arriva parée de mille diamants, la coiffure opulente et compliquée, la taille serrée à ne plus pouvoir respirer dans une robe de satin blanc ornée d'une guirlande de roses, j'avais déjà gagné la partie. Je fus un Roméo princier et ma Juliette, tout à sa rage, mourut sans grâce. Le lendemain, j'étais célèbre.

Les semaines suivantes, j'enchaînai les rôles avec un succès qui eût pu me griser si Maria ne m'avait pas préservée

---

1. *I capuleti e i Montecchi*, opéra créé le 11 mars 1830 lors du carnaval de Venice.

à jamais de cette ivresse morbide. Je travaillais sans relâche, partageant mon temps entre les répétitions, mes exercices quotidiens et quelques concerts de charité. Le théâtre était mon foyer et Louis un lointain point d'ancrage dont j'appris à fort bien me passer lorsqu'il regagna Paris à regret.

À la fin de mon séjour, j'étais une reine. Comme Maria, je recevais fleurs et cadeaux et même des déclarations d'amour qui me laissaient songeuse. J'étais sans cesse invitée à d'élégantes réceptions et la richesse toute neuve qui accompagnait ma célébrité me permit d'oser me parer comme si j'avais été l'une de ces jolies femmes que je ne pouvais, malgré tout, m'empêcher d'envier un peu. J'écrivis à Mamita afin qu'elle m'envoyât quelques modèles parisiens et je pris plaisir à m'imaginer en robe de style Pompadour avec un corsage en pointe sur le devant de la jupe et de longues manches étroites pour mettre en valeur la finesse de mes bras, ou bien en robe du soir à décolleté bateau telle que j'en avais vu une sur un dessin de la célèbre couturière Palmyre. Je passais mes rares moments de liberté en essayages et en coûteuses visites chez les gantiers, les modistes et les bottiers les plus réputés de Londres. Bravant ma laideur, je peaufinais chaque jour ma métamorphose et j'appris dans le regard des autres qu'une femme n'est jamais laide si elle-même se sent belle.

Un soir que je rentrais chez moi en méditant sur les heureuses conséquences de mon extraordinaire faveur auprès du public londonien, je fus accueillie par Betty, ma gouvernante, rouge d'excitation et de confusion. Elle se répandit aussitôt en excuses, m'informant qu'un monsieur avait demandé après moi et, apprenant mon absence, s'était installé au salon en attendant mon retour.

« Il dit qu'il est de vos amis », ajouta Betty, suspicieuse.

Intriguée, je posai mon châle entre les mains de la gouvernante et me précipitai au salon. L'homme me tournait le dos, perdu dans la contemplation d'une gravure représentant Maria en Desdémone. Il était vêtu avec une grande recherche, ses pantalons rayés apparaissant sous une stricte redingote de drap gris perle. Je reconnus sa stature, je caressai du regard sa nuque, ses cheveux blonds et je sentis mes jambes se dérober lorsque Franz Liszt se retourna.

« Bonsoir, Pauline, dit-il simplement en me baisant la main. Veuillez pardonner mon intrusion, mais je repars demain pour Paris et je ne voulais pas manquer de venir saluer la nouvelle coqueluche de Londres.

— Vous êtes tout pardonné, lui répondis-je dans un sourire. Mais peut-être serez-vous déçu d'apprendre que Louis est retourné vaquer à ses occupations parisiennes.

— Déçu ? Vous m'en voyez enchanté ! J'ai enfin ma petite Pauline pour moi seul, sans chaperon ni mari ! Comme vous avez embelli depuis Nohant ! J'ai bien du mal à reconnaître ma rougissante élève. »

Tout en parlant, il s'était approché de moi et m'avait pris la taille. Troublée, je me dégageai :

« Je vous en prie, suppliai-je, ne vous moquez pas de moi.

— Ai-je l'air de me moquer ? Vos sentiments à mon égard se sont-ils à ce point refroidis ?

— Que voulez-vous dire ? À Nohant, l'été dernier, nous avons été bons camarades et j'ai eu plaisir à faire de la musique avec vous. J'en aurais encore aujourd'hui si vous ne me teniez pas ces propos étranges. »

Liszt se mit à rire.

« Lorsque vous étiez mon élève, vous étiez folle de moi. Je n'avais jamais vu personne travailler autant pour plaire à son maître ! En arrivant à Nohant, l'été dernier, vous étiez encore prête à m'aimer, je l'ai vu dans vos yeux. Puis vous êtes devenue distante quoique amicale. Maman Sand vous aura-t-elle dit du mal de moi ?

— Mme Sand ? Mais enfin, me croyez-vous donc incapable de penser et d'agir par moi-même ? Lorsque j'étais votre élève, vous ne vous êtes jamais intéressé à autre chose qu'à mes progrès en piano et vous avez sans doute bien fait. Je vous aimais, c'est vrai, comme on croit aimer à quatorze ou quinze ans. Lorsque je vous ai revu l'été dernier, j'ai été surprise et heureuse, mais la sagesse m'a commandé de ne plus laisser mon cœur s'emballer à votre propos. Aujourd'hui j'ai vingt ans, je suis une femme mariée et je trouve votre attitude déplacée. »

Liszt, riant de nouveau, se laissa tomber dans un fauteuil auprès du feu.

« Pardonnez-moi, Pauline. Nous sommes en train de nous faire une scène ridicule parce que je ne peux m'empêcher de perdre un peu la tête en voyant quelle belle femme vous êtes devenue… Hier soir, je vous ai entendue à l'opéra et, depuis, votre voix ne me quitte plus. Si vous n'étiez déjà mariée, je vous épouserais sur-le-champ et nous donnerions ensemble des milliers de concerts. Quel malheur que Maman Sand ait voulu à vos dépens exercer ses talents de marieuse ! Jamais je ne pourrai le lui pardonner et c'est d'ailleurs en grande partie à cause de vous que nous sommes à présent brouillés. »

Qu'il est déconcertant pour une femme d'écouter un homme amoureux dénigrer l'une de ses meilleures amies ! J'avais secrètement un tel désir d'entendre Liszt me redire son amour que j'eus la grande lâcheté de ne pas prendre la défense de George Sand. Je restai donc muette, abasourdie par cette déclaration qui arrivait trop tard. Liszt m'observait, tel un chat guettant sa proie. Immobile, il attendait peut-être que l'attraction universelle nous jetât l'un vers l'autre. Il était tard, il faisait chaud, Betty s'était retirée dans sa mansarde et je ne quittais plus des yeux les longues mains nerveuses veinées de bleu pâle. Soudain, j'entendis un froissement d'étoffe et m'affaissai aux pieds de Liszt. Je sentis sur ma joue le drap de son vêtement et, dans mon cou, la douceur de ses doigts dérangeant ma coiffure. Nous n'échangeâmes pas un mot tandis que mes boucles tombaient en pluie sur mes épaules et que ma robe perdait peu à peu contenance. J'avais conscience de commettre un acte irréparable, mais un vertige inconnu brisait ma volonté déjà bien ébranlée par le parfum de vétiver que je respirais à travers la chemise de cet amant tombé du ciel. Pas un instant, je ne pensai à Louis, mari ordinaire et simple accessoire de ma vie d'artiste. Mon destin de femme était sur le point de s'accomplir sans lui lorsque Liszt, au moment de faire tomber un dernier rempart de rubans et de linon empesé, prononça quelques mots de trop :

« Ma princesse ! Tu es mienne à présent et je veux t'emmener dès demain avec moi. »

Une douche froide n'aurait pas mieux calmé mes ardeurs !

— M'emmener ? Mais pourquoi ?

— Pour me réveiller chaque matin près de toi et t'épouser enfin lorsque tu auras obtenu le divorce. D'ici là, nous pourrons aller en Suisse ou en Italie en attendant que le scandale de notre fuite retombe. »

Je me dégageai avec brusquerie.

« Vous oubliez, monsieur, que vous avez déjà enlevé la comtesse d'Agoult qui vous a donné trois enfants !

— Seriez-vous jalouse ? Vous me feriez là un grand honneur ! »

Je n'étais pas jalouse car je savais par Mme Sand que Liszt et la comtesse étaient au bord de la rupture. Je saisis cependant ce prétexte un peu mesquin pour tenter de mettre fin à ce début d'adultère.

« Oui je suis jalouse ! Comptez-vous m'installer dans les appartements de Mme d'Agoult ou devrai-je vous attendre à l'étage au-dessous ?

— Je ne crois pas à votre jalousie, Pauline. Vous êtes beaucoup trop bonne et trop intelligente pour cela. Dites-moi plutôt ce qui vous tourmente. »

Alors, me rhabillant, je déversai sur Liszt le fardeau que j'avais senti s'écraser sur mon cœur lorsqu'il avait parlé de me cacher en Suisse ou en Italie.

« Je ne veux pas être cachée ! J'ai vécu huit mois cloîtrée à Paris entre mon mari et ses trois sœurs, à attendre chaque jour de remonter sur scène. J'ai cru que j'allais en mourir. Je viens tout juste de retrouver les lumières de l'opéra, l'amour du public, le bonheur fou de chanter et vous voudriez qui j'y renonce pendant des mois ou des années ? Jamais vous ne pourrez exiger de moi pareille folie. Je suis chanteuse avant d'être femme et vous savez vous-même combien la musique est une exigeante maîtresse. Partez, Franz, avant que nous ne commettions quelque folie. Louis n'est sans doute pas un mari parfait, mais il ne sera jamais un obstacle entre mon art et moi. »

Tandis que je parlais toujours plus vite de crainte de n'avoir point le courage d'aller au bout de mon refus, Liszt me regardait avec bienveillance et remettait de l'ordre dans son costume. Lorsque j'eus terminé, il enfila ses gants et applaudit.

« Bravo, dit-il dans un sourire. Vous êtes plus merveilleuse encore que je ne le pensais. Vos raisons sont des plus honorables et croyez, chère Pauline, que je les comprends. Vos arguments sont ceux d'un homme et je ne vous en respecte que davantage. Restons donc camarades, voulez-vous, mais laissez-moi, avant de partir, vous dire ceci. »

Liszt déposa alors un baiser dans mon cou et me glissa à l'oreille :

« Jamais je n'ai été aussi heureux dans les bras d'une femme. »

Il me quitta, avec la promesse de me garder toute son affection. J'étais à la fois soulagée et presque déconfite qu'il n'eût point davantage insisté. Lorsque j'appris, il y a quelques mois, sa liaison avec Marie Duplessis, je me remémorai avec satisfaction cette aventure londonienne au cours de laquelle il m'avait été donné de passer avant la reine de Paris dans les bras du plus grand pianiste de notre temps.

6

Au mois de juillet 1841, je quittai Londres pour Nohant via Paris. J'étais auréolée d'une gloire que les dernières représentations de la *Cenerentola* de Rossini avaient rendue plus éclatante encore, j'étais comblée dans ma vie d'artiste, pas tout à fait mécontente de ma vie de femme et je me préparais à connaître les joies de la maternité.

Je retrouvai avec plaisir la sérénité du château de Nohant et, bien sûr, George Sand que j'appelais désormais du doux nom de Ninoune. Notre hôtesse s'était arrangée pour que son demi-frère Hippolyte Chatiron occupât tout le jour mon mari à d'interminables parties de braconnage dans la campagne alentour. Elle-même profitait de l'absence de Solange, de Delacroix et de la plupart des habitués de Nohant pour me consacrer tous les moments qu'elle parvenait à voler à l'écriture de ses livres. Nous faisions alors de longues promenades dans le parc ou bien allions nous baigner dans l'Indre où, à l'abri des feuillages, Ninoune suivait avec intérêt l'épaississement de ma taille.

« Je me sens devenir grand-mère, disait-elle en ne plaisantant qu'à demi. Comptez sur moi pour pouponner lorsque vous serez en tournée ! »

Un jour, elle m'emmena au grenier et entreprit de vider le contenu de plusieurs malles marquées à son chiffre. Elle s'affairait parmi les dentelles, les draps et les jupons jaunis, examinant chaque pièce avec une joie enfantine.

« Tenez ! La voici ! N'est-elle pas splendide ? », s'exclamat-elle en tenant devant mon ventre une robe de baptême au point d'Alençon. « C'était la mienne. Elle m'a servi à porter Solange et Maurice sur les fonts baptismaux et je vous en fais don pour votre bébé.

— Je vous remercie, mais vous devriez plutôt régler la question avec Louis. Vous savez ses réserves à ce sujet.

— Dans ce cas, nous verrons », dit Ninoune, un peu dépitée, en repliant la robe.

« Dites-moi franchement, Pauline, êtes-vous heureuse d'être mère ?

— Je vous le dirai lorsque je le serai vraiment. Pour le moment, tout cela me semble irréel. Je commence à peine à savoir qui je suis vraiment et voilà qu'il me faut devenir énorme et me faire à l'idée que l'on m'appellera "Maman" avant la fin de l'année !

— Je suis certaine que vous serez une bonne mère.

— Je ferai de mon mieux mais ne comptez pas sur moi pour renoncer à un seul de mes engagements.

— Si tout va bien, vous chanterez de plus en plus souvent à Paris. Ainsi, vous n'aurez pas à vous séparer de votre enfant. Vous allez manquer aux Anglais ! »

Ninoune était pour moi si tendre, si maternelle, que j'eus la tentation de lui confier mon aventure avec Franz Liszt ainsi que mes doutes quant au couple que je formais avec Louis. Je ne savais comment m'y prendre sans la blesser dans sa vieille amitié avec mon mari.

« Il y a maintenant un an que je suis mariée et je vous dois mon bonheur, affirmai-je, hypocrite.

— Vous m'en voyez bien heureuse. Loulou, bien sûr, ne vous arrive pas à la cheville si l'on parle de talent mais il est si pleinement fier du vôtre que vous ne pouvez rêver meilleur soutien à votre carrière. Il vous aime », ajouta-t-elle en me regardant bien en face.

Je baissai les yeux et sentis le feu de mes joues. Le nom de Franz faillit franchir mes lèvres, mais je me ravisai et prétextai la chaleur étouffante du grenier pour redescendre au jardin.

J'y trouvai Maurice qui persistait à me faire une cour aussi timide que pressante. C'était un beau garçon, talentueux mais indolent. Delacroix, qui l'avait pris pour élève, lui prédisait un brillant avenir s'il renonçait à sa paresse et à ses mauvaises fréquentations.

Pendant les vacances à Nohant, Ninoune se désespérait chaque année de l'incapacité de son fils à s'occuper utilement, aussi se réjouit-elle lorsque Maurice proposa de construire à côté du billard un petit théâtre afin, prétendit-il, de faire jouer avant leur création les pièces de sa mère. En réalité, les intentions de Maurice n'étaient pas tout à fait aussi pures : il écrivait lui-même de nombreuses saynètes qui étaient autant d'occasions de régler ses comptes avec les hôtes de Nohant. Juste avant mon retour à Paris, je fis moi-même les frais de l'amertume de Maurice.

Après deux ans d'existence, le théâtre avait fière allure avec sa fosse d'orchestre et ses décors peints par Maurice et par Eugène Lambert, un autre élève de Delacroix. L'atmosphère y était intime et féerique. Cinquante personnes pouvaient assister aux représentations auxquelles étaient conviés, outre les hôtes de Nohant, des voisins et des paysans.

Maurice m'ayant demandé un jour de jouer pour lui, nous avions souvent l'occasion de répéter ensemble et nous nous divertissions fort. Je chantais parfois, entre deux scènes, une de ces chansons espagnoles qui déridaient si bien notre mélancolique Chopin. Maurice, lorsqu'il était d'humeur joyeuse, imitait Rachel à la perfection et nous en pleurions tous de rire. Après le billard, le théâtre de Maurice était devenu le deuxième centre vital de Nohant.

Lorsque je retrouvai Maurice au jardin après avoir laissé Ninoune à sa robe de baptême et à ses rêves de grand-mère, je fus alarmée par son œil sombre.

« Qu'avez-vous, Maurice ? Seriez-vous souffrant ?

— Je ne sais si je suis souffrant mais je souffre, c'est certain ! Vous vous baignez à demi nue avec ma mère puis vous vous enfermez au grenier avec elle alors que vous ne m'accordez ni l'une ni l'autre la moindre attention. N'est-ce pas avec lamentable pour me mettre les nerfs à vif ?

— Voyons, Maurice, vous parlez comme un enfant ! Il est vrai que votre mère me voue une grande affection et que je la lui rends bien. Mais il n'y a aucune raison pour que cela vous cause du chagrin…

— Méfiez-vous de l'affection de ma mère ! Elle vous traite comme sa fille unique, oubliant qu'elle a déjà deux enfants, mais elle est en réalité amoureuse de vous.

— Comment osez-vous, Maurice ? Ces propos sont indignes de vous.

— Non. Ils sont dignes de ma mère qui ne cesse de me répéter qu'elle vous aime avec un enthousiasme sans mélange. Pourquoi croyez-vous qu'elle vous a mariée à Viardot si ce n'est pour vous avoir plus souvent auprès d'elle ?

— Par pitié, Maurice, taisez-vous ! J'ai épousé Louis de mon plein gré.

— Osez dire que vous l'aimez ! cria-t-il, hors de lui. D'ailleurs, je sais sur vous des choses qui prouvent assez combien il vous indiffère.

— Cela suffit, Maurice. Nous nous reparlerons lorsque vous aurez retrouvé l'usage de la politesse. Adieu. »

Je déteste les enfantillages et Maurice, avec ses allusions stupides, se comportait comme un collégien mal élevé. Il m'évita tout le reste de la journée mais il était prévu depuis plusieurs jours que nous devions nous retrouver le soir même dans le petit théâtre afin d'y répéter, devant Chopin, Louis, Ninoune et Hippolyte, sa dernière saynète.

Après le dîner auquel Maurice ne daigna point paraître, nous traversâmes le billard pour nous rendre au théâtre. Louis me prit par la taille et je me laissai aller contre lui, heureuse de partager le poids de l'enfant qui commençait à se faire sentir. Nous trouvâmes Maurice à demi assoupi dans un fauteuil défoncé qu'il avait traîné sur la scène.

« Holà ! Jeune homme ! », cria Hippolyte.

Maurice sauta sur ses pieds et ouvrit les bras en signe de bienvenue. Il souriait et je me réjouis de sa nouvelle humeur.

« Je vous attendais, mes amis. Si Chip Chip veut bien se donner la peine de descendre dans la fosse, nous allons pouvoir commencer. »

Chopin s'exécuta de bonne grâce et nous régala d'une courte improvisation en forme de mazurka. Après quoi, Maurice me fit signe de monter sur scène.

« L'histoire, annonça-t-il, se passe à Londres, dans le salon d'une cantatrice célèbre incarnée par Pauline. La cantatrice est seule, son mari est à Paris. Soudain, un homme fait irruption et se jette à ses pieds. »

Je commençais à soupçonner quelque impertinence lorsque Maurice se jeta en effet à mes pieds en déclamant pompeusement :

« Pourquoi, cruelle, vous êtes-vous laissé marier à un vieillard que vous n'aimez point ? Unissons nos talents afin que le plus grand pianiste du monde règne sur le cœur de la diva du siècle. »

Je ne sus jamais ce que j'étais censée répondre car je repoussai Maurice avec violence.

« Taisez-vous ! Vos insinuations sont ignobles ! J'ignore quels ragots on vous aura colportés, mais, si j'étais un homme, je demanderais réparation. »

Notre petit auditoire était consterné. Ninoune avait attrapé Maurice par l'oreille et exigeait des explications. Chopin se mit à tousser, Maurice à pleurer puis à me supplier de lui pardonner et Louis, très digne, me prit fermement par le bras et me conduisit à notre chambre.

Je tombai assise sur le lit, attendant l'orage et ses foudres. Dehors, il faisait encore un jour bleu sombre et j'aspirais de toute mon âme au calme des deux cèdres que j'apercevais à travers la fenêtre. Louis contemplait le ciel et semblait ignorer ma présence. Je ne voyais que son dos déjà fatigué, ses cheveux grisonnants et je le trouvai rassurant malgré les reproches qu'il était en droit de me faire.

« Quelle belle soirée ! dit-il enfin. Approche, Pauline, je voudrais te montrer quelque chose. »

Il m'enlaça et me désigna les deux cèdres.

« Vois ces arbres, Pauline. Celui-ci a été planté à la naissance de Solange, celui-là à la naissance de Maurice. Ils poursuivent leur croissance tranquille en dépit des péripéties de la vie de Maurice et de Solange. Lorsque ses enfants lui donnent du souci, George a la consolation de savoir que ces arbres restent inébranlables et fidèles. Ils ne jugent pas, ils ne réclament rien, pas même un peu d'amour. Je me sens très proche d'eux. Crois-moi, Pauline, je ne suis pas plus exigeant que ces arbres mais je souhaite que tu puisses toujours t'appuyer sur moi comme sur le plus sûr des amis. Je t'aime trop pour être ton geôlier ou ton censeur et je te sais trop noble pour m'attirer le déshonneur. Chut ! Ne dis rien ! Je ne te poserai pas de questions à propos des insinuations odieuses de Maurice. J'ai confiance en toi. »

Louis était beau en cet instant où il me disait à mots couverts que la chair était faible mais qu'il voulait croire à la force de mon âme. J'admirais, une fois encore, sa délicatesse et l'élégance des sentiments qu'il me portait et je regrettais de ne savoir mieux aimer cet homme si bon et si respectueux de la liberté d'autrui.

Le lendemain, Louis partit chasser de bonne heure comme si de rien n'était. Je m'éveillai donc seule sous la caresse d'un rayon de soleil et m'étirai avec délices sous les draps frais. On gratta à ma porte.

« C'est moi, ma mignonne. Puis-je entrer ?

— Certainement, si vous ne craignez pas de me surprendre en tenue de nuit. »

Ninoune vint déposer sur ma table de nuit le plus appétissant des petits déjeuners.

« Avez-vous bien dormi ? Tenez, voici de quoi me faire pardonner l'offense qui vous a été faite dans ma propre maison.

— Oh ! Ninoune... Comme vous êtes gentille ! Mais ne vous inquiétez pas pour hier. Le pauvre Maurice doit être bien malheureux de s'être aussi mal conduit.

— Je l'ai sévèrement réprimandé et j'exige qu'il vous fasse des excuses. Le pauvre est amoureux de vous et il m'a avoué que vous lui faisiez parfois perdre la tête. »

J'imaginais fort bien l'énergique Ninoune sermonnant son fils ! Malgré son air de maternelle bonté, elle pouvait être redoutable lorsqu'elle se fâchait.

« Puis-je m'asseoir près de vous et prendre une tasse de thé ? Je suis à ma table de travail depuis six heures ce matin et j'ai bien besoin d'un remontant.

— Faites, je vous en prie. Que nous préparez-vous ? »

Ninoune sirota son thé avant de me répondre. Calée contre les oreillers, elle avait ramassé ses pieds nus sous sa jupe fanée. Elle portait ce jour-là une chemise de batiste que soulevaient ses seins admirables. Quelques mèches folles de ses cheveux châtains caressaient sa peau mate, tentante comme celle d'un abricot mûri au soleil de l'été.

« Mon prochain roman s'intitule *Consuelo*. Il raconte l'histoire d'une petite fille laide et pauvre qui, à force de travail et de grande bonté, devient une admirable chanteuse. Je ne vous cache pas que ce personnage vous ressemble, chère mignonne, et que je le peins avec les yeux de l'amour.

— Oh, Ninoune ! Pourrai-je lire ce que vous avez écrit ?

— Plus tard, plus tard. Je préfère ne pas vous avoir sous mon toit lorsque vous vous découvrirez sous ma plume.

— Pourquoi ? Le portrait n'est-il point flatteur ?

— Si fait ! Mais vous comprendrez alors combien je vous aime et je crains que vous ne preniez de travers ce sentiment pourtant noble d'une femme pour une autre.

— Qu'y a-t-il de répréhensible ? N'est-ce point là ce que vous nommez joliment "amitié amoureuse" ?

— Si vous voulez. Mais on a parfois colporté de vilains ragots sur mon compte à cause d'une amitié que j'avais jadis pour une jeune fille que je faillis suivre au couvent afin de ne point la quitter. Je l'aimais d'un amour pur et absolu mais les méchantes langues nous ont salies et nous ne nous sommes jamais revues. Pour rien au monde, chère mignonne, je ne voudrais aussi sottement vous perdre.

— Vous savez bien que rien ne pourra nous séparer. Comment pourrais-je prêter l'oreille à des calomnies vous concernant alors que je lis à livre ouvert dans votre noble cœur ? Si tel est votre désir, je lirai *Consuelo* loin de vous mais ne craignez rien ! Jamais je ne m'offusquerai d'être aimée de vous.

— Chère bonne petite ! Vous me redonnez du cœur à l'ouvrage. Adieu ! Je retourne à mes écritures ! Ah mais, j'oubliais… Puis-je vous demander à quoi faisait allusion Maurice ? »

Ninoune passa ses bras autour de mon cou et posa son front sur le mien.

« Je saurai me taire », promit-elle, suppliante.

« C'est ridicule. Je pense qu'il parlait d'un événement qui a eu lieu à Londres mais j'ignore comment il aurait pu en avoir connaissance.

— Dites toujours. Peut-être aurai-je mon idée sur la question. »

Lorsque deux femmes légèrement vêtues paressent dans un même lit, les confidences deviennent faciles. Je confiai donc à Ninoune mon aventure londonienne, revivant en pensée la volupté de ce moment trop bref. Elle m'écoutait, les yeux brillants, et semblait beaucoup s'amuser malgré sa brouille avec le héros de cette scène galante.

« Heureux homme qui vous a tenue dans ses bras ! s'exclama-t-elle. Vous avez été admirable, à la fois tellement femme et forte comme les hommes lorsque, par hasard, ils le sont ! Ma Consuelo aurait agi de même. Je puis bien dire que vous êtes l'être le plus parfait que je connaisse et que j'aie jamais connu. Quand je vous vois seulement une heure, tout le poids de ma vie s'en va comme si j'étais née d'hier avec vous et comme si je vivais de toute la plénitude et de toute la douceur qui sont en vous. »

Jamais un homme ne m'avait parlé ainsi ! J'étais décontenancée et malgré tout subjuguée par ce discours amoureux qui se défendait d'en être un. Un silence tomba entre nous durant lequel j'admirai les épaules de Ninoune et la fière détermination de ses traits encore beaux.

« Savez-vous comment Maurice a su ce qui s'était passé entre Franz et moi ?

— Oh, il ne sait rien ! Il m'a avoué que Liszt était venu à l'atelier de Delacroix tandis que lui-même y travaillait. Liszt n'a pas fait mystère de vous avoir vue à Londres mais il a mis tant d'insistance à réclamer un portrait que Delacroix a fait de vous ici même l'été dernier que l'imagination du pauvre Maurice s'est mise à galoper. Hier soir, il a simplement prêché le faux pour savoir le vrai. En perdant votre sang-froid, vous lui avez confirmé ce qu'il redoutait. Je crains, ma mignonne, que le bon Loulou n'ait été alerté lui aussi. »

Je racontai à Ninoune la généreuse attitude de Louis et la reconnaissance que j'en avais.

« Vous me remercierez longtemps encore, me dit-elle, de vous avoir choisi un tel époux. Si j'avais cru un seul instant qu'une grande passion amoureuse fût votre lot, je vous aurais laissée choisir seule. On n'a jamais besoin de l'aide de quiconque pour ce genre de sottises ! »

Ninoune me baisa alors furtivement les lèvres et s'esquiva.

Restée seule, je mis longtemps à essayer de démêler les fils de cette « amitié amoureuse ».

En quittant Nohant quelques jours plus tard, j'espérais presque ne pas revoir de sitôt ma chère Ninoune. Ses manières me dérangeaient et j'avais passé tant d'heures à essayer de les comprendre que j'en étais tout agacée. Je ne supporte jamais longtemps ce qui me force à détourner mes pensées de la musique et j'étais fort aise qu'une invitation à chanter au festival de Gloucester me donnât le prétexte de quitter le Berry sans vexer personne.

Louis, comme toujours, m'accompagnait. Ce voyage en Angleterre ne fut pas une partie de plaisir mais j'en rapportai de nombreuses guinées qui allaient me permettre de tenir salon à Paris et, si tout allait bien, de rêver à un nouveau toit, loin des pas trop belles-sœurs. C'est pourquoi je supportai avec stoïcisme les nuits glaciales dans les châteaux anglais, la nourriture infecte et la raideur d'esprit des Britanniques. On ne se fait pas une idée de l'esclavage auquel les us et coutumes des Anglais les asservissent et de la tyrannie avec laquelle ils obligent les étrangers à s'y soumettre. Maintenant, je connais l'hospitalité anglaise, le *comfortable* anglais dont on parle tant, que l'on vante tant. Quant à moi, je dis et soutiens qu'il est impossible de rien trouver de plus gênant et de plus tyranniquement embêtant. Si l'on songe que je ne chantai qu'en concert, on jugera de l'état d'esprit dans lequel je revins en France !

Pour un peu, j'aurais sauté au cou de mes belles-sœurs et trouvé à la rue Favart le charme d'une villa toscane ! Pour la première fois, je regagnai sans regret mon univers conjugal où j'attendis sagement l'arrivée de mon premier enfant.

Le seul événement marquant de cette fin d'année fut l'envoi, par Rossini, de son *Stabat Mater* à l'éditeur Troupenas. Il n'avait rien écrit depuis *Guillaume Tell* et je me réjouissais d'entendre cette œuvre malgré l'étrangeté du sujet pour ce roi de l'opéra italien. Troupenas désirait faire entendre l'œuvre aux artistes et aux journalistes et il fut d'abord décidé que l'audition aurait lieu à la maison. Finalement, les belles-sœurs ayant rechigné à laisser piétiner leurs parquets bien cirés, on donna le *Stabat Mater* dans la salle de Herz devant une compagnie bien choisie mais il ne me fut pas donné de participer à la première officielle : tandis que « la Mère douloureuse se tenait auprès de la Croix où pendait son pauvre enfant », la mère bienheureuse que j'étais serrait sur son cœur le petit corps tendre et chaud de son premier enfant.

J'avais vécu les dernières semaines de ma grossesse dans un état de joyeuse impatience qui m'avait fait oublier jusqu'à l'existence d'une scène d'opéra. Contrairement à tant de jeunes femmes qui se complaisent avec langueur dans leur état de future mère, je débordais d'énergie et de vitalité. Je voulais faire une fête de l'arrivée de mon enfant et, chantant du matin au soir, je surveillais jusque dans les moindres détails la préparation du petit trousseau et de la chambre. J'espérais mettre au monde un garçon car je crois que notre monde ne permet pas aux femmes de s'épanouir pleinement mais j'étais prête à défendre bec et ongles les talents d'une petite fille ainsi que mes parents avaient défendu les miens. Moi qui ne suis guère bavarde, je ressentais à cette époque le besoin irrépressible de partager ma joie avec le premier venu. Dans ce domaine-là, Mamita était ma meilleure complice. J'éprouvais même un plaisir naïf à choisir avec mes belles-sœurs un point de broderie pour une lilliputienne chemise. Louis suivait d'un peu loin cette activité de ruche, occupé qu'il était à lancer la *Revue indépendante* en compagnie de George Sand et de Pierre Leroux. Cette publication à tendance socialiste et républicaine connut, dès son lancement en novembre 1841, un grand succès qui me laissa de marbre.

Le 14 décembre, je ressentis les premières douleurs. On s'agita autour de moi, on fit bouillir de l'eau, on apporta des linges mais je me sentais étrangère à ce ballet de la vie. J'étais déjà en pensée près de mon enfant et je ne souffris ni ne criai. La sage-femme eut à peine le temps de m'informer que la tête venait d'apparaître que je tenais déjà contre moi une petite masse gluante. Je répugnai à l'embrasser mais je l'aimais déjà de tout mon cœur. C'était une fille.

On baigna l'enfant qu'on me rendit blonde et rouge dans ses linges blancs et je m'apprêtais à faire sa connaissance lorsque Louis accourut.

« C'est un garçon ?

— Non. Une fille.

— Ah tant mieux ! Ainsi ressemblera-t-elle peut-être à sa chère maman ! »

Maman ! Le mot fit gonfler mon cœur d'un étrange mélange d'orgueil et de mélancolie. Il avait quelque chose de définitif qui m'éloignait de Pauline Garcia et me liait à jamais à ce petit être qui plaçait déjà en moi toute la confiance du monde.

« Comment allons-nous l'appeler ? », demanda Louis en caressant les menottes du bébé.

Je n'osai proposer Maria qui était pourtant le nom que j'avais depuis longtemps choisi. J'avais à me faire pardonner

Franz, aussi me déchargeai-je lâchement de ce fardeau sur ma petite fille.

« Je n'y ai pas encore réfléchi. Peut-être pourrions-nous la prénommer Louise ? »

Louis, ému, approuva.

7

Je me lassai assez vite de la contemplation béate de mon enfant. Sitôt ma taille retrouvée, je recommençai à sentir l'appel des planches et je retravaillai d'arrache-pied, enfermée dans la pièce la plus reculée de l'appartement afin de ne pas réveiller Louise. Les trois pas trop belles-sœurs étaient enchantées de pouponner mais retombaient elles-mêmes en enfance, ce qui me les rendait encore plus insupportables. Je suppliai Louis de m'aider à chanter de nouveau.

« Mais tu as chanté au Conservatoire juste après la naissance de Louise, tu viens d'obtenir un triomphe avec Chopin qui ne jure que par toi, ta mélodie sur *Le Chêne et le Roseau* a été fort bien accueillie, que veux-tu de plus pour l'instant ?

— Je m'ennuie, Louis. L'opéra me manque.

— L'opéra va bien mal, Pauline, et je n'y puis rien changer.

— Paris n'est tout de même pas la seule ville où l'on donne des opéras ! Es-tu mon impresario, oui ou non ? »

Je vis Louis rougir et regrettai aussitôt la vivacité de mes propos. Les méchantes langues, Musset en tête, l'accusaient de vivre à mes crochets, ce qui n'était pas faux. Mais l'arrangement que mon mari et moi avions conclu prévoyait que Louis, outre ses activités propres, gérait ma carrière et devait me trouver des engagements.

« Écoute, Pauline, si tel est ton souhait, je vais essayer de te faire chanter à l'étranger. Mais tu devras accepter de te séparer de Louisette car un long voyage pourrait être fatal à un si petit bébé.

— J'entends bien. Renoncer au premier sourire matinal de ma Louisette sera un crève-cœur mais je suis prête à faire ce sacrifice. »

La réalité fut autre. Lorsque Louis m'annonça, quelques semaines plus tard, que nous partions pour l'Espagne, je ne ressentis pas la joie que l'étouffante attente aurait pu me faire espérer. À quelques heures du départ, je me hâtai de faire les dernières emplettes, passai en coup de vent choisir quelques partitions chez Pacini et assommai Mamita, Ninoune, les belles-sœurs et la nurse Jeannette de recommandations au sujet de Louise qui, de sa nacelle, suivait avec étonnement mes allées et venues. Il avait été convenu avec Ninoune que si la petite devenait languissante elle l'emmènerait à Nohant.

J'allais enfin chanter et découvrir le pays de mes parents mais je n'étais pas pleinement heureuse. Ainsi en est-il de nous, les mères : nous sommes sans cesse déchirées entre l'envie bien légitime de vaquer aux occupations qui nous tiennent à cœur et le désir de ne point cesser de voir grandir, fût-ce une journée, la chair de notre chair. Louis était désolé pour moi. Je serrai contre moi ma petite fille, pleurant et l'embrassant, jusqu'au moment où Mamita me l'enleva d'autorité en me jurant de veiller chaque jour sur elle comme elle avait veillé sur moi.

Notre voyage dura trois mois au cours desquels le souvenir de Louisette s'estompa peu à peu. Je pensais chaque jour à elle mais les traits d'un bébé sont si flous que je n'étais pas parvenue à les graver dans ma mémoire.

Après avoir chanté Rosine du *Barbier de Séville* à Bordeaux puis à Bayonne, j'eus enfin le privilège de poser le pied en terre espagnole. Je m'y sentis tout de suite chez moi, en grande partie grâce à Louis qui y avait conservé de nombreuses relations nouées au cours de ses différents voyages.

À Madrid, le théâtre italien avait été dissous. Il nous fallut donc remonter une troupe afin de pouvoir donner *Le Barbier de Séville*. Nous auditionnâmes sans relâche, quatre jours durant, tout ce que la ville comptait de chanteurs et amateurs disponibles. Lorsque nous eûmes enfin composé une troupe cohérente, je passai deux semaines à faire apprendre à chacun son rôle. C'était à la fois épuisant et réjouissant car je parlais ainsi espagnol du matin au soir. Je délaissai vite mes tenues parisiennes pour adopter les robes et mantilles castillanes de mes collègues féminines, je m'adaptai fort bien à la nourriture du pays et je réussis le tour de force de devenir une personnalité madrilène avant même d'avoir chanté ! En effet, Louis et moi fûmes reçus membres du Lycée des Arts en présence de tous les sociétaires appartenant aux sections de musique et de littérature. Être acceptée dans ce haut lieu des Arts fut pour moi l'occasion de renouer durablement avec mes racines puisque mon pays d'origine me rendait les honneurs que ma patrie d'adoption me refusait. Ce fut donc avec reconnaissance que je répondis au discours de bienvenue du marquis de los Llamos, président du Lycée :

« Messieurs, je vous remercie avec autant de fierté que de gratitude pour la faveur et l'honneur que vous me faites. En effet, je me flatte d'être espagnole et aujourd'hui moins que jamais je ne pourrai l'oublier. Monsieur le président a très bien fait de rappeler les noms de mon père et de ma sœur, je reçois cet hommage fait à toute ma famille (particulièrement à ceux d'entre nous qui ne vivent plus que dans nos mémoires) comme s'il m'était adressé à moi-même. »

Je fus acclamée et, après m'être rafraîchie de délicieux sorbets servis sur des guéridons autour desquels les convives se regroupaient selon leurs affinités, j'acceptai de chanter quelques romances espagnoles que mon père m'avait apprises. Je n'aurais su trouver mieux pour me faire définitivement adopter !

Dès le lendemain, je me remis plus modestement aux répétitions du *Barbier de Séville* tandis que Louis partait chasser avec des membres du gouvernement. Cela n'allait pas sans peine mais je voulais croire que le travail paierait. Il était d'ailleurs passionnant pour moi de sortir de mon rôle de *prima donna* pour me retrouver dans celui d'un chef de chant patient et obstiné, obligé de déployer des trésors d'imagination et de diplomatie pour faire comprendre aux chanteurs amateurs comment il me plaisait que l'on interprétât Rossini.

Un matin, alors que je venais de chanter le premier air de Rosine, deux fillettes richement parées et accompagnées d'austères personnages en habit de cour entrèrent dans la salle de répétition. Depuis que je suis mère, je ne puis voir une enfant sans avoir le cœur serré à l'idée de celle que j'ai laissée derrière moi, aussi fis-je bon accueil aux petites qui n'étaient autres que la reine Isabelle II et sa sœur cadette Marie-Ferdinande. À leur demande, je leur chantai toutes sortes de petites chansons et nous nous quittâmes bonnes amies avec la promesse de nous revoir lors des représentations.

Je n'exagère rien en disant qu'on me fit un accueil royal. Lors de la première du *Barbier de Séville*, mon entrée fut accueillie par deux bruyantes salves d'applaudissements. Je m'assurai que l'épingle de Maria tenait bien dans mes cheveux et je levai les yeux vers la loge où la reine Isabelle et sa sœur avaient pris place. Les petites me jetèrent un bouquet de fleurs que j'emportai avec moi avant de revenir chanter un peu plus tard ma Cavatine, l'inoubliable *« Una voce poco fa »* dont j'aurais pu écrire les paroles :

> *Une voix à l'instant*
> *a résonné dans mon cœur ;*
> *déjà il saigne*
> *et c'est Lindor qui le blessa.*
> *Ce sera Lindor qui m'épousera.*
> *Je le jure il sera à moi.*
> *Mon tuteur n'en voudra pas,*
> *mais ingénieusement j'attendrai*
> *qu'il se calme*
> *et que mon bonheur se fasse.*
> *Ce sera Lindor qui m'épousera.*
> *Je le jure, il sera à moi.*
> *Je suis docile,*
> *pleine de respect,*
> *obéissante,*
> *douce et aimable.*
> *Je me laisse guider*
> *et me laisse gouverner.*
> *Mais s'ils font un pas de trop,*
> *comptant sur ma faiblesse,*
> *je serai comme une vipère,*
> *je leur tendrai mille lacets*
> *plutôt que d'accepter*
> *l'esclavage.*

Je crus qu'il me faudrait interrompre la représentation tant le public faisait de joyeux tapage, applaudissant à tout rompre, m'envoyant une pluie de fleurs, m'appelant par mon prénom. Assis au premier rang, Louis partageait mon bonheur.

Au deuxième acte, je triomphai de nouveau en chantant quelques chansons de mon père au moment de la leçon de musique. Au signal de la petite reine, la salle entière se leva pour m'applaudir. De la loge royale tomba un deuxième bouquet duquel s'échappa un bracelet de diamants. Afin de ne pas être en reste, le régent me jeta à son tour une gerbe de roses tenue par un collier d'opales tout à fait exquis. Au plus fort de mes succès londoniens, je n'avais ressenti un tel amour de la part du public.

Le soir même, je m'empressai d'écrire à Ninoune afin de lui relater tout cela. Je lui demandais de se faire l'écho de ces triomphes auprès de qui de droit afin qu'il me fût enfin permis d'être reconnue dans le pays où mes parents avaient choisi de me faire naître. Je voulais un retour triomphal, je voulais prendre ma revanche de laide sur la Grisi, la Stolz, la Persiani, je voulais surtout concilier l'eau et le feu en chantant dans la ville où grandissait mon enfant.

Un soir que je me promenais avec Louis dans l'Albaicín entre deux représentations du *Barbier*, une vieille gitane me reconnut. Cela ne m'étonna guère car beaucoup de gens du peuple assistaient aux spectacles.

« Vous êtes la fille de Manuel Garcia, n'est-ce pas ? marmonna-t-elle entre ses dents en me glissant un bouquet de jasmin derrière l'oreille.

— Oui, j'ai cet honneur.

— Je connais bien votre père. Il est né ici, chez les gitans, mais il a voulu nous renier, alors nous l'avons fait revenir. »

Je pensai que la malheureuse avait l'esprit dérangé, aussi m'apprêtai-je à prendre congé en lui glissant quelques pièces. Mais elle jeta loin d'elle cette menue monnaie et se saisit de ma main.

« Je veux savoir votre avenir car vous êtes la fille de Manuel.

— Ma femme ne croit pas à ces sornettes, protesta Louis en essayant de m'entraîner.

— Sornettes ? grinça la vieille en faisant rouler ses yeux de braise. La jeune dame n'a pas tenu la promesse faite à son père. Manuel est très mécontent de sa fille.

— Vous faites erreur, mon père est mort depuis près de quinze ans.

— Ici, on ne meurt pas tant qu'on n'a pas trouvé le repos. La promesse, *señora*, la promesse. Votre père attend. »

Je me sentis glacée d'effroi. La vieille femme semblait très sûre d'elle et bien décidée à ne pas nous laisser partir.

« L'œil de votre père est dans cette pierre, là, dans vos cheveux. »

L'épingle de Maria ! Je l'ôtai et l'étudiai sans rien y voir que la verte transparence de l'émeraude. La femme me la prit des mains et parut hypnotisée.

« Je vois du papier, beaucoup de feuilles de papier couvertes de lignes et de points. Vous promettez ces papiers à votre père. Il ne peut pas partir tant que vous ne les lui donnez pas. Il attend ici, à Grenade. »

Je m'étais ressaisie et affirmai sèchement à la vieille femme que je ne voyais pas à quoi elle faisait allusion. Je voulus reprendre l'épingle mais elle la planta si fort dans sa propre main qu'une goutte de sang en jaillit.

« Voilà le sang des Garcia ! Je le verserai jusqu'à la dernière goutte pour le salut de Manuel. Je vois aussi une statue de pierre. Elle exige que la promesse soit tenue. »

La statue du Commandeur ! *Don Giovanni* ! J'étais encore bien petite lorsque j'avais promis à mon père de lui offrir un jour le manuscrit de *Don Giovanni*. C'était à Mexico, lorsqu'il avait dû récrire toute l'œuvre de mémoire afin de remplacer les partitions perdues. Par la suite, le manuscrit était devenu un sujet de plaisanterie entre lui et moi, vite oublié après sa mort. Maria m'avait pourtant prévenue qu'une Garcia tient toujours ses promesses !

Louis réussit enfin à récupérer l'épingle et nous nous hâtâmes d'échapper aux imprécations de l'horrible femme.

Lorsque nous eûmes retrouvé la quiétude de notre chambre, je racontai à Louis ma promesse d'enfant.

« Je refuse de croire à ces balivernes. La vieille t'a parlé d'une statue de pierre, et alors ? Il n'y en a pas que chez Mozart ! Je te rappelle tout de même que le mythe du convive de pierre est né ici, en Espagne. Rien d'étonnant à ce qu'elle l'ait évoqué.

— Et le papier couvert de lignes et de points ? m'énervai-je. Tu ne trouves pas que cela ressemble à une partition ?

— Cela ne prouve rien. Cette femme sait que tu es chanteuse. Elle a voulu t'impressionner.

— Tu as peut-être raison. Mais il est vrai aussi que je n'ai pas tenu ma promesse à mon père. Je pensais que sa mort m'en déliait mais j'ai peut-être eu tort.

— N'y pense plus, ma chérie. Laisse dormir les morts et ne m'oblige pas à sous-estimer ton intelligence. »

J'appréciais d'ordinaire l'esprit rationnel de Louis mais, ce soir-là, je lui en voulus de ne pas comprendre combien j'avais besoin de me sentir proche de mon père depuis que je foulais sa terre natale.

Peu après, je chantai de nouveau à l'Alhambra. Pour mes dernières représentations, j'avais souhaité ramener Maria au pays de ses ancêtres et j'endossai dans un état d'exaltation quasi religieuse la robe blanche de Norma. Depuis la fin de l'après-midi, tous ceux qui n'avaient pu avoir de billet apportaient leurs chaises afin de saisir, hors les murs du palais, les bribes de musique montant dans la nuit espagnole. Seule dans ma loge, je percevais la rumeur de cette foule immense, acquise d'avance, et je travaillais à partager ce moment avec Maria. Depuis que j'avais commencé à étudier le rôle de Norma, j'imitais volontairement le timbre de ma sœur dont le mien, par chance, était très proche. Face à mon miroir, je m'entraînais à reproduire ses « a » un peu trop ouverts et le roulement singulier de ses « r ». Je m'appliquai aussi à copier sa célèbre coiffure en bandeaux et tentai d'adoucir mes traits par un savant dosage de poudres et d'onguents. Le résultat fut saisissant et je me retournai plusieurs fois, persuadée de sentir dans ma loge la présence de ma sœur. Par la fenêtre ouverte, je percevais la féerie des jardins mauresques, le murmure des fontaines, la tendresse du jasmin. Devenue Maria, je me laissai aller à repenser au jeune Gounod rencontré dans un autre jardin enchanteur et perdu depuis, pour toujours peut-être. J'imaginais toutes sortes de folies dont j'eusse aimé être capable en ces années où la jeunesse pouvait encore m'absoudre de tout.

À sept heures, Louis vint me chercher.

« Ah ma chérie ! Tu cours à ton plus grand succès populaire ! Dans l'enceinte comme à l'extérieur du palais, tous les paysans de la région se sont donné rendez-vous afin de venir t'entendre. C'est le cœur même de ton peuple qui bat et qui t'attend. George va adorer cela ! Tu es prête ?

— Je crois. Comment me trouves-tu ?

— Splendide ! Tu es aussi belle que la Maria des grands jours. Ta propre mère s'y tromperait.

— Si seulement mon père pouvait me voir… Mon Dieu, Louis, mon épingle ! Je ne peux pas chanter sans elle.

— Tu l'as sans doute oubliée à l'hôtel. Veux-tu que j'aille la chercher ?

— Non. Nous n'avons plus le temps. Que faire ?

— Écoute, Pauline, tu connais ton rôle sur le bout des doigts. De quoi as-tu peur ? Je comprends que ton attachement sentimental pour cette épingle t'incite à lui attribuer toutes sortes de vertus. Mais avoue que tu n'y crois pas vraiment, n'est-ce pas ?

— Tu as raison, Louis. J'ai passé l'âge de ces enfantillages mais tu connais la fragilité des artistes : plus le fil est fragile plus nous ressentons le besoin désespéré de nous y raccrocher. Enfin tant pis ! Advienne que pourra. »

Lorsque j'apparus suivie de mes prêtresses, sous l'authentique clair de lune de la nuit andalouse, la cérémonie de la cueillette du gui commença dans un tel vacarme que je me demandai si je pourrais chanter le seul air de la partition qui me faisait vraiment peur, le *Casta Diva* sublimé par Maria. Mais un seul geste de ma part suffit à faire tomber sur les jardins de l'Alhambra un silence de mort. Je me tournai alors vers la lune et je sentis ma voix monter vers une lointaine étoile nommée Maria.

> *Casta Diva*
> *Chaste déesse qui teint d'argent*
> *ces antiques forêts sacrées*
> *tourne vers nous ton beau visage*
> *sans voile ni nuage.*
> *Modère encore le ciel hardi*
> *modère le zèle des cœurs ardents,*
> *répands sur la terre cette paix*
> *que tu fais régner au ciel.*

Lentement, je laissai mes yeux redescendre sur terre, tout à mon ardente prière à la lune. Mais l'enthousiasme bruyant du public rompit le charme et, en fait de gui, je cueillis surtout des bouquets.

Soudain, je les vis ! La vieille femme de l'Albaicín criait mon nom et me désignait son voisin, un homme en noir dont le visage était dissimulé par l'ombre d'un chapeau. Lorsqu'elle vit qu'elle avait réussi à attirer mon attention, la vieille se tut et, d'un geste sec, ôta le couvre-chef de son voisin. Dans la pâle lueur de la lune, mon père apparut ! Je ne pus retenir un hurlement animal, venu du plus loin de mes terreurs enfantines et je m'évanouis dans les bras de mes prêtresses. On me porta dans ma loge où, revenant à moi, il me fallut raconter ce que j'avais vu. Les mots se bousculaient, s'entrechoquaient dans ma bouche. Lorsque j'eus réussi à les remettre en ordre, ils me parurent ridicules. Louis eut la bonté de me prendre au sérieux et alla inspecter les premiers rangs du public où il ne vit ni la vieille femme, ni l'ombre du fantôme de mon père.

« Tu as dû rêver, me dit-il en me pressant contre lui. Tu semblais si loin de nous tous pendant la prière à la lune que tu auras confondu tes rêves et la réalité. Veux-tu retourner chanter ou bien dois-je annoncer que la représentation est terminée ?

— Si mon père était vraiment parmi nous, il me renierait de ne pas tenir mon engagement jusqu'au bout. Je dois y aller. »

On m'accueillit en héroïne, mais je m'excusai auprès des autres chanteurs pour ce contretemps. Tout alla bien jusqu'à la scène finale où la vestale que j'étais devait expier dans les flammes son amour coupable pour Pollione. En montant au bûcher, Norma implore le pardon de son père. D'abord inflexible, Oroveso est trahi par ses propres larmes.

Ah ! tu pardonnes, ces larmes le disent !
Je ne demande rien de plus, je suis heureuse !
Je monterai contente au bûcher !

Alors que le chœur accompagnait ma mort de sa malédiction, je terminai l'opéra sur ces simples mots de fille perdue mais pardonnée :

Père... adieu.

J'étais épuisée. J'avais accompli mon devoir et je n'aspirais plus qu'à me reposer. Mais il me fallut répondre à d'interminables rappels, sourire, faire la révérence, partir, revenir, et tout cela dans un état de complète hébétude qu'aggravait encore l'incroyable tapage dont seul un public andalou est capable. Aussi, lorsque mon père m'apparut de nouveau lors du dernier rappel, le visage baigné de larmes, n'y fis-je guère plus attention que si j'avais aperçu dans la foule une vieille connaissance. Je n'avais plus en moi la force d'être surprise ni effrayée.

Enfin, nous pûmes quitter l'Alhambra. J'avais décliné une invitation à me rendre à un banquet donné en mon honneur et rentrai avec difficultés à mon hôtel. Il fallut faire appel à la Guardia Civil pour que je pusse monter avec Louis dans l'élégante calèche qui avait été mise à notre disposition. Mais la foule en délire détela les chevaux et quelques hommes retroussèrent leurs manches pour s'atteler à leur place ! Ce fut en cet étrange équipage que nous regagnâmes nos lits où je sombrai aussitôt dans un sommeil peuplé de rêves étranges.

Au matin, je m'éveillai avant Louis, la tête lourde de mes visions nocturnes et des souvenirs de la veille. Je me levai péniblement et j'allais enfiler ma robe de chambre lorsque mon regard fut attiré par un objet inconnu posé sur la coiffeuse. C'était un crâne humain dans l'orbite gauche duquel apparaissait l'émeraude de l'épingle retrouvée ! Je pris sur moi de ne pas céder à la panique et m'appuyai sur le rebord d'une chaise. Devant cette macabre composition, on avait déposé une feuille pliée en quatre. Les doigts tremblants, je la dépliai et je lus :

> *Comme je te vois, je me suis vu. Comme tu me vois, je te verrai. Penses-y et tu ne pécheras point.*

Aujourd'hui encore, j'ignore ce que signifiait cette macabre mise en scène. Bien sûr, je n'ai pu m'empêcher de songer à ce que m'avait dit la vieille femme de l'Albaicín. Si l'émeraude était vraiment l'œil de mon père, elle avait trouvé sa place ! Mais Louis refusa de reconnaître à cette affaire le moindre caractère surnaturel.

« Cette phrase n'est pas de ton père, je te le jure ! On la trouve inscrite à l'entrée de l'ermitage de Cordoue, sous une niche de pierre où repose un crâne humain. Celui ou celle qui t'a fait cette stupide plaisanterie n'a rien inventé ! »

Louis ne me convainquit qu'à demi, mais il accepta de m'aider à retrouver le manuscrit de *Don Giovanni*.

« Je serais bien curieux d'y jeter moi aussi un coup d'œil, affirma Louis. Mais de grâce, Pauline, que ton intérêt pour ce manuscrit soit celui de la musicienne et non celui d'une fille superstitieuse hantée par le fantôme de son père.

— Je te le promets. Tu m'aideras ?

— Dès notre retour, je mènerai ma petite enquête. La veuve Mozart vit toujours, il me semble. Nous pourrons peut-être lui écrire. »

Je remerciai Louis et entrepris de boucler nos malles car notre tournée touchait à sa fin.

Le 23 août, nous étions de retour rue Favart où nous attendaient Berthe, Jenny et Nanine avec leurs problèmes de lessive et de serviettes dépareillées, la nurse Jeannette et ses peines de cœur et, surtout, notre Louise, Louisette, Luisita… À mon grand chagrin, notre petite fille ne voulut point nous reconnaître et continua de jouer comme si de rien n'était lorsque nous entrâmes dans sa chambre. Nous avions quitté un nourrisson et nous retrouvions une fillette au regard décidé, assise droite comme un « i » parmi ses joujoux. Lorsque je voulus la prendre contre moi, elle me repoussa en riant, soucieuse de ne pas se laisser détourner de son jeu. Je m'assis près d'elle, ayant bien soin de ne pas la déranger. Elle ne m'en sut aucun gré et il me fallut plusieurs jours pour la réapprivoiser. Je n'oublierai jamais le moment béni entre tous où ma petite fille tendit enfin les bras vers moi. En cet instant, j'étais la plus vulnérable des mères, résolue à ne jamais plus sacrifier ce fragile bonheur au profit des interminables tournées qui me tenaient éloignée du seul être au monde que je croyais aimer.

8

Berlin, janvier 1847.

Je suis si lasse de ces voyages ! Il fait ici un froid affreux et, malgré l'excellent accueil du public, on ne peut compter sur les Allemands pour réchauffer les cœurs et les corps transis qui s'aventurent sur leurs terres. Ils ont un tel ridicule sentiment de la dignité des convenances que quand ils applaudissent c'est tout à fait malgré eux et qu'ils en rougissent l'instant d'après. Ils prétendent que je les rends fous mais j'ai toute la peine du monde à ne pas rire lorsque je leur entends dire cela. Le fait est, cependant, qu'ils me rappellent plusieurs fois dans le cours d'une représentation et que le lendemain je lis mes triomphes dans les journaux – sans quoi je ne m'en douterais seulement pas.

Je travaille comme une forcenée car, outre mes rôles habituels, je chante aussi *Robert le Diable* et *Les Huguenots* de Meyerbeer. En dépit du fait que je n'ai pour ainsi dire pas chanté à Paris depuis bientôt six ans, Meyerbeer ne désespère pas de m'y imposer. Ce que mes triomphes en Espagne, en Autriche, en Angleterre, en Allemagne et en Russie ne m'ont toujours pas apporté, Meyerbeer essaie de me l'offrir en soumettant l'Opéra de Paris à un amusant chantage : il veut bien y faire représenter *Le Prophète* à l'unique condition que j'y chante le rôle de Fidès. Pour le moment, chacun campe sur ses positions et je suis hélas ! plus nomade que jamais. Dieu merci, depuis qu'elle est devenue une grande fille, Louise m'accompagne le plus souvent possible, ainsi que je suivais moi-même mon père lorsque j'avais son âge. Il m'est doux de retrouver chaque soir mon enfant endormie lorsque m'étreint la mélancolie de passer une nouvelle nuit loin de chez moi. Je vis entre des malles défaites et des bagages à faire, chanteuse errante puisque mon propre pays refuse de m'accorder, sinon la gloire, du moins une position digne de moi. J'ai décidé d'être patiente, confiante en mon destin mais il arrive parfois que les doutes m'assaillent, surtout lorsque des événements extérieurs à mon art viennent contrarier ma trajectoire.

J'ai appris ce matin par une lettre éplorée du jeune Alexandre Dumas la mort de Marie Duplessis. Je soupçonne qu'il y a eu quelque chose entre eux mais Dumas, malgré son chagrin, est très discret et nous ne saurons jamais son secret. Voilà sans doute quelqu'un avec qui j'aurais pu partager ma peine mais il faut se résigner, lorsqu'on vit loin de chez soi, à ne pleurer sur l'épaule de personne. Louis est près de moi mais que pourrais-je lui dire de ma compassion pour une femme perdue ? Quant à Ivan…

Il est arrivé hier, sans prévenir, comme si nous étions convenus de longue date de nous retrouver en ce jour et en ce lieu. J'étais furieuse mais Louis lui a offert l'hospitalité sous notre propre toit et Ivan, fidèle à son habitude, s'est douillettement installé dans un nid qui n'est pas le sien. J'espère qu'il va au moins en profiter pour écrire un petit quelque chose mais je crains que sa paresse ne l'emporte une fois encore sur son talent.

C'est à la faveur d'un échec que j'ai rencontré Ivan.

À l'automne 1842, je préparais à Paris une série de représentations à Vienne, Leipzig et Berlin que je devais donner au printemps suivant. J'étais dans l'heureuse et rare situation d'une artiste ayant à la fois du temps et du travail devant elle et je m'octroyais donc sans souci quelques plaisantes récréations. Ninoune et Chopin venaient de s'installer non loin de chez nous, cour d'Orléans, et nous y dînions presque tous les soirs après que chacun avait bien occupé sa journée. Chaque semaine, je laissais Louise à Mamita et j'allais monter à cheval avec Ninoune. Lorsqu'il faisait trop froid, nous restions au manège, mais la douceur de cet automne-là nous permit quelques jolies promenades au Bois. Un jour, nous y croisâmes Marie que je n'avais pas alors le plaisir de connaître. Mais George, qui l'avait déjà vue, se retourna ostensiblement sur elle et me la désigna.

« Voyez, ma mignonne, pour quelle fille de peu le cœur de Musset s'est emballé !

— Elle m'a paru ravissante et fort jeune, répondis-je, un peu surprise par le ton pincé de ma Ninoune.

— Cette fille s'appelle Marie Duplessis. Vous vous souvenez de la manière dont elle gagne sa vie, c'est une honte qui rejaillit sur chaque femme.

— Elle n'a peut-être pas d'autre choix pour survivre.

— Mais elle ne survit pas ! Elle mène au contraire grande vie et se vautre dans un luxe insolent, gagnant en une nuit ce que me rapporte un de mes romans.

— J'espère que vous ne regrettez pas d'avoir choisi d'écrire !

— Certes non ! Je préfère mille fois ma position à celle de cette pauvre créature. D'ailleurs, je ne la blâme pas. Les hommes qui l'entretiennent valent souvent beaucoup moins qu'elle. »

Je méditai cette sortie de Ninoune, songeant à part moi que certains mariages ressemblaient fort à cette situation choquante, l'hypocrisie en plus. J'étais plus décidée que jamais à ne pas dépenser un sou que je n'aurais moi-même gagné par mon seul travail. C'était pour moi une question d'honneur mais aussi de liberté.

Peu après cette promenade, Louis m'informa qu'il avait réussi à me faire engager au Théâtre des Italiens pour la semaine suivante. Mon sang ne fit qu'un tour ! Certes, ce n'était toujours pas l'Opéra, mais je tenais peut-être enfin l'occasion de me faire accepter à Paris. J'allai partager ma joie avec Louise qui me montra fièrement qu'elle était désormais capable de se tenir debout et je priai Dieu de tout mon cœur pour être encore à la maison lorsqu'elle ferait ses premiers pas.

Hélas ! Ma saison parisienne ne remplit aucune de mes espérances. J'eus à affronter les mêmes hostilités stupides de la part de la Grisi et de la Persiani, on me fit dans la presse de mauvais procès comme celui de chanter dans un style trop dépouillé et trop soucieux de la psychologie des personnages, on critiqua de nouveau mon physique pour lequel je ne pouvais pas grand-chose, surtout lorsqu'on m'attribuait des rôles masculins, on me fit mille tracasseries qui m'usèrent les nerfs et finirent par fatiguer ma voix.

Ce fut la *Revue des Deux Mondes* qui m'attaqua avec le plus de méchanceté, réglant ainsi ses comptes avec Ninoune et Louis qui avaient eu l'outrecuidance de fonder une revue concurrente et florissante. Une fois encore, Louis faisait bien malgré lui obstacle à ma carrière. Il s'en rendit compte et me rendit justice dans *Le Siècle* en écrivant :

« Mlle Pauline Garcia est devenue Mme Viardot et M. Viardot est l'un des fondateurs de la *Revue indépendante* (principal concurrent de la très vieillotte *Revue des Deux Mondes*). Il y a des gens qui frappent une femme pour blesser un homme. »

Tous mes amis, qui avaient suivi avec passion mon retour sur scène, partageaient ma déception. Delacroix, Chopin, Balzac, Maurice, Mme Jaubert, Mme Marliani, Lablache, tous déploraient la cuistrerie du public et échafaudaient de grands projets afin de me venger. Un soir que nous dînions chez Mme Marliani où nous avions coutume, par mesure d'économie, de faire marmite commune, Delacroix et Chopin s'échauffèrent à l'idée qu'il me fallait conquérir les plus grandes scènes étrangères pour revenir enfin victorieuse en France.

« Mais enfin, s'exclama Balzac, cette petite revient d'Espagne où son talent a provoqué des émeutes et les Anglais l'adorent !

— Cela ne suffit pas, affirma Chopin. Les Français se croient le centre du monde. La preuve, ils font mine d'oublier que je suis polonais ! Pauline doit aller en Russie.

— Et pourquoi pas en Chine ? objectai-je en riant.

— Et pourquoi pas ? s'exclama Delacroix en vidant son verre. Pour ma part, je serais pour vous envoyer jusque sur la Lune si cela devait décrasser les oreilles de nos concitoyens.

— En Russie, ajouta Chopin, la Grisi a fait un malheur. En son temps, la Pasta a fait trembler les murs du Grand Opéra de Saint-Pétersbourg tant elle y a été acclamée dans *Norma*. Ce sont des triomphes dont l'écho parvient d'autant mieux jusqu'à Paris qu'ils ont pour eux l'attrait de l'éloignement. Si j'étais né à Paris, ma chère Pauline, j'aurais sans doute eu besoin d'aller chercher en Pologne mes titres de noblesse.

— Chip Chip a raison, appuya George. Louis, êtes-vous oui ou non l'impresario de Pauline ?

— Il me semble, répondit Louis, agacé.

— Alors cessez d'importuner votre femme avec les comptes du ménage et expédiez-la au plus vite chez les Russes ! Je me chargerai de Luisita et Chip Chip pourra à son aise lui faire toutes sortes de cajoleries. Il est fou d'elle à en devenir bête ! »

Je songeai avec tristesse que ni le mariage ni l'âge n'avaient rien changé dans la conduite de ma vie : d'autres décidaient pour moi ou plutôt pour une partie de moi-même qui n'était ni la femme ni la mère mais l'artiste, vestale sacrifiée à son art. J'aurais pu me révolter, dire que je ne voulais plus me séparer de mon enfant ni vivre loin des miens. Mais je préférais souffrir plutôt que renoncer à cette sacro-sainte carrière, non par ivresse du succès comme ma pauvre Maria, mais par crainte de décevoir tous ceux qui, depuis mon enfance, avaient placé en moi ces espoirs que j'avais accepté de faire miens. Par ailleurs, j'avais enfin lu *Consuelo* que Ninoune avait fait paraître en feuilleton dans la *Revue indépendante*. J'étais l'inspiratrice de ce portrait de femme entièrement vouée à la musique et je ne me sentais pas le droit de renvoyer l'attachante Consuelo au pays des chimères.

« J'irai en Russie s'il le faut, concédai-je, la mort dans l'âme. Mais que cela soit bientôt et qu'on ne m'oblige plus, ensuite, à voyager sans cesse. Il est déjà prévu que je chante au printemps en Autriche et en Allemagne et je ne sais s'il me sera possible d'emmener Louise. Je ne veux pas devenir une étrangère pour ma propre fille.

— Personne ne vous demande cela, protesta Delacroix. Nos projets pour vous ne visent qu'à vous faire reconnaître en France car nous sommes tous fiers de votre grand talent. Je vous promets, ma chère Pauline, de vous envoyer régulièrement des portraits de votre petite fille lorsque vous gagnerez loin d'elle les lauriers qui vous permettront de ne plus jamais la quitter. »

Je le remerciai le cœur gros, priant le ciel que Louis ne s'avérât pas trop brillant impresario.

Mon seul acte d'indépendance en cette année 1842 fut un court voyage à Salzbourg. Louis avait réussi à retrouver la trace de la veuve Mozart, laquelle était retournée vivre à Salzbourg plusieurs années après la mort de son époux. Elle s'était remariée avec un certain Nissen de qui elle était également veuve. Peu jaloux de son prédécesseur, ce Nissen avait consacré plusieurs années de sa vie à rédiger la biographie de Mozart. J'avais écrit à Constanze Mozart afin de lui demander de bien vouloir me recevoir mais, par une sorte de timidité, j'avais omis de lui faire savoir les raisons de ma visite.

Salzbourg me parut une ville très provinciale, repliée sur elle-même et sur son passé. J'eus peine à concevoir qu'un tel génie eût pu déployer ses ailes dans un lieu aussi étriqué et dépourvu de charme. Je trouvai sans peine le café Tomasi au-dessus duquel Constanze Mozart finissait ses jours dans une grande solitude. J'étais émue à l'idée de rencontrer la femme qui avait partagé l'intimité du grand Mozart, qui avait vu naître sur un coin de table tant de chefs-d'œuvre, qui avait pu lire et peut-être même toucher l'encre encore fraîche du manuscrit que je recherchais.

La petite vieille qui m'accueillit était vêtue de satin mauve et portait une coiffe blanche posée sur une chevelure de neige. Elle semblait prête à se briser au moindre choc.

« J'ai fait ce long voyage, madame, pour vous demander la permission de jeter un coup d'œil sur l'un des manuscrits de votre mari. »

Je vis une lueur cupide briller dans ses yeux sans couleur.

« Vous voulez voir un manuscrit ? Est-ce si important pour vous ?

— Oh oui ! Il s'agit pour moi de tenir une promesse que j'ai faite à mon père défunt.

— Alors sachez que je n'ai plus montré un seul manuscrit de mon premier mari depuis quarante ans. Les éditeurs ont trop cherché à me dépouiller et à établir leurs éditions sans m'acheter les manuscrits originaux. Il m'a fallu rester très ferme pour défendre mes intérêts et ceux de mes deux fils.

— Mais je ne suis pas éditeur, madame.

— Vous êtes musicienne. Qui me dit que vous n'allez pas réécrire de mémoire ce que vous aurez vu ?

— Le manuscrit que je souhaite voir est déjà édité.

— Alors vous faites erreur. J'ai vendu tous les originaux des œuvres éditées. Il faut bien vivre !

— Vous voulez dire que vous ne possédez plus le manuscrit de *Don Giovanni* ?

— C'est celui que vous désirez voir ?

— Oui, si cela est possible.

— Je l'ai vendu à l'éditeur Johann-Anton André d'Offenbach pour plus de mille florins. C'était une bonne marchandise, si j'avais soupçonné qu'on donnerait aujourd'hui encore cet opéra, j'en aurais demandé davantage. Mais j'étais alors une pauvre veuve dans le besoin avec deux orphelins sur les bras et les rapaces en ont bien profité. Breitkopf et Härtel ont essayé de me spolier en faisant valoir la qualité de leurs éditions. On m'a dit qu'il y avait des erreurs dans les éditions d'André mais peu m'importe puisque André payait mieux... »

Je ne pus en supporter davantage. J'avais en face de moi une épicière sans scrupule qui traitait de marchandise le patrimoine laissé par Mozart. Je soupçonnai qu'elle avait dû disséminer sottement tous ces trésors, les cédant au plus offrant mais pas au plus compétent pour les mettre en valeur et les faire rayonner à travers le monde. J'allais prendre congé, bien décidée à me rendre à Offenbach chez ce M. André ou chez ses successeurs lorsqu'elle m'arrêta :

« Attendez, il me reste encore quelques paperasses ! Asseyez-vous, je vais les chercher ! »

Elle m'installa d'autorité dans un fauteuil près d'une cheminée où brûlait un bon feu. Je regardai la pièce, un salon sombre aux meubles lourds, suintant l'ennui et la petitesse d'une vie vouée aux comptes et aux marchandages. Je n'y vis aucun portrait de Mozart, aucun instrument de musique.

Constanze Mozart vint s'asseoir près de moi, une liasse de papiers jaunis serrés entre ses doigts. Je ne pus m'empêcher de tendre les mains mais elle me repoussa.

« Si vous voulez voir, il vous faudra payer.

— Si je paye, vous me laisserez emporter ces manuscrits ?

— Bien sûr ! Pour qui me prenez-vous ?

— Mais de quels manuscrits s'agit-il ?

— Cela fait partie de *Don Giovanni*. Combien m'en donnez-vous ?

— Vous n'avez donc pas vendu toute la partition à l'éditeur André ?

— Il manquait quelques parties que mon mari avait notées à part. André me les a longtemps réclamées puis il y a renoncé. Je les croyais moi-même perdues, mais j'ai fini par les retrouver. Combien m'en donnez-vous ?

— Comment savoir ce que cela vaut si vous refusez de me les montrer ?

— Vous chipotez ? Tant pis pour vous ! »

Elle jeta alors quelques feuilles dans la cheminée, éclatant d'un rire méchant. J'étais horrifiée. Une flamme jaillit, emportant avec elle le fruit de quelques heures de labeur volées à la vie si courte de Mozart. J'aurais dû me précipiter sur cette folle ignorante, lui arracher des mains ces précieux documents, mais je n'osai pas. Cette femme portait le nom de Mozart et cela, malgré tout, m'impressionnait. Je tentai de me mettre à sa portée :

« Pourquoi brûlez-vous ce qui vaut peut-être quelque argent ? »

Elle me regarda, stupide.

« Vous avez raison. Je ne devrais pas. Mais vous ne savez pas ce que c'est que de vivre depuis cinquante ans avec tous ces papiers pour lesquels on me dérange sans cesse. Pourquoi vous en encombrer à votre tour ? »

À mon grand désespoir, elle lança dans l'âtre de nouveaux fragments de *Don Giovanni*. Il ne restait plus qu'une feuille.

« Je vous en supplie, madame, je paierai ce que vous voudrez. Mais de grâce, ne laissez pas partir en fumée le travail de votre époux ! »

Elle ne me répondit pas et lissa la feuille sur ses genoux. Je n'osais lever les yeux vers elle, certaine désormais que cette femme n'avait plus toute sa raison. Je redoutais d'entendre un nouveau crépitement lorsque je m'aperçus que Constanze Mozart pliait avec un soin maniaque l'ultime souvenir de son mari. Elle s'appliqua, jusqu'à obtenir un rectangle très épais de la taille d'une main d'enfant. Satisfaite, elle hésita un instant avant de me tendre son puéril ouvrage.

« Tenez ! Prenez-le ! C'est un cadeau. Et ne me remerciez surtout pas. C'est toujours cela que ces cochons d'éditeurs ne trouveront pas après ma mort. »

Mes mains tremblèrent en recevant ce présent. Cette rencontre m'avait épuisée et je rentrai à l'hôtel dans un état second.

Quelques jours plus tard, les journaux annonçaient la mort, à quatre-vingts ans, de Constance Mozart. Ils louaient son grand dévouement à l'œuvre de son mari. On l'enterra au cimetière Saint-Sébastien de Salzbourg, dans la tombe de son beau-père Léopold Mozart. Quant à moi, en fait de manuscrit de *Don Giovanni*, je ne possédais qu'une pauvre relique : il s'agissait d'une partie de flûte que Mozart avait notée à part et qui, ainsi isolée, ne signifiait pas grand-chose. Je me consolai en me persuadant que les fragments brûlés par Constance Mozart n'avaient probablement pas eu plus d'importance que le mien.

Lorsque je rentrai à Paris, je trouvai Louis triomphant.

« Tu peux féliciter ton impresario, me dit-il en m'embrassant. Saint-Pétersbourg t'attend pour toute la prochaine saison d'hiver. Tu seras la *prima donna assoluta* du Théâtre impérial et tes émoluments s'élèveront à 50 000 roubles. N'est-ce pas merveilleux ? »

Cela devait l'être puisque tous nos amis sautèrent de joie en apprenant la nouvelle. Louis remonta d'un cran dans l'estime de George et descendit un peu dans la mienne lorsqu'il m'avertit que les conditions de voyage en Russie nous interdisaient d'emmener Louise avec nous.

Nous partîmes au mois d'octobre de l'année 1843 et embarquâmes à Lübeck à bord d'un des vapeurs de la flotte du tsar Nicolas Ier. On nomme ces bateaux pyroscaphes et leur inconfort n'est qu'un prélude à ce qui attend les voyageurs, sitôt franchi le golfe de Finlande ! Malgré les descriptions fort peu encourageantes que m'avait faites le marquis de Custine, j'étais dévorée de curiosité à l'idée de découvrir ce pays et ce peuple que l'on disait étrange et barbare, encouragée dans mon attente par Balzac qui ne rêvait que de Russie alors qu'il n'y avait jamais mis les pieds. La mer Baltique m'enchanta et me glaça à la fois par ses teintes sourdes, sa lumière froide et ses avancées de terre noyée que l'on distinguait à peine de l'eau elle-même. Louis, rendu muet par ce spectacle, ne cessait de prendre des notes sur un de ces petits carnets recouverts de toile bise qu'il emporte partout avec lui. La traversée dura quinze jours de froid et de confrontation silencieuse avec la nature. Arrivés à Cronstadt, à l'embouchure de la Neva, nous renonçâmes à remonter le fleuve en bateau en raison du mal de mer persistant de Louis. Nous achetâmes donc des fourrures et ce fut à bord d'un traîneau que nous arrivâmes à Saint-Pétersbourg après avoir parcouru d'interminables étendues d'eau et de glace. Sous un pâle soleil, nous découvrîmes avec stupeur cette ville bâtie au milieu de nulle part, hérissée de clochers, de coupoles, de flèches, de tourelles, cette cité impériale aux vastes perspectives gagnées sur les marais, aux imposants édifices voulus par Pierre Ier. Louis tempéra mon enthousiasme en me faisant valoir que toutes ces splendeurs avaient été érigées dans le sang et dans les larmes de milliers d'êtres humains réduits en esclavage.

Quelques heures à peine après notre arrivée, nous étions reçus au Grand Opéra par le général Guédéonov, chambellan de Sa Majesté le tsar Nicolas Ier, responsable au nom des Théâtres impériaux de mon engagement. Il me versa un premier acompte en roubles, mit Louis en garde contre les désagréments que ses idées républicaines pouvaient lui valoir de la part de la police au cas où il aurait le mauvais goût de les mettre en avant et me confirma que je devais faire mes débuts le 3 novembre dans le rôle de Rosine.

J'avais douze jours pour m'habituer au climat et installer l'appartement que Louis avait loué sur la perspective Nevski ! Mon époux m'abandonna bientôt pour une partie de chasse. Il m'avait promis de me rapporter une peau d'ours pour ma loge ! Sonia, la cuisinière que Guédéonov s'était chargée d'engager pour nous, me fit découvrir le caviar, la soupe de sterlet, le *chtchi* qui est une sorte de pot-au-feu, les concombres marinés à l'eau de sel que l'on nomme *ogourtzis*, le jambon d'ours et toutes sortes de mets délicieux sur place mais dont l'on ne songerait à avoir envie à Paris.

Je remis à plus tard la visite de la ville, trop occupée que j'étais par les répétitions. Je fus heureuse, en cette terre inconnue, de retrouver au théâtre mes deux vieux camarades Rubini et Tamburini qui promirent de me montrer au plus vite tout ce qu'il fallait connaître de Saint-Pétersbourg.

Au matin du 3 novembre, je reçus une lettre de Mamita me donnant des nouvelles de Louise. Avant notre départ, Louis et moi nous étions rassasiés de la chère petite jusqu'au dernier moment, le cœur gros de la quitter pour si longtemps mais l'âme en paix de la savoir si bien installée chez ma mère. Les pas trop belles-sœurs s'étaient montrées vexées qu'on ne leur confiât point l'enfant mais une expérience récente et malheureuse nous en avait dissuadés car la nurse Jeannette avait trop facilement abusé la confiance de ces crédules vieilles filles et négligeait Louise au profit de ses amours compliquées. Ninoune m'ayant prévenue que Louise en avait vu dans les bras de Jeannette plus que Mlle Berthe dans toute sa vie, nous avions congédié la nurse pour dévergondage et effronterie et compris une bonne fois pour toutes que seule Mamita, secondée de temps à autre par George et par Chopin, pouvait prendre bien soin de notre petite chérie. Mamita m'écrivait que la petite me réclamait beaucoup lorsqu'elle était fatiguée mais qu'elle riait tout le reste du temps et faisait mille agaceries fort compromettantes à Chopin. Delacroix avait joint à la lettre de ma mère un petit dessin au crayon sur lequel il avait pris bien soin de faire apparaître ses deux quenottes du bas qui me faisaient fondre de tendresse.

Ce fut en pensant à Louise que je mesurai enfin l'enjeu de ma première apparition à l'Opéra de Saint-Pétersbourg. Sitôt arrivée dans ma loge, je me débarrassai de mon manteau et de ma toque pour aller jeter un coup d'œil sur la grande salle illuminée où mon destin allait se jouer dans un peu moins d'une heure. Louis me rejoignit bientôt, très élégant dans son habit de soirée.

« Es-tu satisfaite de ta loge, ma chérie ? s'enquit-il en déposant devant moi l'épingle de Maria.

— Il y fait un peu froid, tu ne trouves pas ?

— Ne te plains pas. Je t'ai obtenu la seule loge chauffée et les tapis ont été tout spécialement choisis pour toi sur ordre de la tsarine. D'ailleurs, j'ai moi aussi une petite surprise. Je rentre tout juste de la chasse où j'étais avec ce charmant jeune homme que m'a présenté le major Komaroff. Tu ne devineras jamais ce que nous avons tué !

— Pardonne-moi, Louis, mais je dois chanter dans très peu de temps et je ne me sens pas disposée à entendre un récit de chasse.

— Je sais, je sais ! Tu détestes que l'on massacre des animaux mais cette fois-ci tu vas être contente. Nous avons tué un ours et Ivan se charge de le faire dépecer afin que nous puissions t'en offrir la peau. »

J'eus du mal à feindre l'enthousiasme. Je demandai qui était cet Ivan si doué pour la chasse et si généreux pour une femme qu'il n'avait jamais vue.

« Il s'appelle Tourgueniev. Son père possède le vaste domaine de Spasskoïe, mais lui-même est pour l'abolition du servage. Il viendra bientôt t'entendre car il adore l'opéra. Je suis sûre qu'il te plaira. »

Pour une fois, Louis avait eu une intuition fulgurante mais je l'ignorais encore lorsque mes pieds glissèrent pour la première fois sur les planches du Théâtre impérial.

J'avais déjà connu le succès à Paris lors de mes débuts, des triomphes à Londres, un véritable délire en Espagne mais je ne sais comment décrire l'accueil que me fit le public russe. Dès les premières représentations du *Barbier*, une sorte de folie collective gagna le Théâtre impérial. En quelques jours, je devins un mythe et j'eus la joie de constater que ma voix prenait de plus en plus d'ampleur, que mon jeu devenait chaque soir plus sûr et plus naturel tant il est vrai que le succès appelle le succès.

Lors de la première représentation de *La Somnambule*, un camélia tomba sur scène, me rappelant qu'une autre étoile brillait à Paris. La fleur était blanche comme une promesse de liberté et de plaisir. Je cherchai à voir d'où elle avait été jetée car Louis, déjà très au fait des mœurs de ce pays, m'avait informé qu'il était interdit de lancer des fleurs sur scène depuis que la malheureuse Taglioni avait failli être éborgnée par une rose. Dans la loge impériale, la tsarine souriait, tendant vers moi ses beaux bras potelés. Imitant leur souveraine, les demoiselles d'honneur et les dames de la cour dégrafèrent les bouquets qu'elles portaient à leurs robes et les firent pleuvoir autour de moi. À partir de ce soir-là, je fus quotidiennement couverte de fleurs, telle une allégorie du printemps poussée comme par miracle dans cette ville glaciale.

La famille impériale me fit offrir des bijoux et m'invita à de somptueuses réceptions au palais d'Hiver où je montais, comme dans un rêve, le grand escalier en marbre incrusté d'or pour me rendre à la salle blanche où se donnaient des festins de huit cents couverts.

Mais Louis avait tenu à ce que nous eussions des connaissances dans tous les genres, aussi fréquentions-nous aussi le comte Michel Wielhorsky, grand amateur de musique, le critique Bielinsky, le prince Georges d'Oldenbourg, le duc de Leuchtenberg, le major Komaroff et le général Alexis Lwoff, aide de camp de l'empereur, directeur de la chapelle impériale et excellent musicien dont je devais créer l'année suivante l'opéra *Bianca e Gualtiero*.

Un matin, Ivan Tourgueniev me rendit visite à l'invitation de Louis. Je ne l'avais pas encore rencontré mais j'avais reçu la veille la fameuse peau d'ours qui réchauffait agréablement ma loge. Louis avait omis de me dire que son compagnon de chasse était un géant blond aux yeux verts doux et rêveurs, un colosse élégant et raffiné, doté d'un puissant charme slave. Ivan ressemblait au prince charmant des contes, mais je n'étais ni princesse ni jolie fée. Je crois qu'il fut déçu de découvrir mon visage du matin après m'avoir adorée sur scène.

Je le fis entrer au salon où il s'assit, muet et gêné par ses longues jambes. J'étais intimidée par cette insolente beauté masculine à laquelle je n'étais pas habituée. La conscience de ma propre laideur m'assaillit, me causant un vrai chagrin de petite fille coquette.

« Je vous ai entendue chanter *La Somnambule*, me dit-il enfin. Aucune des cantatrices qui vous ont précédée à Saint-Pétersbourg ne vous arrive à la cheville. Vous êtes… merveilleuse ! »

Il parlait un français parfait et polissait les mots d'une voix de basse profonde. Je le remerciai pour le compliment et pour la peau d'ours !

« Je chasse aussi l'élan quand j'en ai le temps mais les voyages et mon poste de gratte-papier au ministère de l'Intérieur m'occupent beaucoup.

— On m'a dit que vous écriviez des poèmes ?

— Disons que je suis plutôt velléitaire. J'ai bien composé quelques vers qui m'ont valu l'estime d'un petit cercle d'amateurs mais je passe davantage de temps à rêver mon œuvre future qu'à la faire naître. Je dois être paresseux ! Quand je vois à quel degré de maîtrise vous êtes parvenue alors que vous êtes plus jeune que moi, je deviens hideusement jaloux mais tout de même éperdu d'admiration.

— Si votre destin est d'écrire, vous serez écrivain. Je me destinais moi-même à être pianiste, mais la vie en a décidé autrement et j'ai dû m'incliner. »

Je n'avais pas eu l'intention de donner un tour personnel à notre conversation mais Ivan s'installa sans façon dans ce début d'intimité.

« Avez-vous visité Saint-Pétersbourg ? Je me ferais un plaisir de vous servir de guide. Je connais cette ville comme ma poche et je pourrais vous montrer des endroits que vous ne trouveriez jamais seule.

— Je vous remercie beaucoup. J'aimerais aussi apprendre quelques rudiments de russe afin de pouvoir chanter correctement dans votre langue. Pourriez-vous me conseiller un bon professeur ?

— Que vous êtes perfectionniste ! Je vois que vous lisez Shakespeare. Est-ce pour mieux chanter Desdémone ?

— Oui, bien sûr, même si l'*Otello* de Rossini est loin d'égaler celui de Shakespeare. C'est mon mari qui m'a poussée à vouloir mieux connaître mes personnages afin de leur donner davantage de vérité. C'est pourquoi je ne me contenterai pas d'aligner des syllabes si je dois chanter en russe. Votre langue est belle et je désire la comprendre.

— Qu'une femme intelligente est séduisante ! s'exclama Ivan en me regardant d'une manière qui me fit chaud au cœur. Je serai votre professeur, si vous le voulez bien. Disons tous les mardis à deux heures ! Êtes-vous d'accord ? »

Ce fut ainsi qu'Ivan entra dans ma vie. J'étais sans conteste la femme la plus adulée de Saint-Pétersbourg et, chaque mardi, j'étais la timide élève de mon trop séduisant professeur. Ainsi que je l'avais fait avec Liszt, j'étudiais avec le plus grand sérieux afin de plaire à mon maître. Le moindre compliment d'Ivan m'était d'une grande douceur et je fis de tels progrès que je pus bientôt chanter en bis des mélodies russes.

Je n'étais pas vraiment amoureuse d'Ivan, mais tout son être dégageait une telle force et une telle chaleur que je rêvais souvent de me blottir contre lui et de rester ainsi immobile, à l'abri des tourments de mon métier et consolée de ne pouvoir tenir dans mes bras mon irrésistible Louisette. Je ne cherchais pas à provoquer une liaison amoureuse car mon désir était celui, presque chaste, d'une enfant trop tôt privée de l'affection rassurante d'un père.

Ivan tint sa promesse de me faire visiter la ville. Je fus d'abord séduite par la symétrie parfaite des larges avenues, la magnificence des maisons et des palais, la débauche de marbre, de porphyre, de granit, de bronze, de colonnes doriques et de balcons ciselés. J'admirais les quatre chevaux du pont Anischkoff, la statue équestre de Pierre le Grand, l'église de Kasan toute scintillante d'or, d'argent et de pierres précieuses, les luxueux magasins de la perspective Nevski bordée de larges trottoirs où se pressait une foule cosmopolite.

Ivan était un guide plaisant, cultivé, toujours prêt à me raconter une anecdote qui me rendait plus vivante la façade d'un palais, la coupole d'une église.

Lorsque nous étions fatigués de naviguer entre les gros pavés souvent disjoints, Ivan m'aidait à monter en calèche, posait sur mes genoux une couverture de zibeline et me racontait une nouvelle histoire sur le chemin du retour.

Lorsque je commençai à me lasser de l'aspect colossal de cette ville où rien n'était à dimension humaine, lorsque je fis remarquer à Ivan que la plupart des monuments n'étaient que de maladroites copies de palais rococo ou Renaissance d'où l'art avait été remplacé par un grossier étalage d'argent, il jugea qu'il était temps de me faire connaître le Saint-Pétersbourg secret, celui que la police du tsar dissimulait aux touristes.

Nous allâmes un jour chez un confiturier suisse où nous nous joignîmes à des intellectuels russes et étrangers qui sirotaient du thé en discutant à mi-voix de la politique tsariste. J'appris à cette occasion que les romans de George étaient fort prisés en Russie et que *Consuelo* commençait à circuler sous le manteau, dans sa version française non expurgée qui avait rendu le tsar fou de colère car il y était dit que seuls les artistes ont le pouvoir de régner sur le cœur des hommes !

Une autre fois, Louis se joignit à nous pour aller entendre des bohémiens chez le comte Bielski. Toutes les fenêtres avaient été dissimulées par d'épaisses tentures afin qu'aucun écho de cette petite fête privée ne parvienne aux oreilles ennemies. À la seule lumière de quelques lampes à huile aux verres colorés, on dansa et chanta jusque tard dans la nuit des mélodies populaires russes et tsiganes. Je me laissais bercer par ces rythmes langoureux, émue par ces chansons qui oscillaient sans cesse entre le rire et les larmes. Louis racontait au comte Bielski sa victorieuse chasse à l'ours. Ivan fumait dans un coin du salon, fasciné par les déhanchements des femmes et par leurs jambes nues et brunes sous leurs jupes chatoyantes. J'aurais aimé me rapprocher de lui, l'obliger à détourner les yeux de ces sombres beautés pour me regarder, moi Pauline Viardot, la *diva assoluta* du Théâtre impérial. Mais Ivan ne daignait même pas se souvenir de mon existence. Alors je voulus pour lui redevenir Pauline Garcia, fille d'un gitan de Grenade, fruit du soleil et de la passion. J'ôtai mes souliers et mes bas, je dénouai mes cheveux qui tombèrent en rideau noir jusqu'au creux de mes reins et, me saisissant du tambourin que l'on me tendait en riant, je me mis à chanter les mélodies andalouses que mon père m'avait apprises. Aussitôt, les hommes firent cercle autour de moi, tapant du talon pour m'accompagner, frappant dans leurs mains pour faire bouillir l'atmosphère. Je trouvai d'instinct les gestes sensuels des gitanes, les arabesques des mains, la chanson du corps. Les autres femmes s'étaient laissées glisser à terre, muettes de stupeur. J'étais en dehors de moi-même, libérée pour la première fois de ma vie du carcan des convenances et du poids de mon ingratitude physique. Je ne voyais personne mais je sentais sur moi la caresse des regards et la chaleur du désir. Jamais je n'avais été aussi femme, aussi proche de mon être profond. J'étais portée par les voix gitanes mêlées à la mienne dans cette communion qui échappait aux lois sociales comme à celles du temps.

Je m'interrompis à regret, à bout de souffle et couverte de sueur. Louis fut le premier à m'applaudir et le comte, voyant que le mari ne s'offusquait point de la liberté prise par sa femme, manifesta à son tour son enthousiasme. Les bohémiens me firent savoir qu'ils me reconnaissaient comme une des leurs et redonnèrent le signal de la fête. J'allai reprendre haleine dans le coin le plus sombre de la pièce. J'avais chaud, j'avais soif et mon cœur battait à me faire mal. Ma robe me gênait et j'enviais ces bohémiennes dont les jupes épousaient souplement les formes. Je fermai les yeux, le dos collé au mur afin d'en voler la fraîcheur nocturne. On chantait de nouveau pour le comte Bielsky et pour ses hôtes. Je me crus oubliée jusqu'au moment où une main chaude se glissa dans mon dos et me fit pivoter sur moi-même.

« Chut ! Venez par ici. Personne ne nous regarde. »

Ivan m'entraîna dans une petite pièce contiguë au salon et referma la porte sur nous. Sans mot dire, il m'attira contre lui et m'étreignis ainsi que je l'avais rêvé lorsqu'il m'apprenait les déclinaisons russes. Nous n'échangeâmes ni un mot, ni un baiser, mais nos corps éloquents se disaient l'un à l'autre qu'ils s'appartiendraient un jour, pour une heure ou pour mille ans, qu'ils sauraient même être patients et défier la raison.

À la fin de l'hiver, je quittai seule la Russie, auréolée de la gloire que j'étais venue chercher. J'avais vingt-deux ans et l'avenir était radieux. Je laissais derrière moi un poète amoureux qui m'avait convaincue de signer un deuxième contrat à Saint-Pétersbourg pour l'hiver suivant et j'étais en droit d'espérer la reconnaissance de ma patrie pour les lauriers récoltés en terre étrangère. Je devais chanter au printemps à Vienne tandis que Louis regagnerait la France afin d'y dénicher, à ma demande, une maison de campagne où je pourrais enfin voir grandir ma fille.

Ma dernière entrevue avec Ivan fut pénible. Il était au désespoir de me voir partir et me suppliait de rester. Je vis dans son insistance une atteinte à ma liberté et je le quittai amoureuse mais presque soulagée.

Je fus déçue par Vienne où mes succès me parurent bien pâles en regard de l'encensoir russe qui s'était déversé sur mon front. J'eus tout de même la satisfaction de chanter *Lucia di Lammermoor*[1], un rôle nouveau pour moi et bienvenu après toutes les vieilleries programmées à Vienne cette saison-là.

Chaque semaine m'apportait une lettre d'Ivan ou de Louis et je répondais à l'un comme à l'autre par de brefs billets dénués de sentimentalité. Je savais que l'amour de Louis et le confort qui en résultait m'étaient acquis et je soupçonnais que l'éloignement ne ferait pas tiédir les sentiments d'Ivan.

J'étais moins sûre, en revanche, de l'accueil que me réserverait Louise après neuf mois d'absence et je me sentais coupable d'aspirer tout autant aux bras d'Ivan qu'aux baisers de ma petite fille.

Au mois de juillet, je pensais déjà un peu moins à mon bel amour russe, tout à la joie que j'avais de retrouver Louisette et de découvrir la propriété que Louis avait acquise en mon nom grâce aux émoluments de mes tournées. J'allais enfin bâtir mon nid ! Le château de Courtavenel allait être pour moi la digne demeure de la célèbre cantatrice que j'étais devenue. Situé en Seine-et-Oise, près de Rozay-en-Brie, il présentait pour moi le double avantage d'offrir les charmes d'une vraie vie campagnarde et de n'être pas situé trop loin de Paris.

---

1. Opéra de Gaetano Donizetti, créé le 26 septembre 1835 à Naples.

Avant de découvrir l'intérieur de la maison, mon premier souci fut de faire le tour du jardin, avec Louis et Luisita. Auprès d'une grande pièce d'eau, où je projetai de faire venir des barques, se mêlaient, parmi des herbes folles, tout un fouillis de roses, de capucines et de géraniums. De grands massifs d'arbres entouraient une allée assez large pour une voiture. Aujourd'hui, une belle pelouse agrémente la propriété mais, pour le reste, je n'ai rien fait changer de ce qui m'avait séduite en ce premier été. La maison me plut par son aspect bourgeois et même un peu épicier, très bon enfant avec son rez-de-chaussée, son premier étage et ses greniers. La façade ouest me rappela Nohant et tous nos amis du Berry. L'autre façade, la vraie, la noble date du temps de Henri IV avec ses tourelles et son pont-levis. À l'intérieur de la maison, Mamita avait organisé toute notre vie domestique et rien ne manquait au confort d'une bonne douzaine de personnes. Mais ma chère maman avait refusé de se charger des choses de goût, aussi eus-je un été très chargé car il me fallut m'occuper du choix des meubles, des tissus et de tous les détails de la décoration, ce que je fis avec le plus grand plaisir, la petite Louise sur mes talons.

Les lettres d'Ivan continuaient de me parvenir, mais je n'y répondais plus que par souci de ne point me montrer ingrate. Tout à mes projets de maison, ma première demeure bien à moi qui allait me permettre de ne plus cohabiter que par commodité occasionnelle avec les pas trop belles-sœurs, je laissais mon cœur et ma voix en jachère. L'été fut beau et rien n'eut pu me déloger de Courtavenel, pas même une fâcherie épistolaire avec George qui me réclamait à Nohant et me reprochait de jouer les châtelaines hautaines. Je réalisai de nombreux ouvrages de couture pour la maison et je remplis les placards de l'office de confitures que je cuisinais avec les fruits du jardin. Je trouvais enfin mon bonheur dans des choses toutes simples, comme lorsque je découvris avec Louise, non loin de la maison, un petit promontoire d'où la vue s'étend à six lieues à la ronde, bornée d'un seul côté par une grande rue verte au milieu d'un bois qui mène droit à Courtavenel. J'oubliais Paris et Paris m'oubliait, ce qui ne m'inquiétait pas trop puisque je n'étais pas libre pour la saison suivante.

Je repartis en septembre pour Saint-Pétersbourg, moins désespérée que l'année précédente car j'avais pu expliquer à Louise pourquoi sa maman devait partir si loin d'elle. Je l'assurai de tout mon amour maternel et lui confiai solennellement la garde de Courtavenel en mon absence. Les Russes ne m'avaient pas oubliée, mais j'avais perdu à leurs yeux l'attrait de la nouveauté. Aussi mon succès fut-il, dans un premier temps, moins complet. Ivan le ressentit comme un affront personnel et se conduisit de la plus sotte manière qui fût. Malgré le prix élevé des places et la faible rente que lui allouait sa mère, il ne manquait aucune représentation, manifestant son admiration d'une manière bruyante et intempestive qui indisposait souvent le public. J'appris bientôt qu'il empruntait de l'argent à ses amis et connaissances afin de m'offrir des bouquets et des cadeaux. Louis fit lui-même les frais de cette générosité excessive exercée au détriment d'autrui !

Nos retrouvailles, dont je ne savais plus très bien, après cette longue séparation, si je les attendais ou les redoutais, avaient été décevantes. Le jour même de notre arrivée, Ivan s'était précipité à la villa Demidoff où sa présence nous avait gênés dans notre installation. Il s'était présenté à moi pâle et tremblant, si bien que Louis avait commencé à soupçonner quelque chose et ne nous avait pas laissés seuls une minute. Il prit tout de même rendez-vous avec Ivan pour une partie de chasse, mais l'informa que je me débrouillais assez bien en russe pour pouvoir me passer de ses leçons. Je ne songeai même pas à protester.

Lorsque Ivan commença à m'importuner de ses excentricités, à m'adresser de brûlants poèmes que je trouvais mauvais et à quémander mon attention avec des airs de chien battu, je crus cesser de l'aimer. Le séduisant colosse était en réalité un enfant fragile dominé par ses émotions. Un peu honteuse de mes égarements passés, je le pris en grippe et j'en fis mon souffre-douleur.

Malgré la désinvolture avec laquelle je le traitais, il venait me visiter avant et après chaque représentation, me couvrant de compliments, se délectant des critiques les plus dithyrambiques, me faisant en un mot plus diva que je n'aurais jamais osé l'être. Cette admiration sans condition me devint nécessaire et, par un cruel calcul, je m'ingéniais à prodiguer à Ivan des petits signes d'encouragement lorsque je sentais son ardeur faiblir. Il suffisait en effet que je lui laisse baiser mes mains ou poser sa tête sur mes genoux pour qu'il perde de nouveau l'esprit et devienne d'une jalousie féroce mais silencieuse à l'égard de tous ceux qui prétendaient m'approcher, à l'exception de Louis pour qui il avait du respect et de l'amitié. Toutes ces attentions dont je fus l'objet à Saint-Pétersbourg me firent de nouveau progresser tout autant que des heures et des heures de travail solitaire. Je comprenais enfin Maria et sa course mortelle au succès et je me félicitais d'avoir su, grâce à Louis et à ma fille, m'assurer de solides garde-fous.

Lorsque je quittai Saint-Pétersbourg au mois d'avril, j'étais à la tête d'une véritable fortune en roubles et en cadeaux et je songeais à vivre de mes rentes si Paris ne me rendait pas enfin justice !

Nous rentrâmes par Moscou, suivis d'Ivan qui prétendait y avoir à faire mais qui, en réalité, me fit visiter la ville. Loin du lieu de mes triomphes, je me surpris à avoir faim d'amour et d'attentions. Ivan, en démissionnant de son poste au ministère de l'Intérieur afin de pouvoir me suivre, l'avait fort bien compris.

9

En dépit des apparences, je n'ai jamais été la maîtresse d'Ivan. Il y eut pourtant maintes occasions au cours desquelles nous aurions pu basculer de l'affectueuse camaraderie vers une liaison amoureuse mais je crains trop d'être détruite par une passion partagée. J'ai davantage besoin de l'admiration d'Ivan que de sa présence, à tel point que je préfère ses lettres à ses discours enflammés.

Je me suis mise en tête de pouvoir tout chanter, de Rossini à Meyerbeer, du soprano léger au contralto. Moins je me cantonnerai dans un rôle et dans un type de voix plus j'augmenterai mes chances de me faire engager en France. Mais cela nécessite un travail de titan et je me sens parfois un peu prisonnière de mon ambition, d'autant qu'à mes exigences de carrière s'ajoutent maintenant des besoins financiers liés à l'entretien de Courtavenel et à mon nouveau train de vie.

Tout ce qui me détourne de mon travail m'est importun. Louis le sait et préfère à ma compagnie celle des bécasses qu'il projette de massacrer, Louise commence à le comprendre et Ivan en souffre comme un damné. La faiblesse de mon attitude à son égard en est la cause.

Lorsque nous regagnâmes la France en juin 1845, Ivan nous suivit, invité par Louis à passer l'été à Courtavenel. Je n'ai jamais compris pourquoi mon mari avait ainsi introduit le loup dans la bergerie.

Aux premiers jours de notre séjour à Courtavenel où nous attendaient déjà Mamita et Louise, nous vécûmes en bonne intelligence. Louis et Ivan partaient souvent chasser dès le matin et j'occupais mes journées entre l'aménagement du château, les jeux avec Louise et mes partitions que je repassais mollement, car si Louis m'avait fait miroiter un engagement aux Italiens pour la saison suivante, je connaissais sur le bout des lèvres tous les rôles qu'on était susceptible de m'y proposer. Je ne voyais Ivan qu'aux repas et après le dîner, lorsque nous nous réunissions pour causer dans le salon jaune. Louis prenait soin de ne jamais nous laisser seuls et je devais me contenter des regards appuyés de mon admirateur.

Les choses commencèrent à se gâter lorsque George arriva à Courtavenel sans crier gare, flanquée de Solange et de Maurice.

« Puisque ma chère fille refuse de venir à moi, je n'ai pas d'autre choix que de venir à elle ! s'exclama ma Ninoune en guise d'explication.

— Soyez les bienvenus ! », répondis-je, heureuse de cette bonne surprise.

J'ordonnai que l'on préparât des chambres et je fis avec fierté les honneurs de la propriété.

« C'est plus simple que je ne l'aurais cru, concéda Ninoune. Mais tout de même, ma mignonne, prenez garde de ne point trop vous couper du peuple dont vos parents sont issus. L'art doit permettre au plus grand comme au plus petit de s'élever. Je serais fort triste si vous deviez prendre des grands airs en devenant célèbre. N'oubliez pas Consuelo !

Mon Dieu ! J'ai l'impression que nous ne nous sommes pas vues depuis des siècles. Je me suis abominablement languie de vous et je n'ai cessé de tourmenter Solange en lui reprochant de n'être point aussi parfaite que vous. Elle va vous détester ! J'aimerais vous avoir tout à moi pendant quelques jours afin de rattraper le temps perdu. »

J'avais oublié à quel point l'affection de George pouvait être pesante. Je n'étais plus la timide jeune fille amenée à Nohant par Mamita et les nouvelles connaissances que j'avais faites durant mes voyages m'avaient appris que ma bonne amie n'avait ni le monopole du talent ni celui de l'esprit. Je l'admirais toujours, mais je ne voulais plus me laisser entraîner sur la pente dangereuse d'une amitié amoureuse ambiguë. Le pauvre Ivan fut mon meilleur alibi.

Lorsque je le présentai à George, elle s'étonna que je ne lui eusse jamais mentionné ce nouvel ami dans mes lettres. Ivan et George s'entendirent au premier regard et je fus bientôt leur principal sujet de conversation. L'une trouvait une oreille bienveillante pour se plaindre de ce que je l'abandonnais, l'autre pouvait enfin avouer toutes les merveilles qu'il pensait de moi. Ivan ne tarda pas à prétexter la présence de George et sa récente amitié avec elle pour abandonner Louis à ses parties de chasse. De mon côté, j'étais lasse de l'insistance de George qui voulait me ramener à Nohant avec elle. Je n'avais aucune envie de quitter ma maison où me retenaient encore tant de plaisantes occupations domestiques et je ne désirais pas imposer à Louisette les fatigues d'un voyage en voiture. J'eus alors l'idée de laisser croire à Ninoune qu'Ivan était mon amant et que lui seul me retenait à Courtavenel ! Je pris donc l'habitude de l'entraîner dans le parc où, ayant bien soin de toujours rester en vue d'une des fenêtres du château, je lui permettais de me prendre la main, le temps d'une tendre promenade. Le pauvre Ivan était fou de bonheur et me croyait enfin à lui, encouragé dans ses espérances par Mamita qui l'aimait beaucoup et trouvait Louis ennuyeux comme un bonnet de nuit. J'avais, pour ma part, surestimé ma propre capacité à jouer cette comédie à un homme pour qui mon cœur avait battu si fort en Russie. Au début, je le laissais me débiter des serments d'amour en pensant à autre chose puis je me surpris à soigner davantage ma toilette, à attendre le moment de sortir et même à rechercher dans le parc les endroits les moins exposés aux regards de la maisonnée.

Un jour que nous nous étions aventurés dans la serre, Ivan m'attira sur ses genoux. La lumière de l'été seyait bien à ses cheveux blonds et à ses yeux que le hâle de son visage rendait plus clairs encore. Il portait un costume blanc et une élégante chemise de popeline. Une veine bleue, signal indiscret de son émotion, soulevait la peau de son cou. Sous l'effet de la chaleur de la serre, je me sentis m'épanouir comme les orchidées posées près de nous, poussée hors de moi-même par un sentiment qui n'était pas de l'amour mais bien le réveil impromptu de mes sens endormis.

Si un autre qu'Ivan, aussi beau et rayonnant que lui, se fût tenu près de moi à ce moment-là, j'eusse tout autant succombé. Une fois encore, je me servis d'Ivan comme d'un simple accessoire de la comédie que j'avais besoin de me jouer. Je contrôlais ce tableau amoureux comme j'aurais réglé la mise en scène d'un opéra. Je me vis déboutonner la chemise d'Ivan, j'admirai ma propre audace lorsque je laissai mes mains glisser sur sa poitrine, j'applaudis l'élégance avec laquelle nous glissâmes vers le sol poussiéreux puis je cessai de penser, les yeux fermés afin de mieux me concentrer sur la promesse de mon seul plaisir. Je les rouvris pour voir un rayon de soleil jouer sur mes seins tendus au-dessus du visage d'Ivan et je songeai avec une joie mauvaise que je ne valais pas mieux, en cet instant, que la belle Marie fustigée par Ninoune. Ivan commit alors l'irréparable faute de goût de rompre le silence, et de tirer pour nous deux des conclusions qui ne valaient que pour lui-même.

« Enfin vous êtes à moi, soupira-t-il en laissant errer ses mains dans le secret de mes jupons. L'amour triomphe, rien ne nous séparera plus. M'aimez-vous, Pauline, m'aimez-vous assez pour renoncer à Louis ? »

J'allais répondre ce qu'Ivan désirait entendre, soucieuse de ne point perdre un instant de cette fête des corps qui avait à peine commencé. Mais un sursaut d'orgueil me fit recouvrer l'esprit et regretter sur l'instant mon impudique abandon. Je trouvais Ivan bien présomptueux de croire que mon âme suivait le cours de cet accidentel rappel à l'ordre de la nature. Je trouvai soudain nos contorsions grotesques et je n'étais pas loin de me sentir humiliée. Je battis en retraite, aussi dignement que me le permettait ma semi-nudité. En me relevant, je vis la vaste pelouse et ses parterres de fleurs, la mare paisible et la solide façade du château. Tout cela était le foyer que je fondais avec Louis, notre œuvre commune pour Louisette et pour nous-mêmes. Certes, je n'avais jamais connu le moindre émoi en partageant le lit de mon mari mais il m'aidait à me construire et nous avions parcouru ensemble un joli bout de chemin. Je n'imaginais pas une seconde renoncer à ma vie de labeur consenti, de passion pour mon métier et de repos bien mérité sur mes terres pour suivre un Tourgueniev oisif et soumis aux péripéties de son amour pour moi. Je le lui dis sans ménagement. Il se mit à pleurer comme un enfant, ce qui augmenta ma froideur à son égard.

Aucun amour ne justifie que l'on perde à ce point sa dignité, surtout devant l'être que l'on prétend séduire.

« Pardonnez-moi, Pauline, balbutia le pauvre Ivan, mais je vous aime tant ! Vous ne me dites jamais ni oui ni non. Que dois-je faire pour vous plaire ?

— Essayez d'exister par vous-même. Faites quelque chose de votre vie. Peut-être, alors, aurai-je de l'estime pour vous.

— Je pourrais essayer de continuer à écrire », dit-il d'un ton incertain.

Je souris avec commisération, songeant aux poèmes ridicules, aux lettres pitoyables qu'il m'adressait. Mais à quoi bon discuter avec qui se connaît si peu lui-même ?

« Essayez toujours ! Mais je ne pense pas que cela soit votre voie.

— Seriez-vous fière de moi si je devenais un grand écrivain ?

— Mieux que cela. Je vous accorderais sur-le-champ ce dont votre impudence nous a aujourd'hui privés.

— Alors je deviendrai aussi grand que Dostoïevski en personne !

— Je vous souhaite bonne chance, Ivan. »

Le lendemain, Ivan accompagnait de nouveau Louis à la chasse tandis que George repartait à Nohant avec bagages et enfants.

À la fin du mois d'août, Louis m'annonça à regret que ses espoirs de me faire engager à Paris avaient été vains mais que la direction des Théâtres impériaux de Saint-Pétersbourg sollicitait de nouveau ma venue. Il me fallut près d'une semaine pour me décider et mon assentiment fut assorti de mon premier caprice de diva :

« Je ne partirai que si Louise nous accompagne. C'est ainsi et pas autrement. »

Louis fut trop heureux d'accéder à un souhait qui comblait en lui l'impresario et le père mais je lui en voulus d'accepter aussi vite ma défaite française. En lisant la presse musicale, en écoutant les ragots que me colportaient mon frère Manuel ou ma cousine Antonia Sitchés qui se destinait aussi au chant, je me rendais compte avec amertume que mon talent seul ne pouvait me sortir de l'impasse où je me trouvais. Il m'aurait fallu avoir le goût de la publicité tapageuse, comme Jenny Lind qui refusait de se marier et s'arrangeait pour faire connaître à la presse les sommes mirobolantes qu'elle versait « en secret » à diverses bonnes œuvres. Il m'aurait fallu savoir être chanteuse et courtisane, comme Rosine Stolz. Mais j'avais choisi la voie la plus difficile, celle qui me poussait sur les routes en toutes saisons tel un infatigable voyageur de commerce contraint d'abandonner foyer et enfants pour gagner sa pitance ! Mon orgueil et la certitude que j'avais de mon talent m'interdisaient de quémander ici ou là quelques faveurs ou protections qui m'auraient peut-être permis de chanter à Paris et de dormir chaque soir dans mon propre lit. Je me drapais donc dans ma dignité, convaincue d'être victime de la plus grande injustice.

Je préfère oublier aujourd'hui mon troisième voyage à Saint-Pétersbourg au cours duquel les triomphes habituels et les niaiseries amoureuses d'Ivan furent interrompus par une maladie de Louise qui nous valut un retour précipité et inconfortable en plein mois de février. Depuis, j'espère de tout mon cœur ne plus jamais aller en Russie.

L'Allemagne est en train de devenir ma deuxième patrie musicale. Si je ne puis m'en réjouir, je m'y résigne cependant. Au moins ai-je la possibilité, outre-Rhin, de mettre à exécution mon projet de chanter le plus vaste répertoire possible et en

particulier le grand opéra grâce à l'estime que me voue Meyerbeer. Pour les Allemands, je suis devenue l'interprète idéale de
la Valentine des *Huguenots*. Mon allemand, pourtant, est loin
d'être parfait mais je me force, ici, à parler cette langue avec
tous ceux qui m'entourent, y compris avec Louisette qui la
maîtrise mieux que moi depuis qu'elle a pour compagnon de
jeu le petit Frédéric de Prusse !

Dans *Robert le Diable*, j'ai fait un grand succès en chantant,
dans le cours d'une même représentation, le rôle d'Alice et celui
d'Isabelle car ma partenaire, Mme Tuczek, avait déclaré forfait.
Certes, le public allemand n'aura jamais la chaleur russe ou
espagnole mais ce que je bâtis ici est solide et durable. Jamais je
n'ai été aussi dure à la tâche et aucune difficulté ne me décou-
rage car, contrairement à ce qui se passe à Paris, il n'y a rien ici
qui ne puisse être résolu par l'assiduité au travail.

Louis persiste à espérer pour moi une saison parisienne,
surtout depuis que la Grisi s'est mise à chanter comme une
vache et que Rosine Stolz a dû quitter la scène de l'opéra sous
les huées du public. Pour ma part, je préfère ne rien attendre
afin de ne n'être pas déçue. Je suis ma voie, puisant dans le
travail sinon un bonheur complet, du moins une raison de
vivre. Quant à l'ivresse des planches, elle demeure en moi
intacte et irremplaçable.

Pour avoir perdu trop tôt mon père puis Maria, je sais la
valeur du temps et je ne veux rien en perdre. La promesse
faite à Marie me protège des gaspillages inutiles. Avec le chagrin, l'annonce de sa mort m'apporte aussi l'obligation absolue de ne pas la trahir. Je sais grâce à Maria qu'une Garcia est
maudite si elle ne tient pas ses promesses.

Ce matin, Ivan m'a offert un camélia blanc. Cette fleur
inodore me rappelle qu'une étoile peut mourir.

DEUXIÈME PARTIE

10

Londres, juin 1850.

Quels démons me poussent encore hors de chez moi alors que Paris m'acclame ? Mes ennemis affirment que c'est la fièvre de l'or mais ils se trompent. Ivan prétend que je le fuis et Louise pense que je veux être aimée du monde entier. C'est peut-être elle qui a raison. Il est certain que la reconnaissance tardive du public parisien ainsi que les hommages recueillis dans toute l'Europe m'ont éloignée de ceux que j'aime. Lorsque je rêvais de ne chanter qu'à Paris afin de ne plus quitter Louise, j'ignorais que l'amour de quelques proches est peu de chose face aux gigantesques démonstrations d'affection dont le public est capable. On se sent bien puissant à régner sur ces océans d'âmes qui ne demandent même pas qu'on les aime, on se croit éternel lorsque la gloire nous sourit et nous dispense de penser à autre chose qu'à nous-mêmes.

À vingt-neuf ans, j'ai enfin tous les honneurs et ne les dois qu'à mon acharnement au travail. J'ai vaincu mes rivales sans me mêler à leurs intrigues, j'ai séduit le directeur de l'Opéra de Paris sans visiter son lit et Meyerbeer ne jure que par moi car mes triomphes servent aussi les siens. Pour en arriver là, il aura tout de même fallu une révolution mais je ne crois pas être une petite cause !

En 1848, j'en étais encore à partager mon temps entre Londres et l'Allemagne lorsqu'une lettre d'Ivan m'apprit que Louis-Philippe avait été renversé. Louis fut alors saisi d'une fièvre révolutionnaire qui nous fit hâter notre retour à Paris. Pour ma part, je réfléchissais déjà aux heureuses conséquences que ces événements pouvaient avoir sur ma carrière française en m'apportant les appuis politiques qui m'avaient toujours manqué. Je venais enfin de signer avec l'Opéra de Paris pour chanter *Le Prophète* mais j'avais pour ambition d'occuper plusieurs saisons le devant de la scène parisienne.

À Paris, nous fûmes accueillis par George qui semblait tout droit descendue d'une barricade !

« Ah mes amis ! criait-elle. Tous mes soucis sont envolés et j'ai déchiré mon testament. Retroussons nos manches afin de faire vivre cette toute jeune république ! »

Louis se laissa bien volontiers entraîner dans le sillage de sa révolutionnaire préférée, multipliant avec elle les publications enflammées et les réunions politiques avec les conspirateurs de la veille devenus membres du gouvernement provisoire, comme l'avocat Ledru-Rollin, le physicien François Arago, le socialiste Louis Blanc. En quelques jours, tout notre entourage s'était découvert des ardeurs républicaines, y compris les pas trop belles-sœurs et leurs abominables chats ! Au prétexte de révolution, les bonnes manières avaient été abolies et nous vivions rue Favart au milieu d'un perpétuel défilé d'amis et de connaissances qui entraient et sortaient sans crier gare à toute heure de la journée, portant des nouvelles politiques. Certains en profitaient pour venir chercher une oreille compatissante à leurs petits soucis personnels à moins que ce ne fût quelque secours financier car Louis ne savait jamais rien refuser.

En cette période troublée, Ivan vivait dans sa petite chambre du Palais-Royal, continuant à fréquenter théâtres et opéras comme si de rien n'était et, jusqu'au changement brutal intervenu dans nos relations, à me déclarer une flamme dont je n'avais que faire. L'aurais-je voulu, je n'aurais de toute façon pas eu le temps de tomber amoureuse. J'avais à composer un hymne national pour la Fête de la Liberté, je me faisais construire un hôtel particulier malgré l'époque qui y était peu propice et j'intriguais en secret pour faire revivre la mémoire de Marie Duplessis.

L'année précédente, j'avais été invitée à assister à un cours de la cantatrice Giuseppina Strepponi qui prétendait enseigner l'art de chanter les opéras de Giuseppe Verdi. Je ne songeais pas encore à étudier les œuvres du maestro, mais j'avais entendu *Nabucco* et *Ernani* qui m'avaient paru remarquablement novateurs et personnels. J'étais donc curieuse d'en savoir davantage.

Un hôte de marque assistait ce jour-là aux leçons de chant verdien : Giuseppe Verdi en personne ! Calé dans un fauteuil, le regard rivé sur la tapisserie à palmettes des murs du salon, il tournait le dos aux élèves et nul n'aurait pu dire s'il écoutait le cours. Il ne remarqua même pas mon arrivée et il me fallut attendre la fin de l'intéressante démonstration de Mme Strepponi pour être présentée au maestro.

« Ah ! Mais je suis enchanté de vous connaître ! s'exclamat-il dans un français adorable. Vous êtes la dernière née, je crois, d'une jolie famille de rossignols ! J'ai rencontré votre frère Manuel à Londres mais je n'ai jamais eu le plaisir de vous entendre. Vous ne chantez jamais en Italie ni en France ? »

Je lui racontai les péripéties de ma carrière, sans insister toutefois sur mes déceptions françaises afin de ne pas faire mauvaise figure. Je préférai laisser croire à Verdi que j'avais délibérément choisi de me faire entendre à l'étranger plutôt qu'à Paris afin de lui renvoyer l'image d'une diva comblée et triomphante. Je m'enquis à mon tour de ses projets.

« Je dois me rendre à Londres à la fin du mois afin d'y surveiller les répétitions de mes *Masnadieri*. Jenny Lind me cause quelques soucis. Malgré son grand talent, elle est fragile et capricieuse et je crains qu'elle n'abandonne le projet à la dernière minute. Ce serait une belle catastrophe ! Que les femmes sont compliquées !

— Presque autant que vos livrets d'opéra, plaisantai-je, déjà séduite.

— Vous ne croyez pas si bien dire ! Je suis un peu las des meurtres, des guerres et des complots. J'aimerais à présent mettre en musique une belle figure féminine, une femme passionnée mais humaine avec ses grandeurs et ses faiblesses. Comme Giuseppina, ajouta-t-il en désignant celle qu'on disait être sa maîtresse.

— Chez quel auteur pensez-vous la trouver ?

— Chez Dieu tout-puissant ! Je voudrais la trouver dans la vie et peut-être même dans la rue. Je la souhaite ordinaire pour être universelle mais aussi exceptionnelle pour demeurer éternelle.

— Et l'action ?

— L'action ? Pour quoi faire ? Il n'y a pas que les actes pour signer une vie. L'amour ou la mort font aussi bien l'affaire. »

Une idée folle me traversa l'esprit.

« Et si je vous parlais d'une femme dont l'amour fut le métier et qui mourut abandonnée de tous ?

— Dont l'amour fut le métier ? Une dévoyée, *una traviata* comme on dit en Italie ?

— Je me refuse à la juger. Elle n'avait que sa beauté pour se faire une place sur cette terre. Mais elle était bonne, sensible et, à sa manière, honnête.

— *Una traviata* ? s'exclama de nouveau Verdi en se grattant le menton. Non, c'est impossible. Le public le prendrait mal. Quelle chanteuse, d'ailleurs, accepterait d'endosser un tel rôle ?

— Moi ! répondis-je sans réfléchir.

— Vous ? Impossible ! Vous n'avez pas du tout le physique d'une *traviata*. »

Je ne sus comment prendre cette affirmation et je préférai ne pas insister. Nous parlâmes d'autre chose et nous nous quittâmes enchantés l'un de l'autre, formulant le vœu de nous revoir un jour.

Je tenais à mon idée de faire immortaliser Marie par la plume de Verdi. Les accents de sa musique m'assaillaient lorsque je revoyais la jeune femme sur son lit de douleur, fragile et pathétique face au dernier rendez-vous de son existence. J'étais certaine de ne pas me tromper. J'écrivis même à Verdi pour lui raconter ce que je savais de Marie, en réalité peu de chose, mais un bon librettiste aurait pu combler les vides laissés par mon ignorance. Verdi me répondit par une lettre courtoise mais hostile au projet.

Pour moi, l'une des révolutions de 1848 fut donc la lecture du premier roman d'Alexandre Dumas fils. Je savais qu'il préparait quelque chose car il était venu écrire à Courtavenel durant l'été 1847 mais il n'avait dévoilé à personne le sujet de son travail.

Je reçus un matin un volume intitulé *La Dame aux camélias* et portant cette dédicace :

Pour Madame Viardot, dont le cœur généreux saura lire entre ces lignes. Respectueusement vôtre, Alexandre Dumas.

Intriguée, je m'armai d'un coupe-papier et parcourus quelques pages :

Elle était grande, très mince, noire de cheveux, rose et blanche de visage. Elle avait la tête petite, de longs yeux d'émail comme une Japonaise, mais vifs et fiers, les lèvres du rouge des cerises, les plus belles dents du monde ; on eût dit une figurine de Saxe.

Il me fallut peu de temps pour voir revivre Marie Duplessis, rebaptisée Marguerite Gautier. J'éprouvai une grande joie. Marie n'était pas morte puisque n'importe quel lecteur pourrait désormais se représenter « ce mélange de gaieté, de tristesse, de candeur, de prostitution, cette maladie même qui développait chez elle l'irritabilité des sentiments, comme l'irritabilité des nerfs », toutes choses qui, affirmait l'auteur, « inspiraient un désir ardent de la posséder »...

Je devinai qu'Alexandre Dumas avait mis dans ce roman beaucoup de sa propre relation avec Marie mais je m'interdis de le juger. J'étais heureuse de l'immortalité qu'il offrait à Marie et je m'empressai d'envoyer un exemplaire du livre à Verdi. Le maestro me répondit deux mois plus tard. Il avait été touché par la belle figure de Marie mais n'était toujours pas convaincu par l'idée d'en faire une héroïne d'opéra. C'est pourquoi j'entrepris, dans le plus grand secret, d'élaborer un livret à partir de l'œuvre de Dumas.

Alexandre Dumas n'avait certes pas su aimer Marie pour elle-même, il lui avait sans doute reproché l'immoralité de sa vie, peut-être l'avait-il parfois haïe pour le mal qu'elle lui faisait mais il devait à la vie dissolue et à la fin tragique de la dame aux camélias sa célébrité toute neuve et son entrée dans le monde des lettres.

Combien d'hommes doivent leur génie à l'amour qu'une femme leur refuse ? Ceux qui m'entourent se nourrissent de leur passion pour moi alors que je me garde avec soin de les aimer vraiment. Lors du dîner chez Rossini, Marie m'avait conseillé de me laisser aimer mais de ne point trop aimer moi-même. Je l'ai presque écoutée mais je me sens de plus en plus seule à mesure qu'augmente le nombre de mes amoureux. Du moins ai-je le plaisir de jouer les muses, ce qui n'est pas une mince satisfaction lorsqu'on se contente d'ordinaire de chanter les œuvres des autres. J'aime les hommes à l'aune des chefs-d'œuvre que je leur inspire et j'ai la prétention de croire que certains ne verraient jamais le jour si je n'étais point là pour leur insuffler mon âme.

Tandis que je chante à Londres, les trois hommes de ma vie sont installés à Courtavenel où chacun a mission de veiller sur le travail des deux autres. Mon rôle consiste alors à faire fructifier mon absence en dosant les lettres que j'adresse aux uns et aux autres. Lorsque Ivan se morfond, les idées viennent à lui. Charles, en revanche, a besoin d'être encouragé, pour ne pas dire materné. C'est donc à lui que vont la plupart de mes lettres. Quant à Louis qui aide Ivan à traduire ses écrits en français, il n'est point utile de jouer avec ses nerfs : je lui raconte chaque semaine par le menu tous les événements de mon séjour à Londres et, ce faisant, j'informe aussi les deux autres puisque mon mari n'est point avare des informations qu'il détient. Ainsi, j'ai l'esprit libre pour chanter et le cœur léger pour jouir pleinement de mes triomphes.

En m'amusant, aujourd'hui, à démêler l'écheveau de tous les événements survenus depuis trois ans, je me rends compte que rien n'est anodin, que chaque fait ou action participe d'une même aventure dont la conclusion provisoire est mon statut de diva installée entre trois amoureux.

Lorsque éclata la révolution de 1848, je ressassais encore ma peine de ne point me produire à Paris. Mon engagement à chanter *Le Prophète* à l'Opéra avait été signé avant les troubles politiques, mais je ne pouvais alors prévoir l'accueil que me réserverait le public. J'avais encore six mois pour espérer et redouter.

Dans l'euphorie générale, George reprenait d'autorité les rênes de ma carrière.

« Il faut révolutionner l'art, affirmait-elle à qui voulait l'entendre. Pauline incarnera mieux que personne ce renouveau. Elle est pure et sans apprêt. En Russie, elle a séduit le cœur des moujiks, n'est-ce pas, Louis ? »

Louis approuvait, rajeuni par la réalisation soudaine de ses espoirs politiques.

« La direction de l'Opéra est à prendre, poursuivait George. Je suis bien placée pour appuyer tel ou tel candidat. Louis doit occuper ce poste. Ou bien Manuel, peu importe. D'une manière ou d'une autre, Pauline doit régner sans partage sur l'Opéra. »

J'entendais chaque jour cette discussion à laquelle j'évitais de prendre part. George se rendait-elle compte que ses projets visaient à faire de moi une nouvelle Rosine Stolz ? Mon amie ne se battait pas pour l'abolition d'un privilège honteux mais rêvait d'en déposséder ma rivale à mon seul profit. Est-ce cela, une révolution ?

Lorsque je me lassais de l'hystérie de George et de Louis, lorsque Delacroix et Balzac ne me semblaient plus avoir toute leur raison, j'allais me réfugier chez Ivan ou chez Ary Scheffer. Le peintre habitait alors rue Chaptal, dans une charmante maison toute simple bâtie au fond d'un délicieux jardin. Pour m'y rendre, je faisais le détour par le chantier de ma future maison, rue de Douai, et le contraste entre cette ruche béante et poussiéreuse et la quiétude de la demeure de Scheffer mettait sur mes nerfs un baume bienfaisant.

Scheffer était enchanté de ces visites qui se transformaient souvent en séances de pose car il avait entrepris depuis plusieurs mois déjà de faire mon portrait.

« Vous êtes un vrai courant d'air, ma chère Pauline, se plaignait-il souvent. Vous ne me facilitez guère la tâche. Asseyez-vous ici ! Non, là ! Tournez le visage vers la lumière, s'il vous plaît ! Voilà, c'est bien ! Ne bougez plus, je vous prie ! »

Scheffer revêtait sa vieille blouse maculée de toutes les couleurs de ses précédents tableaux. Il travaillait vite, les dents serrées, ressemblant davantage à un ouvrier minutieux qu'à un artiste en pleine création. J'aimais cela. Les plis laborieux de son front me rassuraient, comme m'apaisait l'odeur de l'essence et des huiles. Scheffer venait de terminer une série de tableaux pour le château de Versailles et ce portrait était pour lui une récréation. Il peignait en silence, me laissant seule avec mes pensées. Je quittais toujours l'atelier avec la sensation d'être plus légère, comme si Scheffer avait dérobé un peu de gravité à mon âme pour la coucher sur la toile.

Ivan traversait lui aussi cette période révolutionnaire dans le plus grand calme. Ses *Sketches d'un sportif*, écrits à Courtavenel l'été précédent, avaient remporté un vif succès. Ses articles pour *Le Contemporain* lui assuraient de quoi vivre et j'assistais, médusée, à la naissance d'un écrivain.

Un an auparavant, la vie d'Ivan n'était encore que désordre, passion et lâcheté. Venu m'écouter à Dresde avec Bielinsky, mon amoureux transi avait ensuite refusé d'accompagner son ami à Salzbrunn alors qu'il le savait mourant. Il avait préféré me suivre à Londres où je n'avais nul besoin de lui, laissant Bielinsky marcher seul vers la mort.

« Pour une femme, m'écrivit-il, brisé de remords, j'ai trahi mon meilleur ami, le seul être au monde qui croyait vraiment en moi. »

Ce deuil avait guéri Ivan de sa paresse.

« Pouvez-vous comprendre, me dit-il un jour, que mon travail est pour moi le seul moyen de redevenir fidèle à Bielinsky ? »

Je repensai à mon père, à Maria, à Marie. Oui, je comprenais.

J'aimais la chambre qu'Ivan louait au Palais-Royal. Je m'y rendais souvent, toujours à l'insu de Louis. Il fallait gravir cinq étages avant de mériter une tasse de thé et quelque repos sur les coussins jetés à même le sol. Des livres et des icônes tapissaient la pièce. Les seuls meubles étaient un lit étroit et une table de travail sur laquelle Ivan avait disposé tout un nécessaire d'écriture en ivoire et plusieurs bouteilles d'encres de différentes couleurs. Par l'unique lucarne, on pouvait voir le ciel barré et les toits de Paris. La chambre d'Ivan était un nid suspendu au-dessus de la ville où, par un bel après-midi d'avril, naquit notre amour.

Depuis qu'Ivan prenait conscience de son talent d'écrivain, il ne s'abaissait plus à de larmoyantes supplications. Il avait acquis le sentiment qu'il méritait lui aussi d'être aimé. Mon adorateur n'était pas encore mûr pour la rébellion mais je devinais qu'il me faudrait être vigilante si je voulais longtemps continuer à me rassurer dans son regard. En cette période de ma vie où je n'avais pas encore toute confiance en moi, Ivan était un allié précieux.

Le jour où nous devînmes amants, j'arrivai à l'improviste, blessée par l'échec de ma cantate *La Jeune République* au concours d'hymnes nationaux. J'en voulais surtout à George de m'avoir poussée à me ridiculiser. Dieu merci, j'avais au dernier moment renoncé à chanter moi-même mon œuvre ! Je dérangeai Ivan en pleine écriture mais il fut ravi de ma visite. Selon mon habitude, je me laissai choir sur un coussin et réclamai une tasse de thé. Je remarquai, posé sur l'étagère, un portrait d'enfant que je n'avais pas encore vu.

« Qui est-ce ? demandai-je à Ivan qui actionnait le samovar.

— Ah, vous l'avez déjà remarquée ! »

Il posa près de moi une tasse fumante et se mit à faire les cent pas, ou plutôt les trois pas car l'étroitesse de la pièce n'en permettait guère plus. Il caressait sa petite barbe et évitait de me regarder. Il prit enfin le portrait et s'assit près de moi.

« Oserai-je parler à ma diva préférée ? dit-il en me prenant la main.

— Ne dites pas de sottises ! Vous savez bien qu'ici, à Paris, je ne suis rien.

— Mais pour moi, vous êtes tout ! C'est pour cela que je vous dois la vérité.

— Eh bien, faites vite ! répondis-je, agacée mais intriguée.

— Ce portrait représente une petite fille. Ma fille, en fait.

— Votre fille ? Mais qu'est-ce que vous me chantez là ? Vous m'avez juré mille fois que vous n'aimiez que moi et vous osez m'annoncer que vous êtes père ? Voilà qui est un peu fort !

— De grâce, Pauline, ne vous fâchez pas ! Il m'est douloureux, croyez-moi, de vous raconter un épisode de ma vie dont je suis peu fier. Si je le fais, c'est pour être honnête avec vous. Voulez-vous bien m'écouter sans m'interrompre ?

— Je vous écoute, mais soyez bref ! Je commence déjà à m'ennuyer.

— Ce matin, j'ai reçu une lettre de ma mère et ce portrait. En 1842, un an avant notre rencontre, j'ai eu une brève liaison avec la couturière de ma mère. Je n'étais pas amoureux, je vous le jure, mais j'étais curieux de certaines choses dont j'étais encore ignorant. Claudie, une servante de Spasskoïe, m'avait déjà enseigné quelques-uns des mystères de la vie mais Avdotia – c'est le nom de la couturière – avait jeté son dévolu sur moi avec une telle insistance que je jugeai sot de résister. »

En prononçant ces derniers mots, Ivan rougit et me jeta un regard malheureux. Je ne me privai pas du plaisir d'augmenter son trouble :

« Il est donc sot de résister au désir d'autrui ? Fort bien ! J'ignorais que vous me jugiez sotte !

— Je vous en supplie, Pauline ! Je me lassai vite d'Avdotia car notre union ne reposait sur rien. Je n'eus pas à prendre la peine de rompre car je partis peu après pour Saint-Pétersbourg afin d'y reprendre mes fonctions au ministère de l'Intérieur. Lorsque je revins à Spasskoïe un an plus tard, tout empli d'amour pour vous, je ne m'inquiétai pas d'Avdotia qui avait quitté le service de ma mère pour aller travailler dans une grande maison moscovite. Je ne cherchai pas davantage à savoir quelles raisons avaient poussé ma mère à garder avec elle l'enfant qu'Avdotia avait mis au monde trois mois plus tôt. À Spasskoïe, ma mère se charge couramment de bébés nés chez les serfs ou chez les domestiques. Je ne soupçonnai pas un instant que l'enfant pût être le mien. J'avais bel et bien oublié ce bébé lorsque je reçus ce matin une lettre de ma mère m'ordonnant de rentrer. Ma mère précise que, s'il m'est indifférent d'être déshérité, je serai peut-être plus sensible au fait qu'une petite fille attend de connaître son père.

— Mon Dieu ! Qu'allez-vous faire ?

— Rien, du moins pour le moment. En deux heures, je suis devenu père d'une enfant de six ans ! J'estime que cela mérite un temps de réflexion ! »

J'étais troublé. Ainsi, deux femmes avaient offert à Ivan ce que je m'obstinais à lui refuser. L'une d'elles l'avait rendu père et le lien qui risquait de naître entre Ivan et l'enfant m'échapperait entièrement. Ivan aurait un jardin secret fait de tendresse partagée avec une petite fille que je ne connaissais pas. Il ne serait plus tout à moi. Je ne relevai pas alors la contradiction qu'il y avait à vouloir pour moi seule un homme à qui j'interdisais de m'aimer. J'étais jalouse et, surtout, je ne m'aimais pas encore assez moi-même pour pouvoir supporter de perdre une parcelle de l'amour d'autrui.

— Et comment s'appelle cette petite ? demandai-je en m'efforçant de donner à ma voix la couleur claire de l'indifférence.

— Sa mère l'a prénommée Pélagie ce qui, en Russe, est l'équivalent de… Pauline !

— Quelle inspiration ! Il ne me reste plus qu'à vous féliciter, mon cher Ivan », persiflai-je en essayant de me relever.

— Ne partez pas ! Je vois bien que vous êtes fâchée !

— Quelle idée ! L'homme qui prétend m'aimer a fait un enfant à une domestique et j'oserais en être fâchée ? »

En cet instant, je désirais blesser Ivan. Je cherchai des mots cruels qui ne vinrent pas, je songeai à partir mais mon cœur était trop agité pour affronter la solitude. Le calme apparent d'Ivan m'exaspérait. J'aurais aimé être capable de lui faire une scène inoubliable mais j'étais encore empêtrée dans ma bonne éducation. Ce fut pourquoi je choisis l'affrontement des corps. Ivan tenait toujours ma main dans la sienne. Je le tirai vers moi et mordis ses lèvres. Je l'entendis gémir de douleur mais il ne me repoussa pas. Alors je le griffai au visage, je tirai ses cheveux, j'arrachai sa chemise. Nous roulâmes ensemble entre les coussins et les tapis mais je ne lâchai pas prise. Ivan persistait à ne point se débattre et je m'obstinais à m'acharner sur ce colosse que je voulais mien parce qu'il menaçait de m'échapper. Voyant que mes coups étaient de peu d'effet, je m'assis lourdement sur lui afin de reprendre ma respiration. Alors, tel un fauve, Ivan se redressa et me prit dans ses bras, plaquant sur les miennes ses lèvres meurtries. Je ne résistai pas et, pour la première fois, nous nous aimâmes. Je renonçais aux coups pour mieux posséder Ivan, je caressais son corps pour le marquer à jamais. Mais dans ce tournoi amoureux, Ivan ne fut pas seul à succomber. Lorsque le jour commença à décliner et que mes devoirs d'épouse et de mère me rappelèrent à la réalité, j'eus grand-peine à m'arracher aux bras d'Ivan. J'étais prise à mon propre piège, prisonnière de cette volupté nouvelle qui avait apaisé ma colère.

Durant les semaines qui suivirent, je retournai souvent au Palais-Royal où le plaisir que me donnait Ivan me rendait presque aussi légère que les séances de pose chez Ary Scheffer !

En mai, je partis chanter au Covent Garden de Londres. Je fis promettre à Ivan de venir me rejoindre à Courtavenel dès le début de l'été mais je suggérai à Louis de formuler lui-même l'invitation.

Aurais-je supporté les désagréments de cette saison londonienne si je ne m'étais pas, auparavant, assuré l'attachement inconditionnel d'Ivan ?

Dès mon arrivée à Londres, j'eus à subir toutes sortes de cabales orchestrées par la Grisi et par l'éléphantesque Marietta Alboni. Ces deux chipies jouaient les phénomènes en chantant tout et n'importe quoi pour un public naïf qui en redemandait. Elles se sentirent menacées par mon arrivée, aussi ne ménagèrent-elles pas leurs efforts pour m'empêcher de chanter.

Ma première représentation devait avoir lieu le 9 mai. *La Somnambule* était à l'affiche et j'avais un défi à relever car Jenny Lind avait triomphé dans cette même œuvre quelques jours auparavant. Les Anglais raffolaient de leur « rossignol suédois » qui avait sur moi l'avantage de la beauté et, comme je l'ai déjà dit, un don inné pour faire parler d'elle.

Louis eut la gentillesse de veiller lui-même à notre installation et de recruter une nurse pour Louise. Ainsi dégagée des soucis domestiques, je pensais pouvoir être au mieux de ma forme pour affronter l'épreuve.

Las ! Une bien curieuse épidémie me ravit en un jour tous les partenaires acceptables de la ville : le ténor Mario s'enrhuma, Salvi se sentit brusquement trop mal pour le remplacer et une crise d'amnésie collective toucha les autres membres de la troupe qui se déclarèrent incapables de chanter par cœur des rôles qu'ils connaissaient depuis toujours. On trouva un autre ténor, le bon Flavio arrivé à Londres la veille de la première. J'hésitai à accepter de chanter sans avoir répété avec lui mais je craignais de laisser le champ libre à mes adversaires en retardant le début des représentations.

En arrivant sur scène, je tremblais comme une feuille et le tonnerre de bravos qui m'accueillit augmenta ma terreur. Je sentis bientôt mes jambes se dérober sous moi et il me sembla qu'aucun son ne sortit lorsque j'ouvris la bouche. Ma voix me trahissait ! Alors mes joues s'enflammèrent, mes oreilles bourdonnèrent, les murs tournèrent. Je n'entendais de l'orchestre qu'un ronflement hideux sur une mélodie distordue et je continuai cependant à essayer de chanter, suppliant des deux mains le public de m'aimer ! Quelques sifflets retentirent, les premiers de ma vie. Je me sentis couler dans une eau froide, opaque et je voulus m'enfuir, abandonner la partie plutôt qu'assister à mon propre naufrage. Quelle honte ! J'étais la plus faible, la plus misérable des femmes parce qu'une grosse poignée de désœuvrés refusait de m'aimer. Alors résonna en moi la voix de ma conscience d'artiste, de mon sang Garcia. « Vas-y, entendis-je clairement. Qui sont ces gens pour te jeter leur mépris au visage ? » Une saine colère m'envahit. Au moment même où j'allais toucher le fond, je donnai en pensée un grand coup de pied qui me propulsa à la surface. Je retrouvai d'un coup mon souffle, ma dignité, mon aura, tenant de nouveau le public sous le charme de ma voix. Cette rage de vaincre m'anima jusqu'au tomber du rideau, lorsque fusèrent les acclamations enthousiastes du public soulagé, lorsque retentit dans mon cœur la petite musique du succès qui nous rend, nous artistes, si forts et si fragiles à la fois.

J'avais surmonté l'épreuve et je triomphai lors des représentations suivantes, mais ma défaillance sonnait comme un avertissement.

À la fin de la semaine, j'allai passer avec Louis une soirée chez Manuel. Mon frère était alors professeur de chant au Conservatoire de Paris mais sa notoriété avait largement dépassé les frontières françaises. C'est pourquoi il venait souvent enseigner en Angleterre ou en Allemagne, appelé la plupart du temps par des cantatrices en perdition. Dans le salon cossu qui témoignait de sa réussite, nous retrouvâmes Chopin et Jenny Lind. J'étais bien embarrassée de rencontrer dans le même temps l'ancien amant de ma meilleure amie et la seule rivale dont le talent pouvait faire de l'ombre au mien. Manuel ne me laissa pas le temps de réfléchir aux manœuvres d'approche appropriées.

« Suis moi, petite sœur ! J'ai à te parler en privé. »

Il me conduisit à son bureau et me poussa dans un fauteuil.

« Ouvre la bouche !

— Pour quoi faire ?

— Tu oses me poser la question ? Ouvre la bouche, te dis-je ! »

J'obéis. Manuel approcha de mon visage le fameux laryngoscope qui lui avait valu d'être nommé docteur *honoris causa* de l'université de Königsberg.

« Aussi étrange que cela puisse te paraître, je suis en train d'examiner tes cordes vocales, m'expliqua-t-il. Bon ! Ce n'est pas si grave !

— Qu'est-ce qui n'est pas si grave, demandai-je avec inquiétude en regardant mon frère ranger cet instrument indiscret.

— Lorsque j'ai su ce qui t'était arrivé lors de la première de *La Somnambule*, j'ai eu très peur. Tu sais, Pauline, on ne peut pas faire n'importe quoi avec la voix. Si on la malmène trop, on court le risque qu'elle se venge. C'est pourquoi, sans doute, je ne suis pas devenu chanteur. À vingt ans, notre père m'avait déjà tant fait chanter dans tous les registres que mes cordes vocales étaient celles d'un vieillard. Quant à Maria, sa voix était tout près de se briser lorsqu'elle est morte. Aujourd'hui, la Malibran serait muette.

— Je te crois, Manuel, mais pourquoi ces mises en garde ?

— Parce que tu es sur la mauvaise pente. Tu chantes tout, tu chantes trop, trop fort et tu surestimes tes forces. L'incident de l'autre jour peut se reproduire n'importe quand.

— Mais j'étais morte de trac ! C'est la peur qui m'a fait perdre mes moyens.

— La peur a aggravé ton cas, j'en conviens. Mais dis-toi bien que lorsqu'un chanteur est fin prêt et que sa voix est en parfaite santé, aucune peur ne peut l'empêcher de se faire entendre. C'est parce ce que je t'admire que je me permets de te mettre en garde. À quoi servirait ce magnifique talent si l'instrument n'était plus digne de lui ? »

J'étais au bord des larmes. J'avais confiance en Manuel et je savais qu'il ne m'avertissait pas à la légère.

« Que dois-je faire, Manuel ?

— Surtout, ne pas pleurer. C'est mauvais pour la voix ! Tu dois prendre garde de ne pas trop parler avant une représentation. Évite aussi de passer trop vite d'un répertoire à un autre. Chanter demain *I Capuleti* et après-demain la Valentine des *Huguenots* est de la dernière imprudence. Enfin, tu ne pourras pas sans dommage continuer à chanter soprano *et* contralto.

— Marietta Alboni ne s'en prive pas, elle !

— Je l'ai entendue, en effet. Mais il faudrait savoir si l'on parle d'opéra ou de cirque ! En ce qui te concerne, j'aimerais mieux que tu choisisses d'autres modèles. Si tu veux, je vais te donner quelques exercices qui t'aideront à éviter les accidents. »

Manuel alla chercher dans un tiroir une liasse de feuillets manuscrits.

« Tiens ! J'ai donné les mêmes à Jenny Lind. Vois le résultat !

— Tu as aidé Jenny Lind !

— Sans moi, elle ne chanterait plus aujourd'hui. Ses possibilités vocales sont considérables mais elle s'est crue invulnérable et son imprudence a bien failli casser ce que la nature lui avait donné. Savais-tu qu'elle avait effectué en Amérique une tournée avec Barnum ? Ses vocalises avaient fait d'elle un véritable phénomène de cirque mais, de même qu'un acrobate n'est jamais à l'abri d'une chute, Jenny Lind a subi les conséquences de ses excentricités. J'ai dû l'aider à reconstruire sa voix note par note.

— Tu aurais pu lui faire travailler le style ! Il paraît que Verdi ne s'est toujours pas remis de sa création des *Masnadieri* !

— Elle ne m'a demandé aucun conseil d'ordre musical. Je n'enseigne jamais autre chose que ce qu'on me réclame. »

Sur le moment, j'en voulus un peu à Manuel d'avoir remis en voix une chanteuse aussi dangereuse pour moi mais je me reprochai bien vite cette pensée peu généreuse. Je préférai me réjouir du savoir-faire de Manuel, de son génie de pédagogue qui lui assurait une vie honorable et confortable et je décidai de faire bonne figure à la belle Suédoise.

Au salon, je saluai d'abord Chopin. Il était plus pâle que jamais, très amaigri. Le mal qui avait emporté Marie poursuivait son cruel ouvrage. J'avais entendu dire que de riches aristocrates anglaises prenaient soin de lui. La rumeur prétendait même qu'il songeait à se marier avec une jeune femme de la meilleure société écossaise.

« Il y a bien longtemps que nous ne nous sommes pas vus, soupira Chopin d'un air contraint.

— En effet, répondis-je, et laissez-moi vous dire que notre ancienne amie commune se fait bien du souci pour vous ! Il devient difficile d'avoir de vos nouvelles !

— Quelle sollicitude de la part d'une femme qui m'a abandonné et qui laisse sa propre fille dans le besoin ! Solange m'a tout dit de l'avarice de sa mère. George n'aime que Maurice et reproche à sa fille d'avoir épousé Clésinger[1].

— Voyons, protestai-je, outrée, vous-même étiez opposé à ce mariage. Par ailleurs, George a de gros soucis financiers en ce moment.

— Cela ne m'étonne guère. Elle a dû délaisser son travail pour se comporter de manière aussi grotesque sur les barricades. A-t-elle encore l'âge de brailler dans la rue ? Je hais l'hystérie. Cette conduite est indigne d'une femme. »

Je laissai Chopin soliloquer sur le même thème, songeant avec tristesse qu'il n'avait fallu que quelques mois pour transformer la plus belle des amitiés amoureuses en rancœur sordide et en règlements de comptes injurieux. Je ne savais pas très bien pourquoi George avait rompu avec Chopin même si je n'ignorais pas que Solange avait pris plaisir à envenimer la situation. Je crois que Chopin avait voulu se mêler un peu trop des relations de George avec ses enfants et que ma sourcilleuse amie avait pris cela pour une atteinte à sa liberté.

Delacroix m'avait paru un peu mieux renseigné que tout le monde mais il était d'une discrétion exemplaire. Néanmoins, malgré son attachement à Chopin, il était resté très proche de George, ce qui prouvait bien que les torts devaient être partagés.

J'avais lu, comme tout le monde, le feuilleton *Lucrezia Floriani* que George avait commencé à faire publier au moment de sa rupture avec Chopin. Il n'était pas besoin d'être particulièrement clairvoyant pour reconnaître Chopin sous les traits du prince Karol qui « n'aimait pas les enfants », défaut inadmissible aux yeux de George-Lucrezia « qui était d'une nature

_____

1. Auguste Clésinger (1814-1883), sculpteur.

aussi chaste que l'âme d'un petit enfant ». Mère avant que d'être amante, George-Lucrezia provoquait une brouille définitive puisque « le plus fidèle, le plus épris des amants peut se consoler, mais des enfants ne retrouveront jamais une mère ».

Mise à part cette confession publique d'un écrivain qui prétendait, par ailleurs, garder le secret sur sa vie privée, j'en savais trop peu pour pouvoir prendre parti. Je le dis à Chopin qui s'excusa aussitôt de m'avoir importunée avec ses griefs.

« Pardon, pardon, chère Pauline. Parlez-moi de votre séjour à Londres. Êtes-vous satisfaite ? »

Je lui racontai mes déboires lors de la première de *La Somnambula*, mais gardai le silence au sujet du diagnostic de Manuel. Chopin était en effet très lié avec Jenny Lind et je n'aurais pas aimé que cette dernière fût mise au courant de mes faiblesses.

« Vous connaissez donc le trac, me dit Chopin avec sollicitude. Quelle horrible chose ! Je n'ai jamais pu m'en débarrasser. Si je pouvais jouer sans bougies et sans public je serais le plus heureux des musiciens ! Pourtant, malgré cette souffrance qui nous tord l'estomac et nous rend les mains moites, nous marchons au supplice de notre plein gré. Comment expliquer cela si ce n'est par le besoin désespéré que nous avons de nous exhiber, de nous faire aimer et applaudir ?

— Je ne suis pas tout à fait d'accord avec vous, répondis-je. J'ai la chance d'être peu sujette au trac mais si je devais en souffrir de manière permanente j'arrêterais de chanter.

— Que Dieu nous préserve d'un tel malheur ! Si nous unissions nos angoisses pour offrir un peu de musique aux invités de Manuel ? »

La musique dissipa les dernières traces de malaise. Je chantai les chansons espagnoles que Chopin aimait tant, puis

Jenny Lind se fit entendre dans des chants populaires suédois. Pour finir, Chopin joua quelques polonaises afin de clore en beauté ce voyage musical. Sous l'effet de la musique, son visage reprit quelques couleurs et ses yeux tristes s'animèrent. Tapie dans l'ombre, la maladie se taisait tandis que ses belles mains chantaient la jeunesse passée et les amours perdues. J'ignorais que je les entendais pour la dernière fois.

Alors que le génie de Chopin brillait de ses derniers feux, la révolution s'achevait à Paris dans une lamentable atmosphère d'espoirs mort-nés et d'ambitions avortées. L'esprit de revanche soufflait déjà lorsque nous rentrâmes de Londres et je m'attendais à devoir payer pour ma ridicule cantate républicaine. Je savais trop bien que ma carrière parisienne risquait d'être ébranlée avant même d'avoir recommencé. Par chance, mon engagement à l'Opéra était bel et bien signé et j'allais donc avoir de nouveau l'occasion de tenter ma chance auprès du public.

Blessé dans sa foi républicaine, Louis ne souhaita pas s'attarder à Paris. Nous partîmes donc au plus vite pour Courtavenel où nous attendait déjà Ivan.

Ce fut un été en demi-teintes, lourd de silences et de mensonges. J'avais refusé d'aborder avec Louis le problème de ma voix et j'avais laissé à Paris les exercices de Manuel. En mon absence, Ivan s'était nourri du souvenir de nos amours pour écrire un roman au titre prémonitoire, *Le Journal d'un homme de trop*. Nous nous retrouvâmes quelquefois en cachette dans sa jolie chambre bleue, mais, pour moi, le cœur n'y était plus. Nos étreintes me laissaient stupide, incapable de penser ou de travailler. Ivan, au contraire, y puisait des trésors d'inspiration et d'énergie qu'il s'empressait de coucher sur le papier. Je ne tardai pas à lui en tenir rigueur, l'accusant de me voler mes

forces, de se nourrir de moi pour bâtir son œuvre. Je ne pouvais m'empêcher de voir une tragique coïncidence entre notre
liaison et les menaces qui pesaient sur ma voix. J'ignorai bientôt le chemin de la chambre bleue et Ivan cessa d'écrire,
entraînant Louis vers d'interminables carnages dans la campagne environnante. Lorsque le déclin du jour les ramenait
crottés, la gibecière farcie de bêtes sanguinolentes, la bouche
gavée d'exploits meurtriers, je regardais, navrée, les deux
hommes que la vie m'avait donnés et mon esprit s'évadait
loin, très loin de Courtavenel.

11

Je traversai l'automne et l'hiver 1848 sur des sables mouvants. Après mon été morose à Courtavenel, je fus heureuse de rentrer à Paris afin d'y prendre possession de ma nouvelle demeure. Louis avait fort bien géré l'organisation des travaux mais ceux-ci n'étaient pas encore tout à fait terminés lorsque nous décidâmes de nous installer. Nous avions, pour l'occasion, sorti Louisette de sa pension et ce fut avec une certaine fierté que nous lui montrâmes le fruit de nos efforts : un splendide hôtel particulier tout crépi de blanc avec un étage, des greniers, de vastes fenêtres et un joli jardin. Louise demanda à voir d'abord sa chambre. Par malheur, un ouvrier y terminait encore des plâtres et notre fille entra dans une violente colère.

« Il n'y a pas de place pour moi, cria-t-elle en donnant des coups de pied dans la porte. Il n'y a jamais de place pour moi !

— Mais voyons, ma Luisita, intervint Louis, ta chambre sera terminée demain et nous y ferons porter ton lit et tes jouets.

— Demain, je ne serai pas là. Je serai chez Mlle Renard et vous serez bien contents d'être débarrassés de moi. »

Louise éclata en sanglots, me bouscula et s'enfuit en faisant claquer ses semelles. Louis la poursuivit dans l'escalier et j'entendis des pleurs et des cris. Je refermai la porte sur l'ouvrier consterné et me réfugiai dans ma chambre où les meubles venaient d'être livrés.

Louise nous causait bien du souci, mais je pensais ne devoir m'en prendre qu'à moi-même. J'avais si peu partagé la vie quotidienne de mon enfant que j'avais à présent devant moi une petite étrangère à laquelle il m'était difficile de m'attacher pleinement. Son caractère impérieux décourageait mes élans maternels. Tout le bonheur que j'avais ressenti en mettant Louise au monde appartenait au passé. À chaque nouvelle colère de ma fille, je me sentais un peu moins mère. Si j'avais pu savoir à quel moment mon amour pour Louise était devenu contraint, j'aurais compris, peut-être, quelles impardonnables erreurs j'avais commises pour me retrouver ainsi orpheline de mon amour maternel.

Mon désir de toujours emmener Louise en voyage n'avait pas résisté à notre dramatique traversée de la Russie en plein mois de février. Par la suite, elle m'avait parfois accompagnée, mais je dois avouer que sa présence avait souvent été une gêne car elle ne savait pas s'occuper seule. J'avais espéré que Louis saurait lui consacrer du temps pour la distraire et l'éduquer mais lui-même comptait sur nos voyages pour lier de nouvelles relations et pour courir les musées. La pauvre Louisette se retrouvait donc confiée à des nurses qu'elle ne connaissait pas et qu'elle rejetait de toutes ses forces. À Berlin, en 1847, elle se comporta si mal que Meyerbeer la surnomma Napoléon-Louise. Nous décidâmes donc de la laisser le plus souvent possible à Paris. Elle devenait si insupportable et exigeante que nous la quittions parfois avec un réel soulagement.

Elle restait alors avec Mamita ou chez mon oncle Paolo où elle pleurait et enrageait beaucoup. Depuis mon retour d'Angleterre, j'avais passé beaucoup de temps avec elle et elle s'était en partie apaisée. Je sentais pourtant que ses nerfs étaient à vif et, chaque fois qu'il me fallait m'absenter, les domestiques se plaignaient de sa désobéissance et de son insolence. J'étais désolée de l'incapacité de Louise à se faire aimer. Pourtant, elle était – et demeure – d'une vive intelligence mais son caractère renfrogné ne l'incitait pas à faire preuve d'une grande curiosité.

Au mois de septembre, je la mis donc en pension chez une charmante demoiselle Mlle Renard, qui nous donna pleinement satisfaction par sa fermeté d'esprit et son bon sens. Aujourd'hui, il me semble que Louise a été un peu domptée sans que la puissance de sa volonté ait été altérée.

La joie de notre emménagement rue de Douai fut donc assombrie par la colère de Louise. Dès son retour chez Mlle Renard, je fis hâter les préparatifs de sa chambre afin de lui offrir la surprise, le dimanche suivant, d'avoir son petit « chez elle ». Lorsque Louise découvrit son joli royaume jaune et blanc, elle battit des mains et nous sauta au cou pour nous remercier. Dieu merci ! elle est encore capable de ces marques de tendresse qui redonnent un peu d'élan à notre amour pour elle.

La première du *Prophète* était prévue pour le 16 avril mais Meyerbeer avait jugé prudent de me faire auparavant chanter *Les Huguenots* et *Robert le Diable* à l'Opéra. Le public aimait tant ces deux œuvres que c'était en effet une manière judicieuse de faire monter l'intérêt jusqu'au grand soir.

Hélas ! Je retrouvai à Paris toutes les intrigues et les complots qui avaient gâché le début de ma saison londonienne. Dans *Les Huguenots*, la direction de l'Opéra prétendait me donner Duprez[1] pour partenaire ce qui était une manière de saboter mon retour à Paris. J'avais beaucoup de respect pour Duprez, mais sa voix était déjà très fatiguée et je refusais d'être le spectateur des tortures que lui faisait subir l'intention d'émettre un son. Je n'imaginais pas pouvoir chanter en ayant mal à la gorge pour lui, ni supporter les remarques souvent cruelles que lui adressait le public. Je désirais chanter avec Roger mais celui-ci prétextait le faible volume de sa voix pour refuser. Louis, furieux, prétendait qu'il cherchait surtout n'importe quelle raison pour ne pas se compromettre avec l'épouse d'un républicain enragé. La basse Adolphe Alizard sur laquelle je comptais malgré sa difformité physique était soi-disant malade des bronches et la première chanteuse à roulades se retrouva subitement enceinte de six mois lorsqu'elle apprit que j'avais été engagée. L'Opéra allait vraiment très mal ! Lorsque j'en fis la remarque à Nestor Roqueplan, le directeur, il fit semblant de croire que je n'étais victime que du hasard.

« Vous vous faites des idées, je vous assure, minauda-t-il en se tortillant.

— Je refuse en tout cas de chanter avec n'importe qui.

— Je transmettrai votre remarque à M. Duprez ! Vous savez bien que j'ai beaucoup insisté auprès de Roger pour qu'il chante *Les Huguenots*. Je ne peux rien faire de plus.

— Dans ce cas, monsieur, moi non plus. Puisqu'il me semble qu'on veuille m'empêcher de chanter, je me tairai. Mais le 16 avril, je serai l'interprète principale du *Prophète* et

---

1. Gilbert Duprez (1806-1896), ténor qui ne devait plus chanter que quelques mois encore. Son contre-ut de poitrine lui avait valu une jolie carrière mais il perdit sa voix prématurément.

vous me bénirez alors de renflouer les caisses de votre déplorable maison. »

Il me fallut attendre encore des semaines pour pouvoir lire la partition du *Prophète* car, fidèle à son habitude, Meyerbeer se faisait désirer. Je pris donc patience en m'attaquant aux exercices que m'avait donnés Manuel. Je m'obligeai à ne pas faire une note de musique pendant près de trois mois. Ma voix me faisait l'effet d'être un fauve qu'il me fallait domestiquer avec la plus grande prudence. J'arpentais donc les vastes pièces à demi vides de la rue de Douai en vocalisant et en faisant d'horribles exercices respiratoires. Manuel vint à plusieurs reprises m'offrir ses services.

« Le problème, Pauline, vient de ce que tu ne sais même plus comment tu chantes. Ta voix est si naturelle, tu joues avec elle depuis si longtemps que tu ne prends plus la peine de comprendre comment naît le son et par où passe le souffle. Il te faut apprendre à connaître les rouages de ta machine intérieure. »

À l'ingratitude de mes premiers essais succéda bientôt une sensation de confort et je maîtrisai peu à peu toutes les étapes de l'émission du son.

Manuel m'avait conseillé d'abandonner tous mes rôles et de me réserver pour *Le Prophète*.

« Il y aura peut-être des difficultés imprévues. Les compositeurs pensent d'abord à leur musique et se soucient peu d'endommager les voix de leurs interprètes. Tu dois te préparer à toutes les éventualités. »

J'obéis comme j'aurais aimé pouvoir obéir à mon père.

J'interdis à Ivan de me rendre visite durant toute cette période mais je lui avais promis de lui envoyer une invitation pour la première du *Prophète*. Il protesta mais je restai inflexible. Louis, comme toujours, fut parfait. Il comprit mon besoin de solitude avant même qu'il fût nécessaire de le lui signifier. Il disparaissait comme par magie lorsque je travaillais mais resurgissait tout aussi mystérieusement lorsque j'avais envie de compagnie. Il me prenait alors par la main et m'entraînait à la découverte du dernier aménagement de la maison, notre maison.

« Je devrais avoir honte de prendre des airs de propriétaire, disait-il, mais je n'y songe même pas tant je suis heureux de réaliser ce projet avec toi.

— Je n'aurais jamais gagné autant d'argent si tu n'avais pas aussi bien négocié mes contrats ! », répondais-je.

Nous riions alors comme deux amoureux et nous courions nous embrasser devant chacune des portes de la maison.

Je remarque que Louis me devient cher à chaque fois que nous avons un projet commun. Un enfant, un château, une maison, une carrière… Rien n'est accidentel dans notre relation. Nos liens se renforcent à mesure que nous donnons vie à nos rêves. Le pauvre Ivan ne pourra jamais lutter contre cela. Il est l'homme de trop alors que Charles pourra peut-être prétendre à une vraie place s'il mène à bien l'ouvrage qu'il me destine.

Le mois de décembre fut glacial. Il neigea puis il gela pendant plus d'une semaine. J'osais à peine sortir de peur de glisser dans la rue ou de m'enrhumer. Les poêles et les cheminées fonctionnaient à longueur de journée et je goûtais le plaisir de me calfeutrer dans le salon de musique, blottie dans l'univers déjà familier de mes rayonnages de livres et de partitions. L'orgue Cavaillé-Coll que César Franck avait choisi pour moi venait d'être installé et Ary Scheffer y avait fait incruster un délicieux portrait de Maria qu'il avait peint au tout début de la carrière parisienne de ma sœur. J'avais fait encadrer et accrocher aux murs les dessins de Louisette ainsi qu'une petite toile de Delacroix représentant, devant le château de Nohant, George entourée de Lablache, Dumas, Balzac et Chopin. Ainsi, malgré ma retraite consentie, avais-je fait entrer l'esprit de quelques amis dans mon aimable refuge. Louise me rendait parfois de silencieuses visites. J'attendais des jours plus doux pour la remettre en pension car la maison de Mlle Renard était mal chauffée. Je la faisais un peu travailler mais, surtout, je l'observais, cherchant en vain dans son regard buté la moindre faille dans laquelle mon amour maternel eût pu s'engouffrer.

Un soir qu'elle était bien disposée à mon égard, je la pris sur mes genoux et la berçai comme un tout petit enfant. D'abord réticente, elle se détendit peu à peu et pesa enfin sur moi de tout le poids de ses huit ans. Je frottai ma joue contre ses cheveux sombres, respirant leur odeur de pain chaud. Louise m'enserra dans ses bras dodus et murmura :

« Dis, maman…

— Oui, mon cœur.

— Tu m'aimes ?

— Bien sûr, quelle question !

— Je veux dire, est-ce que tu m'aimes vraiment ? »

Elle leva vers moi ses yeux anxieux.

« Que veux-tu dire ? On aime ou on n'aime pas, c'est tout. Moi je t'aime parce que tu es ma petite fille chérie. »

Louise frotta sa tête contre ma poitrine et soupira.

« On est bien, n'est-ce pas, maman ? Juste toi et moi. J'aimerais que l'hiver ne finisse jamais ainsi je n'irais plus en pension. J'aimerais aussi que tu arrêtes de chanter car je déteste que tu partes en voyage.

— Voyons, ma Louisette, c'est mon métier !

— Les mamans de mes amies de pension n'ont pas de métier.

— Je les plains de tout mon cœur car elles doivent bien s'ennuyer. Tu ne voudrais pas avoir un métier lorsque tu seras grande?

— Oh si! Je voudrais composer de la musique, comme Chopin et comme ma tante Malibran. Tu sais, maman, lorsque je vais en promenade avec Mlle Renard, je passe souvent devant la maison de ma tante. Je pense alors très fort à elle et à toutes les belles choses que tu m'as racontées à son sujet. »

J'étais émue d'entendre Louise s'exprimer ainsi. Je pris son visage dans mes mains.

« Tu deviens aussi belle qu'elle, tu sais. Il ne te reste plus qu'à être aussi aimable.

— Si tu t'occupais davantage de moi, je suis sûre que je serais une très gentille petite fille. »

Je ne savais que répondre. Louise disait vrai mais je me tus afin de ne pas rompre l'harmonie de ce moment précieux, notre premier échange complice depuis des mois. Louise était à présent roulée en boule sur mes genoux comme un chaton frileux. Un doux silence s'installa entre nous, chargé de tous ces mots tendres que nous ne savions pas toujours nous dire. Je n'osais bouger et je respirais à peine, la tête vide de tout ce qui n'était pas Louise.

Trois coups discrets frappés à la porte nous firent tressaillir. Je ne répondis pas et Louise s'agrippa à moi avec l'énergie du désespoir.

« Qui est-ce? chuchota-t-elle. Pour une fois qu'on était tranquilles!

— Chut! Faisons comme si nous n'étions pas là. »

Trois coups retentirent de nouveau, comme au théâtre, et la poignée tourna sur elle-même.

« Il y a quelqu'un ? », tonna une voix au fort accent germanique.

C'était Meyerbeer et je sus ce que signifiait cette visite.

« Bonsoir, maestro. Pardon, pardon, mais je ne vous avais pas entendu arriver », mentis-je, tout émue, lorgnant déjà vers la partition qu'il tenait sous le bras.

« Louise, dis bonjour à ton vieil ami et laisse-nous, s'il te plaît. »

Louise me fusilla du regard et siffla entre ses dents :

« C'est toujours la même chose avec toi ! »

Elle partit dans un sanglot en faisant claquer la porte, vivante image de l'indignation et de la douleur.

— Pauvre petite Napoléon-Louise ! soupira Meyerbeer. Vous devriez peut-être aller la consoler.

— Non, non ! Elle se calmera toute seule. Ne vous inquiétez pas pour elle. Je suis si heureuse de vous voir ! La première du *Prophète* est dans quatre mois et vous ne m'avez toujours pas montré la partition. Venez-vous enfin pour cela ?

— Il se peut. Comment va votre voix en ce moment ?

— Bien, très bien même. Je travaille mes exercices, mais je commence à m'ennuyer car je n'ai pas voulu apprendre d'œuvre nouvelle. Je me réserve pour la vôtre.

— J'espère que vous ne le regretterez pas ! »

Meyerbeer s'assit au piano et posa la partition devant lui.

« Voulez-vous commencer à déchiffrer avec moi ? »

J'approchai, le cœur battant. Je ne savais pas encore quel rôle me réservait Meyerbeer, aussi chantai-je tout ce qui était chantable, y compris les voix d'hommes. Meyerbeer chantait aussi, assez faux, je dois dire, mais avec conviction.

L'intrigue me parut d'abord d'une grande confusion mais la musique était simple, noble, dramatique et, par conséquent, très belle.

« Vous voyez, madame Viardot, pérorait un peu Meyerbeer tout en continuant de jouer, *Le Prophète* décrit l'anéantissement des sentiments humains par le fanatisme. Jean de Leyde assure que Dieu l'a nommé roi et parvient à le faire croire à ses compagnons anabaptistes. Tenez, voici votre rôle. Chantez !

> *Sa main, son cœur,*
> *Sa main et son cœur*
> *Elle l'aime tant, elle l'aime tant*
> *Ah ! mon seigneur*

« Vous serez Fidès, la vieille mère de Jean, l'alliée de sa fiancée Berthe. Vous êtes amour, courage et dévouement. »

Meyerbeer était tout exalté, il transpirait à grosses gouttes malgré la froide saison. Il braillait de plus en plus fort et je le suivais sans faillir, continuant d'incarner la plupart des personnages de l'histoire. Nous menâmes ainsi grand tapage jusqu'à la fin du premier acte.

« Cela suffit, annonça alors Meyerbeer en sautant sur ses pieds. Je ne veux pas trop vous gaver.

— Vous ne me laissez pas la partition ?

— Non, non. Pas encore mais je vous promets qu'avec ce *Prophète* vous allez enfin devenir prophète dans votre pays. Ah ! Ah ! Ah ! »

Il repartit comme un voleur, sa partition serrée contre sa poitrine. Je restai étourdie, à la fois excitée et un peu déçue.

Lorsque je montai me coucher, la tête pleine de mélodies, je butai contre un petit corps recroquevillé sur la première marche de l'escalier. Louise s'était endormie, les paupières rouges et gonflées, serrant contre elle son chagrin. Je la portai jusqu'à sa chambre, l'esprit ailleurs car j'allais être Fidès, « amour, courage et dévouement ».

Meyerbeer revint souvent, toujours pressé et agité. Jamais il ne me fit déchiffrer avec lui l'ensemble de l'œuvre et il lui fallut se faire violence pour me laisser des fragments de partition. Ainsi nourrie à la becquée, je travaillais d'arrache-pied et me vengeais un peu de la parcimonie du maestro en lui faisant changer plusieurs passages. Avec une extraordinaire bonne volonté, il mettait son amour-propre de côté et accédait à tous mes désirs.

« Bientôt, disait-il en riant, je ne saurai plus qui, de vous ou de moi, a composé le rôle de Fidès. »

J'étais fin prête lorsque les répétitions commencèrent à l'Opéra. Il y en eut cinquante-deux et parfois jusqu'à trois par jour ! C'était épuisant mais j'étais heureuse de ce tourbillon qui m'amenait chaque jour à la grande boutique. À force de savoir mon rôle, j'eus peur de l'oublier tout à fait pour le grand jour et j'osai m'étonner de ce rabâchage auprès de Meyerbeer.

« Pourquoi répéter tant et tant ? lui demandai-je. Nous connaissons tous notre rôle sur le bout des doigts. N'êtes-vous pas satisfait ?

— Que les chanteurs sont égocentriques ! s'exclama-t-il, exaspéré. Si nous étions en Allemagne, nous n'aurions peut-être pas besoin de mettre au point tous ces ballets et ces galipettes auxquels les dilettantes du Jockey Club prennent tant de plaisir. Il faut savoir faire des sacrifices lorsque le public l'exige. »

M. Mabille, le chorégraphe, vivait en effet les moments les plus étonnants de sa carrière car il lui avait été demandé de régler un ballet interprété par des patineurs ! La première danseuse, peu experte en patins à roulettes, se cassa d'ailleurs la jambe peu avant le début des représentations.

« Mais pourquoi, maestro, exigez-vous la présence de tous les chanteurs lorsque vous expérimentez les effets de coucher de soleil ?

— Parce que vous êtes tous des éléments du décor. Que serait ce coucher de soleil, miracle de la technique, s'il n'éclairait pas des êtres humains ? Tout est important, madame Viardot, et chaque chose fait partie de ce tout immense qu'on finira par appeler spectacle. »

Je me fis docile car je savais que la réussite de mes projets parisiens était à ce prix. Je m'aperçus assez vite que je n'étais pas inconditionnelle de l'œuvre : les concessions faites au goût du public y étaient beaucoup trop évidentes mais je n'avais pas d'autre choix que d'incarner au mieux la vieille Fidès. Elle seule pouvait faire de moi l'unique diva parisienne. Je m'accrochai donc à mon ouvrage, telle une naufragée à la bouée qu'on lui lance. Je restai sourde à tout ce que l'on pouvait dire dans mon dos mais aussi à toute sollicitation directe de mes proches. Durant cette période, Louise se rendit presque tous ses dimanches chez sa tante Nanine ou en promenade avec son père. George, qui passait l'hiver à Nohant, se plaignait de la rareté et de la brièveté de mes lettres mais encourageait mon ardeur au travail. Louis, comme toujours, savait s'effacer et se donnait le mal d'écarter les visites importunes. Il se faisait un plaisir d'éconduire le pauvre Ivan qui se morfondait dans son appartement de la rue Tronchet.

À l'exception du petit monde de l'opéra, je ne vis donc presque personne entre décembre 1848 et avril 1849. Je fus bien la seule de tous nos amis à ne pas même m'émouvoir lorsque Louis-Napoléon devint prince-président. Pour moi, la révolution n'était plus qu'un lointain souvenir et mes rares emballements d'alors des erreurs de jeunesse.

À partir de mars, j'aurais pu prendre le temps de sortir ou de recevoir entre les répétitions puisque je savais mon rôle. Mais je tenais à rester jusqu'au bout dans cet état de concentration absolue qui m'extrayait du monde et que seuls connaissent les travailleurs acharnés. Afin de maintenir mon cerveau dans un état permanent de veille, j'entrepris d'apprendre le grec. Aujourd'hui, je maîtrise bien cette langue et je connais à peu près tout ce qu'un helléniste distingué doit savoir de la civilisation grecque. J'ignore si cette science me servira un jour mais je suis fière d'avoir surmonté seule une montagne de difficultés intellectuelles. Il n'y a pas de petits plaisirs !

À mesure qu'approchait la première, je me sentais de plus en plus calme malgré l'agitation croissante de Meyerbeer et la prolifération des rumeurs. On prétendit que j'avais, à la dernière minute, exigé le double de mon cachet. On assura que Roger, le ténor qui chantait Jean de Leyde après m'avoir refusé sa collaboration dans *Les Huguenots*, avait contracté le choléra. Tout cela était faux mais chacun affirmait détenir ces informations de source bien informée. Il devint bientôt difficile de savoir si l'intérêt du public était dû à la curiosité pour l'œuvre elle-même ou aux fables qui couraient au sujet des chanteurs. Meyerbeer était si heureux de cette ridicule ébullition des esprits que je le soupçonnai de faire courir lui-même les bruits les plus fous !

Au début du mois d'avril, j'eus le grand bonheur d'accueillir Mamita qui était venue exprès de Bruxelles pour m'entendre chanter à Paris. Nous ne nous étions pas vues depuis son bref séjour à Courtavenel l'été précédent. Après avoir chaperonné à Paris mon entrée dans le monde des adultes puis veillé sur la petite enfance de Luisita, ma mère avait choisi de retourner vivre en Belgique près de l'enfant de Maria qui était déjà un beau jeune homme. Elle était restée très fidèle à Charles de Bériot et se plaisait à évoquer avec lui les joies d'hier dont l'héroïne était Maria. En vieillissant, Mamita se tournait de plus en plus vers le passé, ce qui me causait de la peine car le présent comme l'avenir ne semblaient plus la concerner. Elle ne vivait plus, elle ressassait. Sa venue me parut un heureux présage en même temps qu'un excellent remède à la peur qui risquait de me gagner à la veille de la première. Avec Mamita sous mon toit, j'avais le droit de redevenir enfant et de me faire rassurer sans remords. Chaque matin, je me réveillais avec, au cœur, la joie légère d'une jeune fille amoureuse. Je faisais l'inventaire des trésors de ma vie en ces jours bénis où mon destin d'artiste était sur le point de s'accomplir. Seule une lettre de mon amie Clara Schumann vint jeter une ombre légère sur mon bonheur.

J'avais rencontré Clara en 1841, lors de mon voyage de noces en Italie. Elle-même était alors jeune mariée puisqu'elle avait épousé, l'année précédente, le compositeur Robert Schumann. Balzac aurait pu gloser longuement sur ce mariage d'amour obtenu au terme d'une lutte cruelle avec le père de la jeune fille. Louis et moi avions été séduits par un concert de Clara à Bologne et de cette admiration pour une pianiste exceptionnelle était née une amitié banale et conventionnelle. J'échangeais avec Clara des lettres de pure forme dans lesquelles nous tentions chacune de persuader l'autre de la félicité de notre mariage et de la réussite de notre carrière. Nous nous étions revues en Allemagne et à Saint-Pétersbourg où Clara m'avait paru ne pas tout à fait se réjouir de mes triomphes. Elle-même donnait alors une série de récitals en

Russie où elle était très aimée mais beaucoup moins entourée et moins payée que moi. À Saint-Pétersbourg, j'avais été brièvement présentée à Robert Schumann que je connaissais déjà à travers ses œuvres jouées par Clara. Je les appréciais peu car elles manquaient d'équilibre mais j'étais réceptive à certains envols de l'imagination qui laissaient deviner un être attachant et sensible. Il était éperdument épris de son épouse, il se réjouissait des nombreux enfants qu'elle lui donnait mais je doutais de sa capacité à la rendre heureuse. À ses réelles difficultés financières s'ajoutaient des problèmes de santé que je devinais graves même si Clara entretenait le mystère sur cette question.

La lettre qui me contraria avait dû être dictée à Clara par quelque aigreur ou jalousie. En termes ironiques, elle m'informait que le tapage fait autour du *Prophète* avait traversé le Rhin pour venir la déranger jusqu'à Dresde.

> *Comment,* écrivait Clara, *une artiste de votre talent et de votre dignité peut-elle s'abaisser à prêter son concours à l'auteur des* Huguenots *? Mon mari a sévèrement fustigé dans la* Neue Zeitschrift für Musik *la malhonnêteté de cet auteur qui prétend attraper le public comme d'autres capturent les mouches, c'est-à-dire à l'aide d'appâts poisseux. Meyerbeer ne produit que des effets et bien peu de bonne musique. Une chose est de jouer avec le gaz pour faire briller la lune sur une scène d'opéra, une autre est de savoir mettre en musique l'atmosphère de ce clair de lune. Chez Meyerbeer, la mise en scène vient perpétuellement au secours d'une inspiration indigente et les coups d'éclat pallient l'absence de respectable notoriété. Écrivez-moi bien vite que vous renoncez à vous compromettre aussi gravement…*

Toute la lettre était écrite sur ce ton sentencieux et méprisant. Lorsque je lus le post-scriptum m'informant que de nouvelles difficultés financières risquaient d'empêcher Schumann de se consacrer à la composition en l'obligeant à accepter un poste de directeur musical à Düsseldorf, je compris ce qui avait motivé une telle lettre. J'essayai de pardonner à Clara, mais le mal était fait. Les doutes qui m'avaient assaillie lors des répétitions de l'œuvre de Meyerbeer devenaient des réalités : j'allais devoir gagner mes lauriers parisiens avec un opéra de facture habile mais d'inspiration incertaine.

12

Au matin du 16 avril, on pouvait lire dans *La République* :

> *Le bruit a couru ces jours derniers que Rossini était devenu fou à la suite des violences exercées sur le maestro par des patriotes italiens.*

La nouvelle glissa sur moi telle une goutte d'eau sur le plumage d'un canard. Je m'étais prescrit pour ce jour-là une indifférence totale à tout ce qui n'était pas Fidès, et ce jusqu'au moment où s'éteindraient les lumières du théâtre. Toute la maisonnée marchait sur la pointe des pieds et manipulait portes, objets et fenêtres avec d'infinies précautions. Sur le conseil de Manuel, je m'abstins de parler pendant une grande partie de la journée. Dans ce grand silence, je me concentrai et me préparai, lissant avec des gestes lents ma chevelure, étudiant une dernière fois mes poses devant la psyché de ma chambre, inventant toutes sortes de prétextes pour étirer le temps.

Les quatre répétitions générales avaient apaisé mes angoisses. L'œuvre se tenait et mon rôle de vieille mère me convenait. Ma sagesse des derniers temps et les distances que j'avais mises entre le monde et moi m'avaient préparée à donner toute sa noblesse et toute sa richesse vocale à ce personnage imposant.

On m'apporta tout le jour des messages amicaux : George, Delacroix, Chopin et Dumas me souhaitaient bonne chance, Louise m'adressait de sa pension de tendres baisers et le plus joli des dessins. Ivan, en bon chasseur russe, clamait déjà mon triomphe et vendait la peau de l'ours avant de l'avoir abattu !

Le soir venu, Louis fit atteler notre voiture et je traversai le jardin, la gorge dissimulée sous un châle. Je respirai avec délices le printemps à peine éclos, caressai quelques froides corolles de tulipes et me demandai si mon regard sur ces petits riens serait encore le même le lendemain. Le plus grand moment de ma carrière était enfin arrivé et je m'étonnais presque de sortir ainsi de chez moi, comme une simple citoyenne.

Nous arrivâmes très vite rue Le Pelletier où Louis me fit descendre avant d'arriver à l'Opéra car la chaussée était déjà encombrée. Il était encore tôt, mais une foule impatiente se pressait afin de découvrir ce spectacle dont on lui avait tant rebattu les oreilles. Je mesurai enfin la responsabilité qui m'incombait. Je soupçonnai, sans fausse modestie, que la réussite du *Prophète* dépendrait en grande partie de ma capacité à émouvoir cette marée humaine, exigeante et en droit de l'être pour la simple raison qu'elle avait payé ses places. Je glissai ma main dans celle de Louis et je lui souris. À l'instar de Maria dans ses grands soirs, j'avais désormais hâte d'en découdre. L'épingle à tête d'émeraude était prête à se glisser sous le blanc bonnet de Fidès.

La plupart des gens massés devant l'Opéra connaissaient à peine mon visage. Il me fut donc aisé de gagner *incognito* l'entrée des artistes.

« Qu'il est étrange, me fit remarquer Louis, d'entendre ton public parler français !

— C'est une bien douce musique, répondis-je, soudain émue. Je voudrais l'entendre plus souvent.

— Ne t'inquiète pas. Tu as déjà gagné la moitié de la partie. Je ne te dirai jamais assez combien je crois en toi. »

Rien n'est plus contagieux que l'optimisme de Louis ! En ces moments décisifs, je me surpris à bénir le ciel de m'avoir donné un tel époux, adorateur discret de mon talent et amoureux complaisant de ma personne.

Louis m'accompagna jusqu'à la porte de ma loge et me souhaita mille bonnes choses avant de retourner chercher Louise à sa pension. Je me scrutai dans le miroir sans trouver dans mon regard la moindre trace de peur. Manuel avait raison : lorsqu'un chanteur maîtrise son rôle, rien ne peut l'empêcher de chanter. Le mauvais trac n'est que l'angoisse de l'élève au moment de réciter une leçon mal apprise. À l'inverse, le bon trac est l'émotion contrôlée qui stimule et ordonne de donner le meilleur de soi-même, comme si sa vie était en jeu. En réalité, je ne ressentais ni l'un, ni l'autre. J'étais habitée par un désir de bien faire et de convaincre, mais je n'étais pas assez pétrie d'admiration pour l'œuvre de Meyerbeer pour sortir tout à fait de moi-même en devenant Fidès.

Je pourrais, les yeux fermés, identifier l'empreinte olfactive de chaque maison d'opéra. À Paris, en ce grand soir, je quittai l'odeur laborieuse de la coulisse, mélange de tissus – la soie ne sent pas comme le coton –, de bois, de sueur et de fards pour entrer sur la scène des nobles parfums : si la senteur douceâtre du velours des fauteuils et les eaux citronnées des mouchoirs des messieurs sont les notes de tête de la plupart des théâtres, il est une subtile géographie des parfums de femme à laquelle mes voyages m'ont initiée. La première du *Prophète* me révéla qu'à Paris, cette année-là, la violette et l'héliotrope étaient à la mode. Puis, dans la chaleur soudaine qui suivit mon grand air « Ah ! Mon fils, sois béni ! », les bravos crépitèrent dans un effluve nouveau de rose légèrement musquée. Je reconnus d'instinct le parfum du succès. Il n'était pas besoin de voir applaudir ce public parisien qui m'avait tant méprisée, il suffisait de le sentir. Si j'avais été parfumeur, j'aurais pu consacrer ma vie à capturer ce parfum !

Toute la représentation se passa dans une euphorie collective qui donnait du génie aux chanteurs, aux danseurs et même aux spectateurs. Lorsque je disparus dans les flammes avec Roger, je sentis vibrer sous mes pieds le parquet de la scène ébranlé par les battements conjugués de quelques milliers de mains. Il y eut des rappels, des fleurs, huées pour Meyerbeer lorsqu'il se montra, des embrassades en coulisse, des larmes d'émotion… Ce fut un vrai grand soir, un triomphe que je reçus comme un dû, une revanche pacifique sur mes années d'errance.

Les jours suivant, je n'eus pas un instant de solitude. Les visites succédaient aux envois de fleurs et les messages de félicitations aux lectures que me faisait Louis des comptes rendus élogieux des journaux. Les critiques sur l'œuvre étaient parfois réservées mais je m'en tirais avec tous les lauriers, fêtée par tous, glorifiée par mes détracteurs d'hier.

À Nohant, George criait victoire et se préparait à venir m'applaudir. À Paris, Delacroix et Chopin se frottaient les mains tout en critiquant Meyerbeer.

« Quel affreux *Prophète* ! gémissait Delacroix. Quelle laideur dans la grandiloquence, quel mauvais goût dans cette mise en scène tapageuse qui prétend nous faire oublier la médiocrité de la musique ! »

Chopin, malgré son extrême faiblesse, se montra tout aussi virulent lorsqu'il me rendit visite.

« J'ai horreur de cette rapsodie ! gémit-il. Vous y êtes aussi magnifique qu'on peut l'être mais cette œuvre ne vous mérite pas. C'est le manuscrit de Meyerbeer que je vois là ?

— Oui. Il m'en a fait don et, quoi que vous puissiez en penser, j'en suis très flattée. Mais je comprends vos réticences et, d'une certaine manière, je les partage. Toutefois, j'aime le rôle de Fidès et je m'y sens bien.

— Je l'ai compris en vous voyant sur scène mais j'aimerais tant que l'on vous présente enfin un manuscrit digne de vous ! »

Chopin parlait plus lentement que de coutume, ses phrases entrecoupées d'une respiration rauque. Son cou amaigri avait peine à soutenir sa belle tête aux traits fatigués et j'admirai l'effort qu'il avait dû faire pour assister à la première du *Prophète*, lui qui détestait le bruit et redoutait la foule.

« À propos de manuscrit, reprit-il à voix basse, celui de *Don Giovanni* serait, paraît-il, à Londres. Il vous intéresse toujours ?

— Que dites-vous ? En êtes-vous sûr ? Je croyais qu'il appartenait désormais à la fille de Johann-Anton André.

— On m'a dit qu'elle était morte. Le manuscrit serait entre les mains d'un de ses neveux qui se trouverait aujourd'hui à Londres. Mais peut-être n'est-ce qu'une rumeur.

— Je serai cet été à Londres. Je pourrai y vérifier ces informations.

— Vous… vous voudriez acheter ce manuscrit ? demanda Chopin avec timidité.

— Je voudrais au moins le voir, le toucher. Quant à l'acheter, c'est une autre affaire. Rien n'indique qu'il soit à vendre. Par ailleurs, un tel joyau doit valoir une fortune. »

Depuis ma visite à Constanze Mozart, j'avais continué à chercher le manuscrit de *Don Giovanni* mais je n'avais pu entreprendre que des démarches écrites, lesquelles s'étaient révélées décevantes. L'éditeur Johann-Anton André était mort en 1842, laissant à sa fille Élizabeth le précieux document. J'avais échangé quelques lettres avec Élizabeth André qui m'avait proposé de venir voir le manuscrit à Vienne où elle était établie depuis son mariage avec le fils du facteur de piano Johann-Baptist Streicher. Elle m'avait cependant affirmé qu'elle ne désirait pas vouloir se séparer du manuscrit. Trop occupée par ma carrière, j'avais toujours remis à plus tard le moment de me rendre à Vienne mais j'avais maintenu une vague relation épistolaire avec Élizabeth André. Sa mort laissait le champ libre à tous les espoirs d'acquisition et Chopin s'en montra aussi ému que moi.

« Je ne place rien ni personne au-dessus de Mozart, me dit-il en nouant et dénouant ses mains tremblantes. Quand j'étais jeune, j'ai écrit des variations pour piano et orchestre sur *La ci darem la mano* et j'ai remporté, avec cette œuvre, mon tout premier succès parisien. Vous étiez trop petite pour vous en souvenir, mais votre sœur enchantait déjà mes oreilles et sa voix m'inspirait. Si j'étais riche, je mettrais tout en œuvre pour acheter ce manuscrit. Je le déposerais dans une châsse d'argent et je viendrais l'admirer chaque jour. J'y puiserais la force qui me fait défaut, la foi en la musique qui parfois me manque et la nécessaire humilité qu'un artiste célèbre risque d'oublier. Mais à quoi bon rêver ? Je suis désormais trop malade pour faire le moindre projet. »

Je protestai sans conviction mais Chopin hocha la tête d'un air malheureux avant de prendre congé.

« À bientôt », me dit-il.

Nous ne nous sommes jamais revus.

Parmi la cohorte d'admirateurs qui se pressaient rue de Douai, Tourgueniev fut le plus assidu. Nous ne nous étions pas vus depuis plusieurs mois. J'avais bien reçu quelques billets, tour à tour enflammés et indignés de mon silence, mais jamais Ivan n'avait franchi le seuil de la rue de Douai. Son seul lien avec moi était Louis qui l'aidait à traduire ses écrits.

Au matin du 17 avril, Ivan se présenta à la maison comme si de rien n'était, précédé d'un énorme bouquet. Sitôt entré dans le salon de musique, il se jeta à mes pieds et enfouit son visage dans le taffetas de ma robe.

« Je me prosterne devant votre génie, *bellissima* Pauline. Vous avez été magnifique hier et j'ai encore chaud aux mains de vous avoir applaudie. »

Je le relevai avec douceur, plus émue que je ne l'aurais souhaité de retrouver mon géant russe. Pour la première fois depuis des semaines, je sentais sur mes épaules le poids de ma solitude forcée et de mes heures de travail acharné. Tout occupée à mériter la gloire, je n'avais rien vu de l'enchaîne-ment des saisons, je m'étais coupée de mes amis et éloignée de mes proches, je ne m'étais accordé aucun répit dans cette vie monastique. Mon triomphe était encore trop neuf et ma notoriété trop fragile pour me donner déjà des ailes. Aussi ne pus-je résister à la tentation de partager avec Ivan le far-deau de mes semaines de labeur. Je passai mes bras autour de son cou et me pressai contre lui. En m'apaisant, la chaleur de son corps faisait enfin naître en moi la joie immense de ma victoire.

« Ma Pauline, murmurait Ivan, je suis si heureux pour vous ! Votre bonheur d'aujourd'hui me console de ma solitude forcée. Chaque jour, toutes mes pensées allaient vers vous. Quant aux quelques-unes qui se sont échappées, je les ai couchées sur le papier afin que vous puissiez un jour être fière de moi.

— J'ai hâte de vous lire, répondis-je avec sincérité. Voyez-vous, nous avons chacun suivi notre chemin durant cette séparation et j'ai l'impression que nous nous retrouvons tout neufs pour vivre une nouvelle histoire.

— Quand nous reverrons-nous ? Allez-vous encore m'abandonner ?

— Je dois chanter près de trente fois avant le 6 juillet. Vous voyez si cela me laisse du temps pour mes amis ! Je dois aussi faire des visites, me rendre à des réceptions, poser pour des portraits… Mes journées seront bien remplies, mais je vous promets de venir vous voir rue Tronchet et de vous recevoir à Courtavenel cet été.

— Comme vous êtes bonne ! Vous m'aimez donc encore un peu ?

— Chut ! J'entends du bruit ! répondis-je en me dirigeant vers la porte.

— Que craignez-vous ? Louis m'a lui-même incité à vous faire cette visite. Il pensait que cela vous ferait plaisir.

— Voilà bien une nouvelle preuve que Louis est le meilleur des hommes. Il est possible que je vous aime, Ivan, mais ne me forcez pas à déshonorer mon mari. Partez, à présent, je dois écrire à Mme Sand pour l'inviter à venir m'entendre.

— Je pars, je pars, dit Ivan dans une courbette. J'ai déjà mes places pour toutes les prochaines représentations, aussi vous reverrai-je de toute façon. Adieu ! »

Je n'eus pas le temps de tenir ma promesse à Ivan ou, plutôt, je m'inventai mille bonnes raisons de ne pas me rendre rue Tronchet. Après quatre représentations du *Prophète*, j'étais assez sûre de moi pour ne plus avoir besoin des attentions de mon fidèle amoureux.

À la fin du mois d'avril, George arriva un soir du Berry, au moment où Louis et moi rentrions de l'Opéra. Ma bonne amie logea trois jours chez nous sans que personne n'en sût rien car elle voulait me consacrer tout son temps et craignait d'être sollicitée par toutes sortes de gens qu'elle n'avait pas même le désir de saluer. Comme par un fait exprès, ma femme de chambre s'était gravement brûlé le pied et la cuisinière venait de rendre son tablier. Je m'amusai donc à soigner en personne ma chère Ninoune. Je fis griller pour elle ses côtelettes préférées et rôtir à la broche de bons gros poulets. Je la comblai d'attentions ainsi qu'elle l'avait fait pour moi à Nohant. J'avais, à sa demande, installé sa chambre au grenier où une couturière était venue confectionner rideaux et couvre-lit dans un damassé amarante.

« Mais c'est un palais ! s'exclama George en découvrant son installation. Merci pour ces belles tulipes ! Je suis heureuse de voir que la gloire n'a en rien altéré votre bonté. Approchez que je vous regarde ! »

Nous nous assîmes toutes deux sur le lit, heureuses de nous retrouver si proches malgré le changement considérable qui était intervenu dans ma vie.

« Eh bien, chère fille, soupira George en caressant mes mains. Vous êtes dans toute la force de votre voix, de votre âme et de votre génie. Vous avez enfin gagné la grande bataille. Ah ! que je suis heureuse que tout cela s'arrange pour vous poser enfin là où depuis si longtemps vous deviez être, c'est-à-dire au premier rang, sur le premier théâtre du monde, avec l'œuvre du premier maestro vivant. Je meurs d'impatience d'aller jouir par les oreilles !

— J'espère ne pas vous décevoir, répondis-je en remarquant quelques nouvelles rides au coin des beaux yeux de mon amie.

— Rien ne peut plus me décevoir, dit George avec amertume. Chopin ne me donne aucun signe de vie. J'ignore si j'aimerai encore mais je crains d'être toujours trahie par les hommes. Pourquoi dit-on que l'amour d'une femme pour une autre est contre nature ? Lui seul, pourtant, résiste au temps et aux sourdes rivalités. Jamais je n'ai eu à regretter l'amour que j'ai pour vous, pas même lorsque vous me délaissez. Je sais bien que vous ne pouvez pas être tout à moi. »

George me donna alors un baiser qui me jeta dans la plus grande confusion. Je me laissai faire cependant et dissimulai mon trouble sous une gaieté un peu forcée.

« Est-ce l'attitude qui convient à Fidès ? Je veux bien jouer un jour une Sapho si cela peut vous faire plaisir, mais, pour le moment, ma robe de bure et mon bonnet blanc m'imposent davantage de retenue ! »

Nous rîmes de bon cœur et George ne se laissa plus aller au moindre geste déplacé. Je ne lui tins pas rigueur de ce bref moment d'égarement car je percevais une vraie pureté dans la revendication de ses sentiments que je n'étais pas loin de partager. Seule mon éducation sévère et la peur de l'inconnu me tenaient éloignée du chemin que George tentait de me montrer depuis dix ans.

Je me reprochai cependant mes préjugés à la lecture d'un billet que George m'adressa dès son retour à Nohant :

« Je ne peux pas penser au moment où je vous ai vue entrer sur scène sans avoir des larmes dans les yeux. J'ai la tête toute pleine de vous, je vous vois et vous entends dans tous les rossignols de mon jardin… je ne peux m'occuper que de vous. Mais j'ai le cœur aussi plein que la tête et les oreilles et je vous aime deux fois. J'aime l'artiste de passion, j'aime la mignonne comme on aime son propre enfant… Il y a plus de quarante rossignols dans mon jardin, après vous il n'y a qu'eux qui aient le sens commun. »

J'avais promis à Nestor Roqueplan de remplir les caisses de l'Opéra et je tins parole : le 6 juillet, lors de la dernière représentation, j'appris que le public parisien avait dépensé cent quatre-vingt-dix mille francs pour venir entendre *Le Prophète*. C'était considérable et même miraculeux si l'on tenait compte des incidents de parcours qui nous avaient fait perdre quelques spectateurs. Il y eut tout d'abord la cabale organisée par le compositeur allemand Richard Wagner qui, vexé de n'être pas joué à l'Opéra, quitta un jour la salle en pleine représentation et se répandit en invectives contre Meyerbeer. Les journaux firent leurs choux gras de cette insolence, mais la location de l'opéra s'en ressentit fort peu. Wagner ne se déclara pas vaincu. Dans un ignoble article intitulé « Le judaïsme dans la musique », il accusa Meyerbeer d'incompétence et de malhonnêteté. Le pauvre Meyerbeer, qui avait un besoin maladif de se sentir aimé, perdit un peu de sa superbe et vint se faire consoler à la maison. Mais *Le Prophète* était indestructible. Il fallut rien moins qu'une épidémie de choléra pour faire baisser la recette. Avec ses mille deux cents victimes quotidiennes, Paris eut d'autres chats à fouetter que l'œuvre de Meyerbeer et je chantai certains soirs devant un public clairsemé. Jamais, cependant, la salle ne désemplit de manière vraiment alarmante.

Dès le mois de juin, lorsqu'il fut décidé que j'irais en juillet créer *Le Prophète* à Londres, je m'enfermai de nouveau rue de Douai afin d'y effectuer la mission de confiance dont Meyerbeer m'avait chargée : mettre son œuvre au goût anglais, c'est-à-dire la réduire à quatre actes et la traduire en italien. Ce fut une lourde tâche qui me tint de nouveau éloignée d'Ivan. J'admirai à cette occasion combien, malgré ses moments de révolte, il respectait mon travail et comprenait mon besoin de solitude. Lorsqu'il contracta à son tour le choléra, il m'envoya des lettres poignantes dans lesquelles il criait son besoin de me voir tout en m'interdisant de courir le moindre risque de contamination. Afin de ne pas trop l'alarmer, je lui cachai que Louis, atteint de cholérine aiguë, avait été soigné par mes soins avant de partir se reposer à Courtavenel. Ivan croyait sa dernière heure venue. Il me fit promettre par lettre de ne pas le laisser inhumer ailleurs qu'à Paris et de m'assurer, après sa mort, du bien-être de sa fille Pélagie. Face à la maladie, mon colosse russe était un petit enfant apeuré.

George avait aussi besoin de moi. Durement touchée par la mort de son demi-frère Hippolyte, mon amie avait perdu goût à la vie et désirait en prendre congé, terminant à la hâte la rédaction de ses mémoires. J'étais inquiète mais il m'était impossible de quitter Paris pour me rendre à Nohant. J'essayais de pallier mon absence par de longues et tendres lettres, mais jamais je ne songeai à m'insurger contre les exigences de la gloire qui m'interdisaient de voler au secours de mes plus proches amis. J'étais prise dans un tourbillon qui devint plus fou encore lorsque je traversai la Manche. En dix représentations du *Prophète* à Londres, j'oubliai enfant et amis pour connaître la bruyante solitude de l'icône adorée des foules. Malgré la réapparition de la Sonntag[1], personne ne vint me disputer la première place. Quant à Jenny Lind, elle était au chevet de Chopin à Paris. J'étais sollicitée de toutes parts pour toutes sortes de devoirs agréables et de plaisirs assommants. Mis en émoi par *Le Prophète*, tous les peintres anglais voulaient me faire poser pour des dessins, des gravures, des lithographies, des statuettes. J'eus à lutter afin de ne pas me laisser grignoter tout mon temps.

Je logeais avec Louis à Clifton Villas Maide Vale où nous recevions tous les indésirables de la révolution avortée de 48. Au cours de soirées animées durant lesquelles les messieurs étaient priés d'aller fumer dehors, Ledru-Rollin, Louis Blanc, François Arago et les révolutionnaires russes Herzen et Bakounine échafaudaient les théories qui devaient sauver le monde. Ils étaient graves, déçus, soucieux et dépourvus d'humour. Ils m'ennuyaient mais j'aimais être la seule femme parmi tous ces hommes qui s'empressaient de me rendre hommage. J'étais laide, certes, mais je régnais sur Londres. Pour ces hommes qui avaient pris et perdu le pouvoir, le mien avait quelque chose de fascinant qui valait bien un joli minois.

L'écrivain Charles Dickens se joignait parfois à nous. Ses plaidoyers en faveur des déshérités me semblaient un peu naïfs, mais l'homme était bon et pouvait être très drôle. Il me donna à lire son *David Copperfield* qu'il venait de terminer. C'était un ouvrage sinistre, mais Dickens y apparaissait doué d'une telle capacité de compassion qu'il me devint à jamais sympathique. Comme il était le seul Anglais de notre compagnie, je lui parlai du manuscrit de *Don Giovanni*.

---

1. Henriette Sonntag (1806-1854), soprano allemande.

« Vous êtes prête à l'acheter à prix d'or alors que tant de gens ne mangent pas à leur faim ? » me demanda-t-il sur un ton de reproche.

Je lui racontai alors ce que représentait pour moi ce manuscrit, sans omettre l'épisode espagnol qui m'avait remis ma promesse en mémoire.

« C'est une belle histoire, admit-il en triturant son épaisse moustache. Il y aurait là matière à un joli roman ! Je vais essayer de me renseigner pour vous. »

Trois jours et une nouvelle représentation du *Prophète* passèrent. Au matin du quatrième jour, je reçus un billet de Dickens me donnant rendez-vous l'après-midi même au British Museum afin d'y parler de « l'affaire que vous savez ». Je fis annuler sans remords une séance de pose pour une « Fidès à l'église » que j'avais eu la faiblesse d'accepter. Louis insista pour m'accompagner, mais je refusai. Il était important pour moi de régler seule cette affaire.

« Prends garde ! m'avertit Louis. J'approuve ton désir de voir le manuscrit mais pas celui de l'acheter bien que je puisse le comprendre.

— J'espère bien ! Je te laisse enrichir à ta guise ta collection de tableaux même si je ne partage pas toujours tes goûts. Ton ami Ledru-Rollin appellerait cela de la tolérance !

— Ne monte pas sur tes grands chevaux ! En l'occurrence, il ne s'agit pas de peinture mais d'un manuscrit qui, s'il existe, demande à être authentifié. Par ailleurs, il est bien difficile de déterminer la valeur marchande d'un tel document. Je te souhaite d'aboutir dans ta recherche mais, si je puis me permettre de te donner un conseil, ne t'engage pas à la légère. »

Je remerciai Louis pour ses recommandations et je me rendis à mon rendez-vous. Il pleuvait lorsque je descendis du fiacre. J'étais bien ennuyée de n'avoir pas de parapluie. Par chance, un vrai Anglais ne se laisse jamais surprendre par la pluie et Charles Dickens était britannique jusqu'au bout de sa barbiche. Il m'attendait sous un parapluie et sauva ma coiffure du désastre en m'abritant jusqu'à l'entrée du musée.

« Nous avons rendez-vous dans la salle des momies égyptiennes, me dit-il avec une mine de conspirateur.

— Quelle répugnante idée ! protestai-je. Qui devons-nous rencontrer ?

— Un de vos vieux amis qui brûle de vous revoir. Il est à Londres pour quelques jours et désire vous parler du fameux manuscrit. »

Je tombai malgré moi en arrêt devant des vitrines poussiéreuses où s'affichaient sans pudeur des vestiges de vies lointaines. Quels esprits, petits ou grands, avaient habité ces écorces humaines ravalées au rang de curiosités ? Ces corps désertés avaient aimé et souffert, comme mon père, comme Maria… Ce musée était celui de la mort jusque dans ses macabres mises en scène d'objets quotidiens devenus dérisoires. Quelle beauté avait interrogé ce miroir de bronze poli ? Une fraîche jeune fille, peut-être, cheveux soyeux et peau de lait, délicieuse créature dont la beauté rayonnait alors comme une promesse d'éternité. J'étais au bord de la nausée et déjà prête à rebrousser chemin. Dickens se taisait, les doigts serrés sur le manche du parapluie qu'il avait refusé d'abandonner à l'entrée. Quelques gouttes d'eau glissèrent sur le parquet jusqu'à former un filet qui coula vers les restes parcheminés d'un citoyen de la Haute-Égypte. Un reflet saisi dans une vitre me fit tressaillir. Une silhouette noire avançait dans notre dos, longue et silencieuse. Je me retournai, effrayée. Il me sembla que les accords de *ré* mineur annonçant l'arrivée du Commandeur déchiraient mes oreilles. Un convive de pierre parmi les momies, comment était-ce possible ? Je ressentis dans mon ventre la terreur qui m'avait saisie lorsque j'avais rencontré à quatre ans le vieux Lorenzo Da Ponte au Park Theatre de New York. L'inconnu dissimulait son visage derrière un domino noir.

« Qui êtes-vous ?, articulai-je en attrapant Dickens par la manche de son pardessus.

L'homme ne répondit pas. Il s'assura que nous étions seuls et fit signe à Dickens de s'éloigner. Il m'entraîna alors derrière une large porte et, toujours en silence, m'embrassa comme jamais encore aucun homme n'avait su le faire. Ma raison m'ordonna de crier, mais je me tus. Mon corps voulut se débattre, mais il s'abandonna. Je pensai aux morts derrière leurs vitres tandis que de puissantes mains s'égaraient sur mes formes épanouies. En dépit du masque, du chapeau et du long manteau noir, j'avais reconnu au tumulte de mon sang les bras qui m'enserraient. Mon regard s'égara vers une vitrine toute proche dans laquelle souriait une bouche racornie aux dents jaunies. Je fermai les yeux et dissimulai mon visage dans les replis du manteau.

« Que faites-vous ici, Franz ? murmurai-je.

— Vous m'avez donc reconnu ? J'en suis flatté ! répondit-il à voix basse.

— Que signifie tout ceci ?

— Disons que j'avais envie d'embrasser de nouveau la seule femme qui se soit refusée à moi.

— Ne soyez pas grossier, je vous prie !

— Loin de moi cette intention ! Vous interprétez bien mal ma franchise. En réalité, je suis venu vous aider. Je sais où est le manuscrit de *Don Giovanni*. Il m'a été montré pas plus tard qu'hier soir et Dickens l'a vu aussi. C'est pourquoi nous avons imaginé cette petite rencontre.

— Dites-moi tout, je vous en supplie !

— Tenez-vous vraiment à ce que nous parlions parmi ces macchabées ?

— Ce n'est pas moi qui ai choisi cet endroit. Si nous nous éloignons, votre complice aura peut-être du mal à nous retrouver.

— Ne vous inquiétez pas pour Dickens ! Il est déjà reparti chez lui. C'était convenu entre nous. »

J'étais plus amusée qu'indignée, mais un sursaut de vertu me fit adopter une mine glaciale.

« Voici un air qui vous sied bien mal, remarqua Liszt avec gaieté. Allez, venez ! Une voiture nous attend devant la porte. Nous pourrons y discuter en toute quiétude. »

Nous retraversâmes au pas de course les galeries du musée. Nul ne nous prêta attention et nous fûmes bientôt à l'abri d'une élégante berline noire dont les portes arboraient des armes que je ne connaissais pas.

Liszt m'aida à m'installer sur une banquette de velours, tira d'épais rideaux et donna des ordres au cocher. Le martèlement des sabots sur le pavé londonien rythma alors une étrange conversation.

« Je sais pourquoi vous désirez à tout prix acquérir ce manuscrit, me dit Liszt avec douceur. Je m'inquiète cependant de votre obstination.

— Pourquoi cela, je vous prie ?

— Parce que vos raisons sont morbides. Il n'est jamais sain de se créer des obligations vis-à-vis des morts.

— Vous connaissez donc la promesse faite à mon père ?

— Dickens me l'a racontée.

— Je vous assure que cette promesse n'est pas l'unique raison de ma recherche. En tant que musicien, vous devriez comprendre l'intérêt qu'il y aurait à posséder un témoignage aussi émouvant du génie de Mozart. Chopin lui-même m'a avoué qu'il regrettait de n'être plus assez riche pour s'en porter acquéreur.

— Bravo, nous y voilà ! Chopin est mourant, Pauline. Nous le savons tous et il le sait aussi. Au moment de passer dans l'autre monde, il aspire à tenir entre ses mains l'opéra de la mort par excellence. Il ne parle ni des *Noces de Figaro*, opéra de l'amour triomphant, ni de *Così fan tutte*, opéra de la consolation. Il essaie de conjurer sa terreur de la mort en voulant regarder en face la douloureuse interrogation d'un compositeur prématurément disparu. Il y a aussi cela dans *Don Giovanni*. Je ne suis pas superstitieux, Pauline, mais je pense que ce manuscrit est maudit. Vous êtes jeune, fêtée, vous appartenez au monde des vivants. Ne tentez pas le destin ! »

Liszt m'embrassa de nouveau. Je me laissai faire, charmée, et coopérai de bonne grâce lorsqu'il entreprit de faire rayonner mes charmes dans la pénombre de la voiture. Je ne ressentais aucune culpabilité. J'avais déjà commis l'adultère et ma vie n'en avait pas été bouleversée. Franz m'attirait depuis toujours et le courage qui m'avait permis de lui résister lors de notre première rencontre londonienne s'était bien émoussé depuis.

Nous traversâmes Londres dans la plus inconvenante des situations. Je trouvais l'aventure piquante et ma curiosité vis-à-vis de Franz se trouva comblée du côté de King's Road.

« Vous n'êtes pas belle, déclara-t-il soudain en jetant mon châle sur ma poitrine.

— Nulle n'en est plus convaincue que moi, mais votre remarque est cruelle, répondis-je, vexée.

— Cruelle ? Pourquoi ? Vous n'êtes pas belle, Pauline, vous êtes pire ! »

Il éclata d'un rire tendre et m'aida à remettre de l'ordre dans ma toilette.

« J'ai quelque chose à vous montrer. Je ne voudrais pas que vous fussiez venue pour rien !

— La promenade valait le déplacement ! l'assurai-je avec impudence.

— À présent, soyons sérieux. Je ne prétendrai pas être l'unique objet de votre curiosité. »

Franz souleva le coffre de la banquette arrière et en sortit un épais volume.

« Mon Dieu ! m'exclamai-je. C'est…

— Oui, c'est… Asseyez-vous près de moi, je vais tout vous montrer. »

Serrée contre Franz, je parcourus les pages du *Don Giovanni* de Mozart. La musique se bousculait dans ma tête au fur et à mesure que la plume limpide de Mozart la déroulait sous mes yeux.

« C'est prodigieux ! C'est comme si nous entendions cette musique pour la première fois. »

Liszt acquiesça. En passant devant le Drury Lane Theatre où Maria avait chanté le soir de sa chute mortelle, je fus saisie d'un frisson en lisant par-dessus l'épaule de Liszt les paroles vengeresses du Commandeur sorti du royaume des morts :

> *Don Giovanni, tu m'as invité à dîner.*
> *Me voici.*
> [...]
> *Tu sais ton devoir.*
> *Réponds-moi : viendras-tu souper avec moi ?*
> [...]

Donne-moi ta main en gage !
[...]
Repens-toi, change de vie !
C'est ta dernière chance !...
[...]
Repens-toi, scélérat !

La punition du libertin était proche, celle de la frivole Maria aussi. Et la mienne ? Qui viendrait me punir de mon péché de chair commis à la barbe des raides Anglais ? Je souris à cette idée et j'en fis part à Franz.

« Vos fautes seront toujours rachetées par votre travail, m'assura-t-il avec sérieux.

— Me direz-vous enfin où vous avez trouvé ce manuscrit ?

— Bien volontiers. J'ai eu l'occasion de rencontrer chez une de mes amies londoniennes un pauvre bougre dont la seule richesse est aujourd'hui le manuscrit que voici. Il le tient de sa tante, Élizabeth André, morte il y a trois ans. Depuis, cet homme a délaissé ses affaires, persuadé que sa fortune tient dans ces feuillets. Il a voyagé dans toute l'Europe afin de proposer aux grandes bibliothèques et aux musées d'acquérir son héritage. Ses affaires ayant, entre-temps, périclité, il demande chaque jour un peu plus cher de ce manuscrit et nul ne veut ou ne peut se permettre de dépenser tant d'argent pour un document dont la valeur est difficile à estimer. Le British Museum vient d'éconduire ce pauvre homme dont la vie est empoisonnée.

— Pourquoi vous a-t-il confié ce manuscrit ?

— Je l'ai convaincu que j'avais une cliente pour lui. En réalité, je voulais seulement vous montrer ces pages et vous persuader d'y renoncer.

— Combien veut-il ? demandai-je au comble de l'impatience.

— Vous ne devez pas ! Vous êtes vivante, laissez dormir les morts. Je pensais que vous comprendriez cela toute seule en voyant les momies du musée.

— Combien veut-il ? répétai-je, obstinée.

— Bon ! Il exige l'équivalent de soixante mille francs. »

C'était considérable ! Je ne disposais pas d'une telle somme et je le dis à Franz.

« Tant mieux ! Vous pouvez de toute façon vous en tenir pour quitte vis-à-vis de votre père. Vous avez vu et touché l'œuvre de Mozart et je vous assure que c'est déjà une jolie prouesse. »

Il me fallut me laisser convaincre. Je remerciai Liszt et m'accordai encore un peu de temps pour laisser mon esprit se promener entre les lignes de Mozart.

Nous nous quittâmes au coin de ma rue dans une grande effusion de tendresse.

« Je repars demain pour Weimar mais, cette fois, je ne prends pas le risque de vous demander de m'accompagner.

— Vous faites bien. Aucun homme n'aime essuyer deux fois le même refus !

— Qui parle de refus ? Je pars sans vous car je rentre pour me marier et ma future femme est très jalouse ! »

À Louis qui m'attendait à la maison, je racontai tout ce qui était racontable.

Sans hésiter, il me proposa de vendre quelques-uns de ses tableaux afin de me permettre d'acheter le manuscrit, sous réserve qu'une expertise nous apporte la preuve de son authenticité et de sa valeur. Je refusai. Aurais-je accepté si ma conscience avait été pure ? Sans doute pas davantage. Mon orgueil me recommandait de réaliser mon rêve sans l'aide d'un mari que je ne méritais pas. Je décidai en mon for intérieur de persuader Chopin de rejouer du piano, seul ou avec moi. Nos efforts conjugués nous permettraient peut-être de réunir la somme vertigineuse demandée par l'héritier.

Hélas ! Lorsque je rentrai à Paris à l'automne, ce fut pour y apprendre la mort du bon Chopin. Il s'était éteint place Vendôme, le 17 octobre, entouré de sa sœur Louise, de Jenny Lind, des belles Delphine Potocka et Marie Kalergis et de ses plus proches amis. Le violoncelliste Franchomme me raconta que Chopin avait demandé George en pleurant mais que Solange avait refusé de faire passer le message. Dans un dernier sursaut arraché à la vie, Chopin avait griffonné un déchirant billet :

« Comme cette terre m'étouffera, je vous conjure de faire ouvrir mon corps afin que je ne sois pas enterré vif. »

On lui fit de belles funérailles en l'église de la Madeleine tandis que son pauvre cœur partait seul rejoindre la terre de Pologne. Autour du cercueil, quatre hommes aux yeux rougis cherchaient à percer l'insondable mystère de la mort : Meyerbeer, Delacroix, Franchomme et Pleyel saluaient une dernière fois leur ami. Ivan, venu de Courtavenel, ne cachait pas ses larmes. Au premier rang de l'assistance, Solange et Clésinger avaient l'air de deux enfants abandonnés. Je n'aimais pas le mari de Solange mais je ne pouvais nier qu'il avait aimé Chopin et que son masque mortuaire moulé sur le visage du défunt était d'une grande beauté. George brillait par son absence mais je devais apprendre plus tard que nul ne l'avait prévenue.

Je chantai à l'église le *Requiem* de Mozart :

> *Béni soit celui qui vient au nom du Seigneur.*
> *Hosanna au plus haut des cieux !*

Je me fis payer cher, très cher car je souhaitais que cet argent pût être, un jour, la part de Chopin dans l'achat du manuscrit de *Don Giovanni*.

Au cimetière du Père-Lachaise, je jetai en pleurant une poignée de terre sur le cercueil.

« Souffrez-vous ? avait demandé le docteur.

— Plus… », avait répondu Chopin.

Au paradis des musiciens, Maria lui tendait déjà les bras.

13

Je n'eus guère le temps de pleurer Chopin car l'Opéra de Paris comptait encore sur moi pour une trentaine de représentations du *Prophète.* J'étais prisonnière du rôle de Fidès, mais ravie de ma nouvelle position. Pour les Parisiens, j'étais enfin une *diva assoluta,* l'égale de la Malibran. Je n'avais pas changé mais le regard des autres m'avait, en quelque sorte, statufiée. Parfois, lorsque me parvenaient les éloges dont on me gratifiait, j'avais l'impression qu'ils étaient destinés à une autre Pauline, un personnage fictif dans la peau duquel je me glissais par jeu et par nécessité.

Le rôle de Fidès avait été écrit pour moi mais sans moi. Malgré les modifications que j'y avais apportées, c'était un beau vêtement pour lequel on avait négligé les séances d'essayage. Je ne m'y étais jamais sentie tout à fait à l'aise et il vint un jour où je trouvai d'un ridicule achevé le grand air qui me valait tous les triomphes :

> *Ab ! mon fils, sois béni !*
> *Ta pauvre mère te fut plus chère*
> *Que ta Berthe, que ta Berthe, que ton amour !*
> *Ab ! mon fils ! Ab ! mon fils !*

Tu viens, hélas ! de donner pour ta mère
Plus que la vie, en donnant ton bonheur,
Ton bonheur !
Ah ! mon fils ! Ah ! mon fils !
Que vers le ciel, que vers le ciel
S'élève ma prière,
Et sois béni dans le Seigneur, mon fils
Sois béni, sois béni dans le Seigneur !

J'avais vingt-huit ans et j'incarnais une vieille mère infantile à laquelle il m'était difficile de m'identifier. Je mis sur le compte de ce malaise un nouvel accès de fatigue vocale qui me valut une critique acerbe des frères Escudier[1]. Manuel m'aurait sans doute exhortée à la prudence mais il était désormais installé en Angleterre, blessé par sa rupture avec son épouse Eugénie. Aveuglé par l'amour, Ivan abondait dans mon sens tandis que Louis observait une neutralité prudente. Je me pris à rêver d'un rôle taillé sur mesure pour ma voix, mon physique, ma personne. À ma grande déception, Verdi avait refusé mon livret tiré de *La Dame aux camélias*. Je pensai, un temps, m'adresser à Rossini, mais le maestro ne composait plus et la rumeur persistait à le donner pour fou.

Ivan, séduit par les mélodies que j'avais déjà composées, me poussa à écrire moi-même un opéra. Il proposa de me fournir un livret sur le sujet de mon choix. Pour séduisante qu'elle fût, j'abandonnai bien vite l'idée : jamais l'Opéra n'accepterait de monter l'œuvre d'une femme, épouse de surcroît d'un dangereux républicain ! Il ne me restait plus qu'à espérer un miracle…

---

1. Léon et Oscar Escudier, musicographes qui devaient fonder en 1861 la gazette *La France Musicale*.

Un soir que je devais chanter Fidès, j'arrivai à l'Opéra sous un ciel de plomb. Les premières gouttes crépitaient déjà sur le toit de ma voiture lorsque je risquai un pied dehors. Une brusque rafale arracha la portière des mains du cocher. Je reçus un coup sec en pleine poitrine et tombai sur le pavé parisien. Ma tête heurta le rebord du trottoir, je manquai m'évanouir et de grosses larmes de pluie glissèrent sur mes joues et dans mon cou. Le cocher s'accroupit près de moi et se confondit en excuses tandis que je reprenais mes esprits. En me redressant, je vis qu'un attroupement s'était formé autour de moi, silhouettes en uniformes d'hiver, protégées par les cloches rassurantes des parapluies. Comme on commençait à me reconnaître et à me prêter secours, un homme s'avança à grands pas. Il me sembla reconnaître son visage. Je n'étais pas très sûre de moi car, dans les moments de détresse, il n'est que trop naturel de chercher le moindre signe de réconfort. L'inconnu me souleva d'autorité et, repoussant les badauds, me porta jusqu'à ma loge. Je laissai ma pauvre tête rouler sur la poitrine de mon sauveur, gênée de cette situation fort peu correcte mais rassérénée par l'assurance avec laquelle l'homme prenait la situation en main. Alors que nous traversions les couloirs, j'entendis à travers un épais brouillard des exclamations, des interrogations inquiètes. L'inconnu ordonna qu'on appelât un médecin et qu'on apportât de l'eau et des linges propres. Il me déposa avec d'infinies précautions sur le sofa de ma loge, attentif à chacune de mes grimaces de douleur. En réalité, je m'étais fait peu de mal mais j'étais choquée par la perte brutale quoique momentanée de la station debout chère à notre espèce. L'homme s'adressa enfin à moi :

« Comment vous sentez-vous ?

— Ridicule. Et honteuse d'être si démunie face à un homme que je ne connais pas.

— Vous me vexez ! Nous nous connaissons, madame Viardot, bien que vous vous fussiez présentée à moi sous le nom de Pauline Garcia, élève de Delacroix ! »

Une réminiscence de jardin ensoleillé traversa mon esprit engourdi.

« Grands dieux ! Vous êtes… Je suis désolée, mais votre nom m'échappe ! Vous êtes le jeune peintre de la Villa Médicis qui jouait si bien du piano et qui m'accompagna dans la Cavatine d'Agathe, n'est-ce pas ? Ah non, je m'égare. Vous êtes le compositeur qui me dessina à mon insu. »

L'homme éclata de rire devant tant de confusion. Je ris aussi. J'avais devant moi un fantôme du passé dont la présence m'évoquait de joyeuses pensées.

« Je m'appelle Charles Gounod, dit-il enfin en me tendant la main.

— Enchantée ! Je suis bien Pauline Viardot. Quelle incroyable coïncidence !

— Ce n'est pas une coïncidence. Je vous attendais devant le théâtre, me demandant de quelle manière j'allais oser vous aborder. La chance m'a souri, si je puis dire. »

Il se tut et rougit de son audace. Comme le médecin entrait et le priait de sortir, il se jeta à l'eau pour me demander si nous pouvions nous revoir. Je griffonnai mon adresse sur une feuille et lui donnai rendez-vous pour le lendemain. Le regard éperdu qu'il me lança en s'éclipsant me ragaillardit plus vite que la potion et les soins du médecin !

Comme rien ne s'opposait à ce que je chantasse, j'incarnai ce soir-là une Fidès rajeunie par le pressentiment d'un bonheur à venir.

Le lendemain, je me remémorai mon séjour à Rome et l'intensité de ma brève rencontre avec Charles Gounod. Près de dix ans avaient passé, nous avions vieilli et les aléas de l'existence nous avaient modelés. Pourtant, le souvenir du murmure des fontaines et de la poussière dorée des allées était encore bien vivant en moi. Je revoyais une jeune fille paresseuse en robe blanche, le regard indiscret du jeune homme qui lui semblait destiné, le concert comme une promesse d'amour et la chance que personne n'avait osé saisir. C'est le défaut et la force de la jeunesse de croire qu'on aura des milliers d'années devant soi pour réaliser un jour les rêves différés. Charles Gounod avait vieilli au point que je ne l'avais pas tout de suite reconnu mais je me sentais capable de retrouver en lui ce qui m'avait séduite à la Villa Médicis. Je ne me l'avouais qu'à moitié, préférant mettre sur le compte de la curiosité l'impatience de petite fille avec laquelle je l'attendais.

J'étais plus inquiète de l'effet que je produisais depuis que s'était envolée la fraîcheur qui compensait autrefois ma laideur. Mes yeux tombants étaient à présent cernés par les heures d'étude et les fatigues du métier, mon menton était moins ferme, mes dents moins éclatantes et ma première ride, apparue depuis peu à gauche du nez, faisait paraître ce dernier plus proéminent encore. Je me souciais d'ordinaire assez peu de ces disgrâces, convaincue par l'amour de Louis, d'Ivan ou de Liszt que la vraie beauté est parfois cachée. Cependant, je ne voulais pas courir le risque de déplaire à Gounod. Je fis donc un effort de toilette, revêtant une somptueuse robe d'intérieur, rehaussée de quelques bijoux de prix qui témoignaient de ma réussite. À défaut d'être belle, j'avais envie d'apparaître grandiose à l'obscur compositeur que le ciel avait remis sur mon chemin. Si je réussissais à l'intimider, il oublierait de me juger. Cette petite préparation stratégique se révéla efficace au-delà de toutes mes espérances.

Charles Gounod se présenta à six heures précises, tout de noir vêtu. Il se répandit aussitôt en de chaleureuses effusions que la sévérité de sa mise ne pouvait pas laisser prévoir.

« Quel bonheur de vous voir rétablie ! s'écria-t-il en me baisant la main. Je vous ai entendue chanter hier soir. Vous étiez encore mieux que d'habitude !

— Vous êtes donc venu souvent ?

— Six fois, déjà, mais c'est encore trop peu. Malheureusement, je ne suis pas assez riche pour me rendre tous les soirs au spectacle.

— Je vous promets de vous procurer des places. Je vous dois bien cela !

— Je tremblais hier à l'idée que vous m'eussiez oublié. Moi-même, je n'ai jamais cessé de penser à vous.

— Vous m'avez fait autrefois, cher monsieur, une promesse qu'on ne saurait oublier. »

Gounod toussota, gêné et ravi à la fois. Je lui dis que je possédais toujours le billet par lequel il s'engageait à venir un jour déposer son talent à mes pieds.

— Je n'ai pas oublié, murmura-t-il, et c'est pourquoi je suis ici ce soir.

— Avez-vous beaucoup composé durant toutes ces années ?

— Suffisamment pour acquérir une honnête maîtrise de mon métier. En revanche, ma vocation d'être un compositeur à part entière est encore toute neuve et je vous la dois.

— Pourquoi dites-vous cela ?

— Je viens de passer deux ans au séminaire de Saint-Sulpice car j'aspirais au sacerdoce.

— Vous aviez abandonné la musique ?

— Non, pas du tout. À partir de 1843, j'ai assumé les fonctions de directeur musical de l'église des Missions étrangères à Paris. J'ai composé beaucoup de musique pour les services dominicaux. Cela m'a permis d'écrire selon ma seule conscience ce qui, je crois, est un luxe. Trop souvent aujourd'hui, l'art est un moyen plutôt qu'un but réel. On travaille pour se faire une fortune ou un nom, bien plutôt que pour faire une belle chose. Chacun s'enrôle sous le drapeau de l'intérêt privé et, dans cette multitude de tendances individuelles, on ne sait où vont les choses.

— Ce que vous dénoncez est un véritable fléau à l'opéra. Vous avez bien raison de vous cantonner à un genre qui échappe à toute spéculation mercantile.

— C'est-à-dire que… j'ai abandonné mon poste aux Missions étrangères ainsi que mes études théologiques. Depuis que je vous ai entendue chanter *Le Prophète*, j'aspire à écrire pour l'opéra ou plutôt pour… une certaine chanteuse. »

Il avait dit cela très vite, évitant de me regarder. Dans la lumière rosée de mon salon de musique, je retrouvais avec émotion le jeune homme aux traits fins, à l'élégance racée qui avait ému mon cœur de nouvelle épousée.

« Vous voudriez écrire pour moi ? demandai-je, émue.

— Si vous le permettiez, je mettrais tout mon talent à servir le vôtre ! répondit-il avec ferveur. Mais vous ne savez rien de mes aptitudes musicales. Pourrai-je revenir vous montrer quelques partitions ?

— Comment ? Vous n'avez donc rien apporté ?

— Non. Je n'étais pas certain d'oser vous exprimer mon désir. C'est pourquoi j'ai préféré venir les mains vides. »

J'étais séduite par tant de simplicité et de franchise. Dans mon enthousiasme, je faillis répondre à Gounod qu'il me suffisait de le regarder et de l'écouter parler pour savoir que sa musique me plairait ! Je craignais de le voir partir. Mon instinct me disait que sa présence était un signe du destin à ne pas négliger. Je me revis à Rome, au lendemain de la soirée dans les salons de la Villa, découvrant sous ma porte un billet qui devait brûler longtemps contre ma poitrine. J'estimais que j'avais depuis mérité, par mon travail et par ma relative loyauté à l'égard de Louis, de ne plus m'infliger de telles déceptions.

« Avez-vous vraiment besoin de vos partitions ? Ne pouvez-vous improviser ou jouer par cœur ?

— Si mais je risque de commettre des erreurs.

— Quelle importance ? Nous sommes entre nous ! Préférez-vous l'orgue ou le piano ? »

Gounod s'installa à l'orgue. Avant de commencer à jouer, il s'attarda sur le portrait de Maria incrusté dans l'instrument.

« Elle était si belle ! murmura-t-il, comme pour lui-même.

— Vous l'avez donc connue ?

— Je lui dois ma vocation musicale. Lorsque j'avais treize ans, ma mère m'emmena au Théâtre italien entendre *Otello* de Rossini. Votre sœur chantant Desdémone et me rendit littéralement fou. Je sortis de là complètement brouillé avec la prose de la vie réelle. Je ne fermai pas l'œil de la nuit. C'était une obsession, une vraie possession : je ne songeais qu'à faire, moi aussi, un *Otello* ! »

Exalté à l'évocation du seul souvenir de la Malibran, Gounod se mit à improviser un étrange contrepoint à l'ancienne mode suivi d'une mélodie poignante que j'aurais voulu noter afin de ne jamais l'oublier. C'était un chant d'amour, déchirant de tendresse retenue et de tristesse. C'était beau comme du Mozart. Je fermai les yeux et j'écoutai longtemps cette musique sortie tout droit d'un cœur si noble. Elle parlait à mon âme, elle était moi.

« Je chanterai tout ce que vous voudrez bien écrire pour moi ! m'écriai-je lorsque Gounod reposa sur ses genoux ses mains de magicien. Vous êtes mieux que doué, cher monsieur, vous avez du génie !

— Merci, merci mille fois, chère madame ! Je travaillerai nuit et jour pour avoir l'honneur d'entendre votre voix chanter ma musique. »

Je racontai à Gounod combien j'aspirais à créer un rôle écrit tout exprès pour moi, façonné selon ma personnalité et ma voix. Il buvait mes paroles, les mains jointes dans un geste d'adoration et de prière.

« Si vous le voulez bien, vous serez cet auteur que j'appelle de mes vœux. J'irai en informer la direction de l'Opéra. En ce moment, Nestor Roqueplan n'a rien à me refuser.

— Je suis bouleversé ! Hier encore, je rêvais de faire mes débuts à l'Opéra alors que je n'ai aucune relation. Je désespérais d'attirer l'attention sur moi et vous arrivez dans ma vie telle une bonne fée.

— Disons plutôt que, cette fois-ci, vous êtes arrivé dans la mienne au bon moment. »

Nous nous regardâmes en silence, aussi troublés l'un que l'autre par ce caprice de la vie qui nous réunissait de nouveau. Nous devinions que nos talents ne demandaient qu'à fusionner et, à travers eux, nos êtres et nos cœurs. Nous étions prêts à accomplir un chef-d'œuvre digne de cette extraordinaire circonstance.

« Il nous faudra un livret, observai-je, pratique. Je m'arrangerai pour que vous ayez le meilleur librettiste possible. Avez-vous une préférence ?

— Puis-je me permettre d'avoir des préférences alors que je suis inconnu ? Aucun librettiste n'acceptera de m'accorder sa confiance.

— Comme vous êtes défaitiste ! Ce n'est pas ainsi que nous accomplirons de grandes choses. Allons ! Dites-moi avec qui vous aimeriez travailler !

— Oserai-je ? Bon, ne riez pas. Vous me prendrez sans doute pour un fou présomptueux si je vous dis que je rêve de demander un livret à Émile Augier et pourtant…

— Et pourtant vous avez raison d'être ambitieux. Nous irons donc voir ensemble M. Augier. Je lui promettrai de chanter le premier rôle de sa pièce et vous verrez qu'il sera fou de joie d'écrire pour vous ! »

D'heureux, Charles Gounod était devenu tremblant d'émotion. Il me baisa les deux mains avec fougue, le rouge au front et les larmes aux yeux.

« Il nous faudra songer à un sujet, ajoutai-je. Je tiens absolument à donner mon avis là-dessus. Qu'il soit bien entendu que je vous propose une collaboration étroite entre nous. Je ne me contenterai pas d'être votre interprète. »

Émile Augier accepta avec joie de m'écrire un livret. J'approuvais le choix de Gounod car le dramaturge était connu pour son attachement au classicisme, à la littérature grecque et par son souci de ne jamais sombrer dans les fâcheux excès du romantisme. Il fallut un peu plus de temps pour convaincre Nestor Roqueplan de programmer le futur chef-d'œuvre mais j'appliquai la tactique de Meyerbeer pour parvenir à mes fins : je soumis la signature de mon contrat pour la saison suivante à l'expresse condition que l'opéra de Gounod y fût programmé. Je m'amusais beaucoup de ce caprice qui me permettait de mesurer l'étendue de ma victoire parisienne. Après ma longue traversée du désert, je savourais ce sentiment de puissance. Le 1er avril 1850, Nestor Roqueplan, Charles Gounod et Émile Augier signaient un contrat pour un opéra en deux actes qui devait être terminé le 30 septembre. C'est pourquoi aujourd'hui, à un mois de l'échéance, j'ai hâte de rentrer en France afin d'y juger de l'avancée de l'ouvrage.

Charles Gounod devint bientôt un habitué de la maison. La composition de son opéra eût suffi à justifier ses nombreuses visites mais l'amitié que lui portèrent bientôt Louis et Ivan rendait naturelle sa présence quotidienne dans notre demeure. Si on me lit un jour, on pourra s'étonner de voir ainsi les noms associés de Louis et d'Ivan, comme si tous deux pouvaient se prévaloir du titre de maître de maison. Par la curieuse addition de toutes sortes d'habitudes prises depuis l'été précédent, Ivan s'était en effet installé entre Louis et moi avec un naturel parfait qui repoussait d'avance toutes les objections. Lorsque j'étais partie avec Louis créer *Le Prophète* à Londres, Ivan était venu vivre à Courtavenel auprès de Véronique, la vieille cuisinière. Dans les nombreuses lettres qu'il m'adressait, il se plaignait beaucoup de sa solitude, comme si Louis et moi l'avions forcé à séjourner en notre absence dans notre maison de campagne ! Ce fut pourtant durant cette période qu'Ivan eut tout le loisir de prendre ses aises dans une propriété qui n'était pas la sienne. Il se rendit indispensable, nettoyant de sa propre initiative les fossés, chapitrant le jardinier, donnant son avis sur tout et recevant avec largesse mon oncle et ma tante Sitchès ainsi que mes pas trop belles-sœurs accompagnées de Louise. En respectable ami de la famille, Ivan prenait soin de s'adresser aussi à Louis dans ses missives.

« Nous avons la chance d'avoir un intendant bien zélé ! me dit un jour Louis en découvrant une nouvelle lettre d'Ivan sur le plateau du petit déjeuner. Ne trouves-tu pas étrange que ce garçon ne souhaite pas mener sa propre vie ? Il est largement en âge de fonder un foyer. »

Je pensais à part moi que j'étais la raison de vivre d'Ivan et que Louis était par chance bien aveugle.

« Il préfère peut-être attendre d'être rentré en Russie pour se marier, répondis-je en baissant les yeux. En attendant, il doit se sentir un peu perdu dans un pays qui n'est pas le sien. C'est pourquoi notre hospitalité lui est bénéfique. »

Louis avait l'air soucieux.

« Selon toi, quelles sont les limites de l'hospitalité ? »

Je ne sus que dire. Louis ne pouvait rien savoir de ma liaison avec Ivan puisqu'elle était restée platonique depuis l'été 1848. Ma réserve et ma prudence ne pouvaient pas avoir laissé la moindre place aux soupçons.

« Que veux-tu dire ? répondis-je enfin en plaquant sur mon visage le masque de l'innocence.

— Tu sais combien je prête volontiers de l'argent à notre ami. Il me semble que je fais ainsi œuvre de mécène vis-à-vis d'un écrivain talentueux quoique indolent. Mais que penser de sa dernière requête ?

— Laquelle, très cher ?

— Voilà qu'il me demande de lui rapporter une petite chienne anglaise ! »

Je retins à grand-peine un soupir de soulagement !

« C'est une commission, rien de plus. Il a probablement prévu de te rembourser.

— J'en doute. Il ne parle pas d'argent mais suggère que ce charmant animal pourrait me tomber tout dressé dans la poche ! C'est étrange !

— Allons, Louis ! Ne sois pas si sévère. Notre ami s'ennuie un peu, voilà tout. Un animal de compagnie lui ferait peut-être du bien. D'ailleurs, il ne t'en coûtera pas un sou. Je paierai moi-même ce chien. »

Louis s'attardait davantage sur les détails que sur la nature profonde de cette relation triangulaire. Parfois, il me semblait même qu'il encourageait la présence d'Ivan à mes côtés. Peut-être pensait-il que c'était un moindre mal. S'il s'était résigné à m'aimer sans espoir de recevoir en retour autre chose qu'une bienveillante camaraderie, il était en revanche très attaché à sauvegarder les apparences.

Louis avait beau être républicain, il n'en demeurait pas moins l'archétype du bourgeois louis-philippard pour qui rien de la vie intime ne devait transpirer à l'extérieur de la maison. Sa bienveillance affichée à l'égard d'Ivan, pour sincère qu'elle fût, l'assurait que je ne déserterais pas le foyer pour vivre librement une passion contrariée. Le souci du qu'en-dira-t-on l'emportait sur les voix du cœur mais l'obligeance de Louis ne faisait pas toujours mon affaire. Lorsque Ivan rentra de Courtavenel afin d'assister aux funérailles de Chopin, il tomba dans les bras de Louis avec un tel enthousiasme que je me retrouvai bientôt spectatrice d'une amitié virile à laquelle il eût été mesquin de m'opposer en refusant l'hospitalité « provisoire » que mon mari offrit à mon amant. Sous le prétexte qu'il devait aider quotidiennement Ivan pour la traduction de son dernier roman, Louis suggéra que nous mettions à la disposition de notre ami la chambre qu'avait occupée George.

« Ce sera plus simple, affirma-t-il. Nous ne perdrons plus de temps en allées et venues et nous aurons toujours tous nos documents à portée de main. J'espère que cela ne t'ennuie pas, ma chérie. »

Ivan ne se fit pas prier pour accepter. Durant les premières semaines, il fut d'une discrétion absolue. Il prit tous ses repas à l'extérieur et ne chercha même pas à provoquer entre nous de tendres tête-à-tête. Il lui suffisait, disait-il, de savoir que je respirais sous le même toit que lui pour être un homme comblé.

Louis pécha bientôt par excès de générosité en invitant Ivan à participer à nos déjeuners dominicaux.

« Louise vous aime tant ! assura-t-il. Elle sera enchantée de retrouver son vieil ami. Depuis qu'elle est en pension, elle s'ennuie un peu lorsqu'elle se retrouve le dimanche entre sa mère et moi. »

Louise se montra en réalité plus méfiante que ravie de cette innovation dans notre routine familiale.

« Tu vas venir tous les dimanches ? demanda-t-elle dès le premier jour.

— Non, bien sûr ! protesta sans conviction Ivan en dépliant sa serviette.

— Et pourquoi pas ? intervint Louis. Il est triste de déjeuner seul lorsque tout le monde est en famille. Vous faites partie de la famille, Ivan. Vous serez toujours le bienvenu.

— Ma famille, c'est papa et maman ! », grommela Louise.

Je ne dis rien et j'eus tort car, dix jours plus tard, Ivan prenait tous ses repas à notre table ! Je n'eus pas le temps de décider si je devais m'en désoler ou m'en réjouir car Charles Gounod apparut bientôt dans ma vie, reléguant au second plan toute considération domestique.

Lorsqu'ils rencontrèrent Charles, Louis et Ivan flairèrent tout de suite le danger, l'un parce qu'il avait gardé en mémoire le concert de la Villa Médicis, l'autre parce que son instinct devenait fulgurant dès lors qu'il s'agissait de détecter un éventuel rival. Tous deux s'accordèrent pour mettre en pratique la tactique qui avait si bien réussi à Louis : Charles fut accueilli à bras ouverts et l'on s'intéressa de près à sa production artistique !

J'écrivis à George pour lui raconter ma bonne fortune que je plaçai sur un plan strictement musical. Je crois qu'elle ne fut pas dupe car j'avais commis l'erreur de mettre Gounod sur le même pied que Mozart. George trouva cela exagéré mais se déclara curieuse de connaître mon nouvel ami. Je lui avais soumis notre recherche d'un sujet et elle me répondit par ce trait plein d'esprit :

« Vous m'avez déclaré un jour que notre amitié ne seyait pas à Fidès mais que vous étiez prête à chanter un rôle plus conforme à ce que nous sommes l'une pour l'autre, celui de Sapho. Vous êtes déjà muse, soyez donc poétesse et j'applaudirai des deux mains ! »

Gounod ne se montra pas hostile à cette idée et Augier la trouva tellement à son goût qu'il prétendit bientôt l'avoir eue tout seul. Il ne tarda pas à nous livrer ses premiers vers et Charles put se mettre au travail.

Les soirs où je ne chantais pas, Charles me rejoignait dans mon salon de musique. Ivan, caustique, me demanda pourquoi j'avais souhaité construire une aussi grande maison puisque j'occupais toujours la même pièce.

« C'est pour que les invités de mon mari puissent y avoir leur chambre », répondis-je d'un ton froid. Blessé, Ivan n'insista pas. Nous avions frôlé la scène alors que je n'avais jamais eu la moindre dispute avec Louis.

Lorsque je m'enfermais avec Charles, personne ne venait jamais nous déranger. D'ailleurs, nos rencontres étaient si convenables que tous les séminaristes de Saint-Sulpice eussent pu y assister sans lever un seul sourcil !

Seule la musique nous occupait. À peine arrivé, Charles se mettait à l'orgue, sa partition déployée sur mes genoux. Il jouait toujours par cœur et chantait en même temps que moi en ne me quittant point des yeux. Parfois, il me semblait pouvoir lire la musique dans son regard. La qualité du travail de Charles dépassait toutes mes espérances. Nous nous parlions peu mais il devinait mes attentes et leur donnait les formes sublimes que j'espérais. Le livret d'Augier était un peu plat mais la musique l'éclipsait en chantant à sa place l'indicible. De semaine en semaine, Charles brossait en silence mon portrait où, plutôt, le portrait de celle que j'aurais pu être. Chaque ligne mélodique était une déclaration d'amour, chaque note un chaste baiser. J'étais bouleversée par cette complicité muette qui allait donner naissance à une grande œuvre, peut-être un chef-d'œuvre. Certains soirs, je devais me faire violence pour ne pas me laisser envahir par un sentiment amoureux. Je me raisonnais en me disant que toute confusion pouvait mettre en péril notre travail et je m'efforçais de ne voir que bonté chrétienne dans les regards éperdus du timide Gounod.

Pour fêter l'arrivée du printemps, nous allâmes marcher au Bois. C'était la première fois que nous quittions le cocon de la rue de Douai, la première fois aussi que la musique n'était pas entre nous. Charles proposa de louer une barque afin d'aller faire quelques pas sur l'île. Il m'aida à stabiliser l'embarcation et retroussa les manches de sa chemise. Je vis saillir les muscles de ses bras blancs lorsque les rames déchirèrent la surface de l'eau. Le clapotis de l'eau et les murmures des insectes accompagnaient cette promenade en terre étrangère où les mots pouvaient être dangereux. Nous échangeâmes quelques banalités affligeantes sur la douceur de l'air et les bienfaits de l'exercice physique. Charles tenta d'élever la conversation mais devint pontifiant par excès de prudence. Nous étions sur le qui-vive, impressionnés l'un par l'autre au point de ne rien trouver à nous dire. Je ne voulais pas m'avouer que j'attendais de Charles un acte extraordinaire, un baiser peut-être, ou une déclaration. Le souvenir de son ancienne vocation sacerdotale m'intimidait et je dus faire taire en moi la petite voix qui me disait de prendre l'initiative d'un rapprochement.

Nous accostâmes et Charles m'aida à descendre. Je voulus garder sa main dans la mienne mais il la retira en haussant les sourcils.

« Qu'avez-vous ? Vous semblez irrité.

— Il y a, madame, que cette promenade m'ennuie. Je l'ai acceptée pour vous faire plaisir mais, à la réflexion, il me semble que nous perdons notre temps. Vous êtes mariée et célèbre, je suis pauvre et inconnu. Je ferais mieux de rentrer travailler si je veux mériter un jour l'extraordinaire faveur que vous me faites en acceptant de chanter mon œuvre. Il sera temps ensuite d'écouter les mouvements de mon cœur qui ne bat que pour vous ! »

Un affreux soupçon s'insinua dans mon esprit. Je regardai Gounod à la dérobée, cherchant une preuve sur son visage fermé, sur sa lèvre pincée, sur son front trop bombé. Rien. Cet homme gardait ses secrets. Il eût été inconvenant de tenter le moindre geste vers lui mais ce n'était pas un simple souci de bienséance qui m'arrêtait. Je préserve ma réputation pour ma seule tranquillité et je n'hésite jamais à commettre des actes répréhensibles aux yeux de la société s'ils me semblent justes ou honnêtes vis-à-vis de moi-même. En réalité, j'avais peur de cet homme ! J'avais voulu jouer à la diva généreuse en prenant sous mon aile un obscur compositeur désargenté mais j'avais le sentiment de devenir l'obligée de mon protégé. Je m'imaginais qu'il m'aimait, moi Pauline, laide et célèbre, et je craignais d'être détrompée. Bien sûr il y avait ses regards et la beauté des mélodies qu'il écrivait pour moi mais, dans la lumière de ce printemps nouveau-né, son profil froid et déjà sûr de lui distillait dans mon âme le poison du doute.

Il nous restait deux semaines avant mon départ pour l'Allemagne où je devais chanter *Le Prophète*. D'un commun accord, nous ne nous occupâmes que de Sapho et de ses tragiques amours avec Phaon. Gounod m'apportait presque chaque jour de nouvelles pages qui m'enchantaient. Il accueillait mes compliments avec une extrême réserve et il évitait désormais de laisser s'installer entre nous de trop longs silences. Il devint bavard et primesautier, parfois drôle. Sa présence à la maison me fut moins exclusivement consacrée. Il s'attardait volontiers au salon avec Ivan et Louis ou disputait avec eux d'interminables parties de billard. Lorsque je me surpris à attendre, l'estomac noué, les moments où nous serions enfin seuls, je décidai qu'il était grand temps d'agir. Gounod ne devait pas oublier qu'il avait besoin de moi. Il me fallait à tout prix reprendre en main une situation qui risquait de devenir humiliante pour moi. Quelques semaines plus tard, la chance prenait pour me sourire un bien curieux visage.

Arrivée à Berlin, je fus l'objet d'une telle adoration qu'il me fut plus facile de mettre entre Gounod et moi une saine distance. Je chantai *Le Prophète* en allemand devant le roi et la reine qui me couvrirent de compliments et de présents. En une soirée, je devins aussi riche qu'en deux semaines de représentations parisiennes ! On me supplia de donner des leçons à la princesse Louise. Je me fis prier par plaisir. On me paya fort cher et j'acceptai ma royale et médiocre élève qui me gratifia d'un magnifique bracelet de diamants. Pourquoi offre-t-on toujours des diamants aux divas ? Pour ma part, je préfère l'émeraude ou le rubis !

Louis, comme toujours, m'accompagnait et tenait à partager le tourbillon de mes plaisirs berlinois. Nous étions sans cesse invités dans les plus brillantes réceptions de la ville où j'exhibais mes toilettes et mes bijoux princiers que les échotiers prenaient plaisir à décrire dans les gazettes. Pour la première fois de ma vie, je ressentais un vrai désir de puissance. Je pensais que la froideur de Gounod à mon égard était due à ma laideur. Le fait que Liszt, Ivan ou Louis aient pu ne jamais la remarquer ne suffisait pas à me consoler. Malgré la gloire et la richesse, malgré l'intelligence aussi dont le ciel m'avait dotée et qui me permettait de discuter avec les plus brillants esprits de notre temps, je n'étais pas satisfaite. Un homme me résistait et je ne voyais plus que lui. À l'obsession un peu douloureuse qui avait suivi la promenade au Bois succédait une extravagante soif de revanche. Je voulais écraser Gounod de mes triomphes afin qu'il mesure l'extraordinaire faveur que je lui faisais en daignant poser mes regards sur lui. Je souhaitais l'obliger à quémander chacune de mes attentions et me réserver les délices de les lui dispenser selon mon bon vouloir.

Louis, sans rien connaître des errements de mon cœur, trouvait que je devenais orgueilleuse. Il s'en amusait comme d'un caprice passager.

« Au fond de toi-même, disait-il en riant, tu resteras toujours une Consuelo. L'orgueil n'est qu'une maladie infantile de la gloire, il passera mais tes succès resteront. »

Je n'aimais pas ce ton protecteur. Chez un homme, l'orgueil est une qualité et son absence un défaut. Chez une femme, les hommes préfèrent y voir une faiblesse de petite fille. Je renonçais à en discuter avec Louis. Je préférais consacrer à des sujets plus plaisants les rares conversations que nous avions encore.

Toujours Londres, août 1850.

Aujourd'hui, je sais pourquoi je tiens à Gounod : aussi curieux que cela puisse paraître, je n'ai pour ainsi dire jamais pris l'initiative des événements de ma vie. Je n'ai pas décidé de chanter ni de me marier, ma carrière n'a fait qu'évoluer en fonction des désirs des directeurs d'opéra et la présence d'Ivan sous mon toit m'a été imposée. Avec Gounod, je mène le jeu puisque j'ai tout pouvoir de le sortir de l'ombre en chantant son opéra, je tiens entre mes mains le destin d'autrui. Depuis deux mois, le hasard des circonstances veut en effet que Gounod soit à ma merci alors que nous ne nous sommes même pas revus.

Avant mon départ pour l'Allemagne, Charles vivait à Sceaux auprès de sa mère avec son frère Urbain, l'épouse de ce dernier et leur enfant âgé de deux ans. Cette famille était très unie, habituée à se serrer les coudes dans les joies comme dans le malheur. Il y avait peu d'argent chez les Gounod mais Charles et son frère, en conjuguant leurs efforts, parvenaient à faire vivre tout ce petit monde. Néanmoins, l'équilibre financier était précaire. J'avais proposé à Gounod de lui prêter une petite somme avant mon départ mais il avait refusé avec une dignité offensée.

« Ce n'est qu'une avance sur *Sapho*, protestai-je.

— Je vous remercie mais je ne souhaite pas me faire payer pour un travail avant qu'il ne soit achevé. Je n'aimerais pas être lié à vous par une dette de cette sorte », répondit-il froidement.

Je m'étais sentie blessée et rejetée par ce refus. Gounod oubliait un peu vite à mon goût qu'il me devait déjà beaucoup plus que de l'argent. C'est pourquoi j'accueillis avec des sentiments mitigés la triste nouvelle de la mort d'Urbain.

J'étais depuis peu à Berlin lorsqu'une lettre de Gounod arriva. C'était la première et je ressentis un frisson de plaisir en reconnaissant l'écriture du compositeur. S'il m'écrivait déjà, cela signifiait peut-être que sa timidité s'était envolée grâce aux centaines de kilomètres qui nous séparaient. Je criai victoire ! baisant en pensée tout son beau visage, retardant, pour faire durer le plaisir, le moment de décacheter l'enveloppe.

Ma joie fut de courte durée. Charles avait trempé sa plume dans ses larmes pour m'écrire que son très cher frère venait de succomber à une maladie fulgurante. Il disait adieu à *Sapho* et à tous ses rêves d'opéra et criait sans retenue son désespoir absolu. Je fus bouleversée par ce chagrin qui me rappelait le mien lorsque Maria nous avait quittés. J'imaginais sans peine la confusion de son esprit où l'angoisse de nouvelles responsabilités familiales se mêlait à la douleur. Lorsqu'on perd un frère ou une sœur, c'est toujours une part de soi-même dont il faut faire le deuil.

« Tu as reçu de mauvaises nouvelles ? me demanda Louis avec inquiétude.

— Le pire est arrivé ! répondis-je sombrement.

— Louise ! hurla Louis en m'arrachant la lettre des mains.

— Mais non, tout de même pas ! Tiens, lis ! »

Louis parcourut la triste missive.

« Quel malheur ! Hélas ! Nous ne pouvons pas faire grand-chose à distance.

— Louis, je t'en supplie ! Il faut au moins sauver *Sapho* !

— Calme-toi, nous allons trouver une solution. Mais j'avoue qu'aucune idée ne me vient à l'esprit.

— Écoute, Louis, si tu es d'accord, nous pourrions proposer à Charles et à sa mère de venir s'installer pour quelque temps à Courtavenel. Je suis certaine que la campagne leur ferait du bien. Ivan pourrait bien se charger de les recevoir, je suis sûre qu'il n'a rien de mieux à faire.

— Pauvre Ivan ! Voici des mois que tu lui adresses à peine la parole et tu oses lui demander d'assister l'homme au profit de qui tu le délaisses.

— Mais enfin, Louis, il est aussi son ami !

— Drôle d'ami en vérité ! Si Ivan n'a toujours pas arraché les yeux de Charles, c'est parce qu'il craint de te fâcher !

— Je ne lui demanderai pas de rendre service à Charles mais à moi. Je veux ma *Sapho* ! Pour le même motif, je te demande l'autorisation de proposer aux Gounod notre soutien financier. Ils risquent d'en avoir besoin. »

Louis souleva quelques objections mais je passai outre. J'écrivis moi-même à Charles et à Ivan, ravie de tirer à distance les ficelles d'une comédie domestique qui mettait en scène deux des trois hommes de ma vie. Ivan exécuta fidèlement mes ordres et Gounod perdit sa froideur lorsqu'il lui fallut me remercier. Il accepta l'invitation mais refusa l'argent, affirmant qu'il n'en avait nul besoin.

Ivan et Charles cohabitèrent deux mois en mon absence. J'avais demandé à Ivan de veiller en personne au bien-être des Gounod. Il eut l'audace de me répondre que je n'avais jamais cherché à savoir si lui-même avait besoin de quelque chose. Je crois qu'il devint férocement jaloux de Charles, surtout lorsque je lui demandai de surveiller si la composition de l'opéra avançait bien.

Les petites remarques dont il émaillait ses lettres me laissaient deviner l'atmosphère qui devait régner entre eux.

« Il a fait très beau aujourd'hui, m'écrivit-il au mois de mai. Gounod s'est promené tout le jour dans le bois de Blondureau à la recherche d'une idée ; mais l'inspiration, capricieuse comme une femme, n'est pas venue, et il n'a rien trouvé. C'est du moins ce qu'il m'a dit lui-même. » Un peu plus loin, la crise couvait : « Dans ce moment, il est couché sur la peau d'ours en mal d'enfant. »

Depuis qu'il m'avait offert cette dépouille à Saint-Pétersbourg, Ivan veillait avec un soin jaloux à ce que nul autre que lui ou moi ne s'y reposât. Louisette elle-même n'obtenait qu'à titre exceptionnel l'autorisation de fouler de ses petits pieds nus l'épaisse fourrure. Ivan était très attaché aux souvenirs liés au pauvre animal. Ils lui parlaient de son amitié avec Louis et de notre première rencontre, ils lui évoquaient ces scènes irréelles au cours desquelles je tenais salon dans ma loge du Théâtre impérial, lovée en peignoir blanc sur la peau de la bête. J'avais eu l'idée un peu niaise de numéroter les pattes et de les attribuer à quelques privilégiés qui devaient me raconter des histoires pendant l'entracte. Ivan occupait la patte numéro trois, les trois autres étant distribuées et redistribuées au gré de mes sympathies du moment. J'imaginais donc fort bien la fureur d'Ivan découvrant Gounod à sa place favorite !

Depuis que je lui avais apporté mon aide, Gounod m'adressait des lettres charmantes dans lesquelles il me parlait un peu de *Sapho* et beaucoup de sa reconnaissance à mon égard. Il reprenait goût à la vie, s'attachait à Courtavenel et commençait à y prendre à son tour des habitudes de propriétaire. Ivan craignait de se voir supplanté mais ne faisait rien pour affirmer sa propre place. Ses lettres, auxquelles je ne répondais pas toujours, n'étaient plus que de longues plaintes assommantes.

« Je suis assis misérablement, comme un chien qui sent qu'on se moque de lui et qui regarde vaguement du coin de ses yeux, clignant des paupières quand il est ébloui par le soleil. »

Ce piteux portrait me fit cesser toute correspondance avec Ivan. J'avais honte pour lui de cette attitude misérabiliste et de son manque de dignité. Dès lors, je priai Louis de donner lui-même les nouvelles qu'Ivan réclamait !

En mai, nous étions à Londres. J'y fus accueillie avec le faste habituel et la nouvelle série de représentations du *Prophète* y connut plus de succès encore que la précédente. Ma vie n'était qu'une grande fête, un rêve étourdissant qui me faisait oublier toute autre forme d'existence. Je retrouvai avec plaisir mes amis londoniens mais aussi mes souvenirs : ma défaillance vocale et la mise en garde de Manuel, le manuscrit de *Don Giovanni*, mes rencontres avec Liszt…

J'appris par Dickens que le propriétaire du manuscrit s'était volatilisé après avoir récupéré son bien. J'en fus moins affectée que je ne l'aurais cru car une contrariété récente occupait mon esprit.

J'avais rendu visite à Manuel et l'avertissement de mon frère résonnait encore dans ma conscience.

Manuel m'accueillit avec sa gentillesse habituelle mais je vis bien qu'il n'était plus le même homme. Sa réussite professionnelle était incontestable mais sa vie personnelle était catastrophique. Il ne voyait plus ses enfants ni sa femme et ne s'habituait ni à l'Angleterre, ni aux Anglais. Il avait si peu de goût à vivre qu'il ne pensait même plus à quitter ce pays. Sa maison était sombre, richement meublée mais mal entretenue et sans âme. Lui-même se voûtait et grisonnait. Sa mise était élégante mais triste.

« Pourquoi fais-tu ce métier, Pauline ? me demanda-t-il à brûle-pourpoint.

— Par amour de la musique, je suppose. Quelle drôle de question !

— Pas aussi drôle que tu le crois. Peut-on encore prétendre aimer la musique lorsqu'on s'étourdit à toujours chanter le même rôle dont on a visiblement usé tous les ressorts depuis longtemps ?

— Mais Manuel, je suis bien obligée de défendre l'œuvre de Meyerbeer ! Il compte sur moi et j'ai une dette envers lui.

— Que t'a apporté Meyerbeer ?

— Tu le sais bien ! La reconnaissance parisienne, la gloire, la fortune.

— Où est l'amour de la musique dans tout cela ? Tu as beaucoup changé, chère petite sœur. Où sont ton idéal, ton intransigeance, ta conscience d'artiste ? Ta voix n'est plus ce qu'elle était mais tu ne l'entends même pas. Seule t'importe désormais ton image de diva. Tu perds ton âme, Pauline ! Le public n'est pas exigeant avec toi car il aime idolâtrer, mais prends garde ! Tu pourrais croiser sur ton chemin quelques iconoclastes ! »

J'étais partie à demi brouillée avec Manuel, maudissant la vie qui avait brisé ses rêves de jeune homme et pestant contre la part de vérité que j'entrevoyais dans ses propos.

Je me fis violence pour écarter mes doutes car je n'avais pas le temps de réfléchir. C'est un des dangers de la vie publique que de vous faire vivre en dehors de vous-même. Je le savais mais je remettais sans cesse à plus tard le moment de me poser les vraies questions. Dans un passé encore récent, j'avais failli devenir folle à force de me concentrer sur l'essentiel…

Au mois de juin, Ivan exerça sur moi d'odieuses pressions affectives en menaçant de repartir pour la Russie. Il n'avouait pas ce qu'il attendait de moi mais son amertume gigantesque transpirait dans chacune de ses lettres. Il prétendait que Louis, revenu depuis peu à Courtavenel, le considérait comme un parasite – c'était un peu vrai, mais Louis ne se serait jamais permis de le lui dire – et faisait de stupides sous-entendus à propos de mon engouement pour Charles.

J'étais persuadée qu'Ivan resterait en France. Il avait déjà essayé de nous quitter une fois et, depuis, je ne prenais plus au sérieux ses états d'âme. Je lui répondis sèchement qu'il était libre d'aller où bon lui semblait et que sa petite chienne Diane saurait fort bien lui tenir compagnie. J'eus tort car il partit pour de bon et sa lettre d'adieu fut pour Louis. J'avais cru qu'Ivan m'était inféodé et qu'il n'était pas nécessaire de ranimer, de temps à autre, la flamme de son amour malheureux. Je l'avais pris, jeté, tourmenté sans remords. J'avais essayé sur lui ma séduction incertaine et offert à d'autres mes certitudes de diva comblée. En me croyant invulnérable, j'avais brisé un cœur aimant dont la révolte inattendue sonnait comme un sinistre présage. Je ne fus pas triste du départ d'Ivan, juste effrayée de découvrir les limites de mon pouvoir.

Depuis, j'ai reçu quelques lettres de Russie. Toutes commencent à peu près par les mêmes mots :

Bonjour, chère, bonne, noble, excellente amie, bonjour ô vous qui êtes ce qu'il y a de meilleur au monde.

Le cœur d'Ivan n'a pas changé. M'aimera-t-il encore lorsque je serai vieille et sans voix ? J'ai été rassurée d'apprendre que je n'avais pas été l'unique cause de son départ. Ivan m'a confessé avoir cédé aux nouvelles menaces de sa mère de le déshériter et de ne plus subvenir aux besoins de sa fille naturelle s'il ne rentrait pas à Spasskoïe. Les retrouvailles de la mère et du fils ont été difficiles. Varvara Petrovna Loutovinov règne en despote sur son domaine et sur sa famille. Elle a fait détourner une chute d'eau au seul motif qu'elle n'en supportait pas le bruit. Elle se fait chaque jour livrer toute chaude, grâce à des relais de cavaliers, une certaine bouillie que l'on ne prépare que dans un lointain village. Elle continue de terroriser son monde en battant et déportant ses serfs. Charmante personne !

Ivan s'est réfugié près de son frère dans la propriété paternelle de Tourguenievo. Il replonge au cœur de ses racines et rêve de me voir un jour courir, cheveux au vent, entre les bouleaux argentés. Il paraît qu'il écrit.

À Courtavenel, Charles achève son opéra. Je me demande parfois ce que j'attends de cette œuvre puisque j'ai déjà tout. J'ai hâte d'être Sapho, bien sûr, puisque je l'ai inspirée, mais j'espère, sans trop me l'avouer, que Charles saura aussi m'offrir le seul rôle qui m'a toujours été refusé : celui, nu et sans fard, d'une femme amoureuse et aimée.

TROISIÈME PARTIE

14

Paris, 1864.

J'ai quarante-deux ans et ma voix est morte. Presque morte. Je pourrai continuer à donner des concerts et à briller dans les salons de Bade mais jamais plus je ne serai Norma, Rosine, Amina, Valentine, Desdémone, Angelina… J'ai été toutes ces femmes, j'ai brûlé sur scène de toutes leurs passions, j'ai tout donné à chacune au détriment de moi-même. Ce fut une belle fête, un gigantesque théâtre des illusions où le rouge et l'or furent plus beaux encore que le bleu du ciel. Les douze coups ont sonné, ménageant entre eux des silences bruissants d'espoir. Un à un, ils ont égrené les dernières étapes de mon destin jusqu'à l'air final, celui du catalogue des éternels regrets. Il n'est pas encore minuit puisque je ne suis qu'au début de ma nuit. Pourtant, mes beaux atours se sont déchirés dans ma course contre le temps. J'ai perdu la lyre de Sapho mais j'ai trouvé celle d'Orphée qui m'a entraînée aux Enfers. Je suis morte au chant d'honneur dans un costume d'homme. Je n'aurais pas dû me retourner, j'aurais dû laisser dormir les morts. Mon père, Maria, Marie. Don Giovanni, Paolo et Francesca, Traviata.

Les malles sont prêtes. Les enfants ont rassemblé leurs livres et leurs jouets. Ils sont joyeux. Pour eux, notre nouvelle vie a déjà commencé. Demain, je fermerai la porte sur ma splendeur passée, j'irai lécher loin d'ici les plaies encore chaudes de ma gloire défunte. Comme Maria, comme Marie, je cacherai jusqu'au bout mon déclin, fière d'abandonner la scène avant d'y avoir vu pâlir mon étoile.

Chaque soir, Marie triomphe de la mort et de l'oubli. Il y a dix ans, Verdi lui a donné *La Traviata*, mais c'est la première fois qu'elle chante dans sa langue maternelle. Violetta l'orpheline, Marie la dévoyée, mes sœurs lointaines me laissent sans voix. J'ai passé ma vie à chercher ce rôle car au fond de mon cœur sommeille une Violetta, une reine déchue au bord du gouffre, candidate à la rédemption. Mais il est trop tard. *Ahimé ! Tardi giungeste !* De toute façon, Verdi ne voulait pas de moi. Il me préférait en Lady Macbeth. Venez, esprits qui influencez les pensées mortelles !

Dans la chambre voisine, Paul s'agite. Chaque soir, il se raconte sa journée avant de s'endormir. Aujourd'hui, nous avons fêté en famille ses six ans. Ses yeux malicieux pétillaient de bonheur tandis que je l'aidais à déballer son cadeau : un violon ! Il le réclamait depuis si longtemps ! Paul, mon fils, mon amour. Pour lui, à Bade, je serai une vraie mère. Je lui raconterai des histoires, je lui apprendrai à dessiner, j'arrangerai moi-même les cols de ses costumes marins. Adieu Violetta. Mon plus beau rôle est à venir.

Tout eût été différent si Gounod avait tenu ses promesses, s'il avait su être autre chose qu'un sac d'égoïsme, de vanité et de calculs. Tout eût été différent si j'avais écouté le conseil de Marie : se laisser aimer sans trop aimer soi-même.

Lorsque je rentrai de Paris pour y recevoir des mains de Gounod la partition inachevée de *Sapho*, j'étais encore l'une des plus grandes divas de notre temps. Je prenais un risque énorme en imposant sur mon seul nom un compositeur inconnu et je m'estimais donc en droit d'en attendre quelque reconnaissance.

Charles vint tout exprès de Courtavenel m'apporter rue de Douai le fruit d'un été studieux. Il arriva en conquérant, la bouche pleine des dernières nouvelles de mon domaine briard.

« Depuis que Tourgueniev est parti, le jardinier n'en fait plus qu'à sa tête. Il a fait sec, ces dernières semaines, et vos pauvres fleurs ont bien souffert. Louise vous embrasse. Elle a cassé un carreau de la serre… »

J'interrompis d'un geste ce rapport détaillé. Charles n'avait-il rien de mieux à me dire après une si longue séparation au cours de laquelle il avait réussi à évincer Ivan ?

« Vous ai-je un tout petit peu manqué ? demandai-je d'un ton bourru.

— Comment pouvez-vous en douter ? s'exclama Charles en levant les bras au ciel. Vos bonnes lettres ont enchanté mon séjour. Chaque jour, ma mère et moi remercions le Seigneur de vous avoir pour amie. Nous avons bien prié pour vous. Les soirs où vous chantiez, je me comportais avec Tourgueniev de la plus dévote manière qui soit. Nous traînions deux fauteuils devant votre portrait et nous vous imaginions dans le rôle de Fidès. Ivan guettait sur sa montre le moment où vous étiez supposée chanter l'air « Ah ! mon fils, sois béni » et nous le fredonnions ensemble jusqu'à la fin. Nous hurlions alors comme des ânes en jetant sur votre portrait impassible de pleines brassées de fleurs des champs ! Lorsque la représentation nous paraissait devoir être terminée, nous usions nos mains à vous applaudir avant de monter nous coucher.

— Quels enfants ! dis-je en riant. J'espère que ces folies n'ont pas nui à votre travail.

— Au contraire ! Vous n'avez cessé de m'inspirer. Sapho est pour vous, car elle n'est que vous. Je compte à présent sur vous pour la faire rayonner ainsi qu'elle le mérite. »

Je ressentis ces derniers mots comme un avertissement mais je ne m'attardai pas sur cette désagréable impression. Je demandai à Charles de me faire entendre ce qu'il avait composé. C'était grandiose, en tous points conforme à l'idée que je m'en faisais et déjà presque terminé. Tour à tour virile et nonchalante, austère et sensuelle, la musique s'égarait parfois dans des rêveries que Charles laissait en suspens. Sa plume m'avait mise à nu avec une intuition et une sensibilité hors du commun. Du moins le croyais-je. J'étais ivre de bonheur et sous le charme de Gounod, mais sa réserve continuait de m'intimider. Je craignais de n'être pour lui qu'une bienfaitrice et rien, dans son attitude, ne pouvait me rassurer. Toutefois, je ne perdis pas espoir. J'avais déjà pu vérifier que les succès d'une femme agissent parfois sur les hommes comme de puissants aphrodisiaques. Je comptais donc sur ma rentrée parisienne pour ouvrir dans le cœur de Charles les portes devant lesquelles avaient échoué mes charmes féminins.

Hélas ! la chance était contre moi. Après avoir régné sans partage sur l'Opéra pendant plus de trois mois, j'eus la pénible surprise de me voir détrônée par la grosse Marietta Alboni[1]. En mon absence, elle s'était installée avec toute l'autorité de ses cent kilos dans le rôle de Fidès ! Le public aimait cette cantatrice qui tenait pourtant davantage de la vache laitière que de la mère sublime. Je dus faire une scène épouvantable à Nestor Roqueplan, l'artisan laborieux de cette sinistre farce, pour

---

1. Contralto italienne (1826-1894).

recouvrer ma place. Il me semblait avoir sur Fidès des droits inaliénables. Sans moi, la partition eût été différente et Meyerbeer ne l'eût jamais donnée à l'Opéra.

« Je vous croyais au-dessus de ces rivalités entre chanteuses, me sermonna Roqueplan avec son insolence coutumière.

— Pas lorsque vous vous plaisez à les exciter ! répondis-je, pincée.

— Mme Alboni est une excellente chanteuse. Elle connaît très bien son rôle et les critiques sont enthousiastes.

— Elle chante bien, mais sa prestation de comédienne est désastreuse, vous le savez bien. Elle est tellement grasse qu'elle peut à peine se mouvoir !

— Il est vrai que, dans le registre de la comédie, que dis-je, de la tragédie, vous ne nous épargnez aucun effet. Vous pourriez interpréter le rôle sans en chanter une seule note !

— Est-ce vraiment un défaut ? Je vous préviens, cher monsieur, que, si vous ne me rendez pas mon rôle, je ne tiendrai aucun des engagements que j'ai pris avec vous pour cette saison. Il vous faudra trouver une autre Valentine pour *Les Huguenots* et, surtout, une autre Sapho ! »

En prononçant ses paroles, je tremblais de me faire prendre au mot. Mais Nestor Roqueplan, plus faible que méchant, capitula bientôt et congédia Marietta Alboni. Folle de rage, ma rivale me voua à tous les saints de l'Enfer.

Mon retour à l'Opéra ne fut pas un franc succès. Le public fut chaleureux mais la critique m'égratigna au point qu'il ne s'éleva bientôt plus une seule voix pour prendre ma défense. On me reprochait tout et son contraire. On m'en voulait d'exister et d'être moi-même. Encouragée par Louis et par les lettres d'Ivan, j'essayais de ne pas me laisser atteindre par ce concert de mauvaise foi. Pourtant, lorsque j'essuyai avec

Les Huguenots un nouvel échec que rien ne justifiait, il me fallut un grand courage pour ne pas rendre les armes. Je m'efforçai de tenir bon jusqu'au 16 avril, date de la création de *Sapho*. Aller à l'Opéra me devint une corvée. Pour la première fois, j'exerçais mon art comme d'autres font leur métier : proprement mais sans foi. Si ma propre expérience m'avait appris que le succès entraîne le succès, je constatais avec chagrin que la médiocrité du public ternissait mon talent. Le petit ressort qui me poussait jadis à me mettre chaque soir en danger semblait bel et bien brisé.

Alertée, George vint me porter secours et réconfort. Elle me reprocha de quémander l'approbation du public et de la critique. « Vous seule avez le droit d'être juge ! », tempêtait-elle.

Comme je lui rétorquai que j'étais lasse de toujours chanter les mêmes rôles, nous en vînmes à parler de Gounod.

« Vous êtes toujours convaincue de son génie ? me demanda George avec une gentille ironie.

— Plus que jamais ! répondis-je avec chaleur.

— Et que pense votre génie de vos déboires ?

— Pas grand-chose. Il dit que je continue à faire recette et que c'est là l'essentiel. Il est trop occupé à terminer *Sapho* pour se mêler de mes petites affaires. Tant mieux, d'ailleurs. J'aime à le voir ainsi concentré. Après la mort de son frère, j'ai vraiment craint pour son œuvre. »

Intriguée par la constance de mon enthousiasme, George manifesta le désir de connaître Charles. Malgré sa méfiance pour les « grands hommes » que lui avaient inspirée sa relation avec Chopin et les déboires de Marie d'Agoult avec Liszt, elle tomba sous le charme de Gounod. Je les avais présentés l'un à l'autre après une représentation de *Claudie*, la dernière pièce de George. Charles s'était répandu en courbettes et en compliments, touchant avec une habileté inquiétante le seul point faible de mon amie : en vieillissant, George confondait de plus en plus ses courtisans et ses amis.

Dans le foyer du théâtre, je surpris mon reflet dans un miroir en pied : j'avais la mine piteuse d'une amoureuse honteuse, l'air malheureux de qui offre son cœur et le voit dédaigné. J'étrennais ce soir-là, sur une jupe à volants, un corsage baleiné amplement décolleté et pourvu de jolis mancherons bouillonnés. Sur ma peau olivâtre brillait le sang de mes rubis. J'étais presque belle et inutilement séduisante. George et Charles s'étaient assis sur une banquette et conversaient comme de vieux amis. Ils m'avaient tout à fait oubliée.

Plus tard dans la soirée, Charles me raccompagna à la maison. Il me fit dans la voiture un éloge appuyé de George.

« Quelle vive intelligence ! s'extasiait-il. J'ai presque envie de dire : quel grand homme ! Voilà au moins une femme qui ne s'embarrasse pas de coquetterie. On se sent bien avec elle, comme avec un bon camarade ! »

Je me renfrognai encore davantage. Gounod s'interrompit, surpris.

« Qu'ai-je dit ? Vous aurais-je, par inadvertance, offensée ? », demanda-t-il en penchant vers moi son beau visage à demi éclairé par la lune.

Je ne répondis rien, mais je laissai ma tête rouler sur son épaule. Je le sentis se raidir.

« Vous êtes mariée ! me dit-il sur un ton de reproche.

— Qu'importe, puisque je vous aime !

— Vous m'aimez ? Quelle drôle d'idée ! »

Je sentis qu'un poing d'acier se fermait dans ma poitrine. Mes lèvres tremblèrent.

« Osez dire que vous ne m'aimez pas vous-même ! rétor-quai-je d'une voix blanche. Croyez-vous que je pourrais être Sapho si vous ne m'aimiez pas ? »

Un silence pénible tomba entre nous, mais lorsque nous arrivâmes rue de Douai où les fenêtres familières de la façade me firent soudain horreur, Charles ouvrit la portière et ordonna au cocher de continuer.

« Vous serez Sapho ! Dussé-je pour cela vouer mon âme au diable. »

Charles était de ces hommes pour qui la réussite vaut bien quelques arrangements avec le Bon Dieu. Notre équipée noc-turne n'eut pourtant pas la gaieté grivoise de ma promenade londonienne avec Liszt. Gounod n'avait pas l'amour souriant et je ne pris à ses caresses qu'un plaisir un peu trouble. Au sentiment de victoire que je ressentis tout d'abord se mêla bientôt la certitude que Gounod sacrifiait sa vertu à la réussite de son œuvre. Je devinais que son esprit était ailleurs, près de Sapho, peut-être, mais en tout cas fort loin de la diva décli-nante qui s'abaissait à s'offrir à lui.

Après deux tours complets du quartier de la Nouvelle-Athènes, nous nous quittâmes poliment, avec le sentiment d'avoir conclu un marché. Le cœur gonflé d'amertume, je me jurai que les mains de Charles ne se poseraient plus jamais sur moi.

Changeant mon fusil d'épaule, je parvins bientôt à convaincre Charles de mon amitié passionnée. L'enthousiasme que je manifestais pour son œuvre me permit de continuer à lui dire mon affection sans qu'il y trouvât à redire. Charles était trop amoureux de sa *Sapho* pour se lasser de l'entendre louer.

La première de *Sapho* eut lieu le 16 avril 1851. Je me sentis plus guerrière que poétesse lorsque je revêtis ma blanche tunique. Puisque Charles me préférait Sapho, j'étais bien décidée à lui prouver que Sapho ne pouvait exister sans ma voix, ma chair, mon amour et mon âme. Je comptais aussi sur Sapho pour redevenir la Viardot. La désaffection du public à mon égard venait – du moins le croyais-je – des œuvres de Meyerbeer qui n'étaient pas à la hauteur de mon talent. *Sapho* pouvait me rendre justice et je voulais y croire.

J'avais appris l'œuvre avec une célérité qui avait stupéfié Gounod. Les répétitions s'étaient bien passées et je n'avais donc aucune raison de m'inquiéter. Pourtant, au soir du 16 avril, l'enjeu me parut écrasant. Je jouais ma réputation de chanteuse, celle de l'homme que j'avais la faiblesse d'aimer et, partant, mes chances d'être un jour aimée de lui. Je m'étais en effet convaincue que Charles serait à jamais mien si je triomphais de *Sapho*.

Pour toutes ces raisons, je ne pouvais aller qu'à l'échec. Je n'étais plus suffisamment concentrée sur la musique pour pouvoir l'imposer en dépit de son austérité et de son absence de concession au mauvais goût du public. Empêtrée dans l'image que je cherchais à donner, j'étais incapable d'être moi-même.

Je sentis d'emblée que la salle était hostile mais j'étais décidée à me battre. Au premier rang, la grosse Alboni occupait deux sièges. Derrière elle, les redoutables Escudier affûtaient déjà leur plume. Les amis, ou du moins ceux qui n'étaient pas des ennemis, avaient pris place plus loin ou dans des loges. Mme Gounod, Hector Berlioz, Ary Scheffer et Louis étaient mes points de repère dans cette foule que je devinais prête à me dévorer.

En dépit de mes craintes, cette première représentation offrit d'abord toutes les apparences du succès. On bissa le final du premier acte, le deuxième acte fut accueilli plus fraîchement mais le troisième acte fit honorable figure, notamment grâce à la chanson du pâtre, mais aussi aux stances de Sapho : « Ô ma lyre immortelle ! » Je chantai bien, je crois, et Brémond, Mlle Poinsot, Aymès, Gueymard et Marié furent tous excellents. Pourtant, je sentais que quelque chose était allé de travers. Je me gardai bien de le dire à Gounod qui, tout à la joie des compliments que venait de lui faire Berlioz, me couvait enfin des yeux comme si j'eusse été la septième merveille du monde. Lorsque nous fûmes seuls dans ma loge, il tomba à mes pieds.

« Comment vous remercier ? s'exclama-t-il en me baisant les mains. Vous me sortez de l'ombre et la gloire me sourit déjà. Ah ! que je suis heureux ! Avez-vous entendu ce que m'a dit M. Berlioz ?

— Oui, et j'espère qu'il sera aussi élogieux dans son article. Je suis heureuse de partager ce succès avec vous, vraiment heureuse. Voyez-vous, l'union fait souvent la force. Nous avons tendu nos efforts dans la même direction et nous sommes aujourd'hui récompensés. Mais ne nous laissons pas abuser par ce début de gloire. Nous devons rester unis.

— Que voulez-vous dire ?

— Rien que vous ne puissiez comprendre seul. À présent, sauvez-vous ! Nous nous reverrons plus tard. »

Charles hésita, effleura mon front du bout des doigts puis m'enlaça.

« Merci encore, murmura-t-il. Jamais je n'oublierai ce que vous avez fait pour moi et combien j'en suis peu digne. »

Surprise, je lui offris mes lèvres, mais il se détourna.

« Non ! dit-il. Je suis désolé, mais je ne peux pas, pas maintenant. »

Il parut soudain pressé de partir et m'abandonna sans regret aux admirateurs qui attendaient derrière la porte.

J'avais eu raison de me méfier de notre apparente réussite. À l'exception de celle de Berlioz, les critiques furent épouvantables, de celles qui peuvent tuer une artiste ou une œuvre. En l'occurrence, ni l'une ni l'autre ne furent épargnées. Léon Escudier nous massacra tous les deux avec la fatuité du gratte-papier ignorant et grossier. « Il est du genre ennuyeux qu'on admire en dedans et qui ne fait pas recette », écrivit-il à propos de Gounod. Quant à moi, j'étais clouée au pilori :

> *Mme Viardot ne chante plus, chaque note qui sort de sa voix intelligente est un cri déchirant. Cette cantatrice qui fut tant admirée est morte à peu près pour l'art. Ce rôle de Sapho sera, je le crois bien, sa dernière création et cette création n'éternisera pas le nom de Mme Viardot.*

Les frères Escudier m'avaient encore gâtée ! D'autres critiques s'en prenaient surtout à la partition et à la mollesse de l'action. Certaines déploraient l'absence de ces ridicules ballets dont le public était gavé. J'étais écœurée mais je ne regrettai à aucun moment d'avoir donné sa chance à Gounod. Je restais convaincue de son génie et plus déterminée que jamais à imposer *Sapho*. Mais Nestor Roqueplan se saisit avec empressement des attaques de la presse pour me reprocher de l'avoir entraîné dans cette aventure.

« Vous allez ruiner cette maison ! tempêtait-il dès la troisième représentation. On ne devrait jamais écouter les caprices des divas. Vous m'avez fait prendre des risques inconsidérés, vous avez voulu diriger l'Opéra à ma place. Est-ce que je me mêle de chanter, moi ? »

Je retins à grand-peine ma colère. Je me contentai de rétorquer que Gounod était un génie incompris et que l'Opéra pourrait un jour s'enorgueillir d'avoir donné sa première œuvre.

La perspective de ces lauriers incertains ne fut pas suffisante pour convaincre Roqueplan d'aller au-delà de neuf représentations. J'aurais voulu réconforter Charles en lui disant que son nom était désormais connu et estimé des gens de qualité, mais il me fuyait.

Au mois de juin, j'allai défendre *Sapho* à Londres. J'étais persuadée que les Anglais sauraient se montrer plus ouverts que les Français. L'œuvre fut montée en italien avec, à mes côtés, Mme Castellan, Tamburini et Tamberlick. Forte des succès que je venais de remporter au Covent Garden dans *Le Prophète* et dans *Don Giovanni*, j'étais de nouveau pleine d'espoir. Hélas ! L'échec fut tel qu'il n'y eut même pas de deuxième représentation ! À une ou deux exceptions près, les critiques furent désastreuses pour Gounod mais plutôt bonnes pour moi. Rien n'eût pu être pire pour aggraver mes relations avec Charles. J'aurais voulu le rassurer, lui dire que je croyais toujours en lui et que j'étais prête à continuer à me battre pour *Sapho* et pour ses œuvres à venir. Je lui écrivis de longues lettres consolatrices auxquelles il ne prit pas la peine de répondre.

J'achevais tristement ma saison londonienne lorsque j'appris par Louis la trahison de Gounod. Mon époux venait d'arriver de Paris et paraissait tout gêné des mauvaises nouvelles qu'il lui fallait me porter. Au fond de lui-même, il devait être soulagé de voir s'éloigner un rival aussi sérieux mais son bon cœur lui faisait redouter le chagrin qu'il allait me causer.

« Tu sais, Pauline, me dit-il en jouant avec mes cheveux, les grands hommes sont souvent bien petits. Seul notre regard aveuglé les rend différents des simples mortels.

— Que veux-tu dire ?

— Il faut que je te parle de Gounod.

— Ah ! le pauvre… J'aurais tant voulu l'aider !

— Mais tu l'as aidé plus qu'aucune personne au monde n'aurait su le faire. Il est connu à présent. Ponsard lui a commandé la musique des chœurs pour sa prochaine pièce.

— C'est merveilleux ! Je suis si heureuse pour lui !

— Ne te réjouis pas trop, ma Pauline. Je sais avec quel enthousiasme désintéressé tu t'es mise au service de Gounod, mais il faut que tu saches… »

Louis hésita et me prit la main. Il se mit à tripoter mes bagues comme à chaque fois qu'il est embarrassé pour me parler.

« Que dois-je savoir, Louis ?

— Écoute, ma chérie, Charles Gounod n'est pas tout à fait celui qu'il semblait être. Depuis qu'il est reçu un peu partout, il en profite pour clamer haut et fort que tu es seule responsable de l'échec de *Sapho*. Ce petit monsieur est un tel monstre de vanité qu'il lui est impossible de remettre son œuvre en cause. Il dit… Il dit que tu n'as plus de voix, que tu chantes faux et qu'on ne devrait même plus te laisser monter sur scène. Mais rassure-toi, il ne partage cette opinion qu'avec lui-même ! »

Je reçus le choc en plein cœur. Quelques images ressurgirent. La rencontre à la Villa Médicis, les retrouvailles lors de ma chute devant l'Opéra, la découverte de la musique de Charles, ses compliments, ses baisemains, sa reconnaissance lorsque je lui commandai *Sapho*… C'était comme une petite mort. J'avais cru rencontrer le musicien dont le génie devait servir le mien et je me retrouvais flouée par un vulgaire arriviste. Comment avais-je pu ainsi me fourvoyer ? J'étais anéantie mais bien résolue à ne pas tomber aussi bas que Charles. J'avais adoré *Sapho* et je continuerais à la défendre en dépit de l'ingratitude de son auteur. Peut-être ma grandeur d'âme lui inspirerait-elle un jour des regrets…

Louis parut soulagé de mon calme apparent.

« J'ai une autre nouvelle, Pauline, et elle n'est pas bonne.

— Dis vite ! Cela ne peut pas être pire que ce que je viens d'entendre !

— Je suis vraiment navré. Il ne faut pas que tu te croies en cause. Ton talent n'a rien à voir avec cette affaire et, d'ailleurs, cette décision n'engage en rien ton avenir à Paris.

— Que se passe-t-il ?

— Il n'y aura plus de représentations de *Sapho* car le livret a été interdit. Le gouvernement reproche à Gounod ses amitiés socialistes, autrement dit ses relations avec George et avec moi.

— C'est fâcheux, en effet, mais je chanterai autre chose. De toute façon, Gounod sera soulagé de ne plus m'entendre défigurer son œuvre ! »

Louis n'espérait tout de même pas que j'allais pleurer sur le sort du traître ! Je voulais bien être magnanime mais toute chose a ses limites, Dieu merci ! Louis semblait au supplice. Il enfouit son visage dans ses mains, dérangeant la belle ordonnance de ses cheveux presque blancs. Lorsqu'il releva la tête, il était si ébouriffé qu'il ressemblait à un oisillon tombé du nid. J'éclatai de rire et il eut un pauvre sourire.

« J'aime t'entendre rire, ma Pauline. Le bonheur te va si bien ! Je voudrais que ce rire ne s'arrête jamais.

— Pourquoi s'arrêterait-il ? Je n'ai pas eu la main heureuse avec *Sapho*, mais cela ne change rien à ma position. Je vais bientôt reprendre à l'Opéra tous les rôles qui me valent l'amour du public et, crois-moi, je vais faire un malheur ! La saison sera magnifique, je le sens ! »

Louis ne me répondit pas. Il me tourna le dos et fit mine de vérifier tout son attirail de chasse. Il maniait les objets avec une brusquerie qui ne lui ressemblait pas, laissant s'entrechoquer les crosses de ses précieux fusils.

« Qu'y a-t-il, Louis ? À quoi penses-tu ?

— Je pense… je pense que nous devrions peut-être avoir un deuxième enfant ! Je vieillis et il me reste peu de temps pour faire encore un père présentable !

— Tu exagères ! J'accepte néanmoins l'idée mais pour plus tard. Je serais si heureuse de pouvoir enfin être une vraie mère… Mais je dois assurer la prochaine saison. Marietta Alboni serait trop heureuse si je désertais !

— Écoute, Pauline, j'ai mal de devoir te dire cela, mais… ton contrat à l'Opéra vient d'être rompu. Non, ne dis rien. Laisse-moi t'expliquer. La direction prétend que tu es trop fatiguée pour pouvoir chanter mais il s'agit en réalité d'une décision politique. Louis-Napoléon mijote un mauvais coup et tous les républicains sont inquiétés. Je te jure que cela n'a rien à voir avec ton talent. Tu es irréprochable, tout le monde le sait. Tu reprendras bientôt ta place. L'injustice de cette décision est trop criante. »

Une nausée douloureuse me submergea, mais je voulus me laisser gagner par l'optimisme de Louis. Oh, Dieu ! Perdre d'un trait de plume ce que j'avais mis si longtemps à construire ! La vie ne pouvait être si absurde, si injuste !

Au prix d'efforts que nul ne saurait imaginer, je restai calme et nous rentrâmes comme prévu à Paris à la fin du mois d'août.

Il apparut bientôt que ma rupture avec Gounod était consommée. Nous n'avions plus de raison valable de nous voir. J'en fus presque soulagée. Je méditai sur cette volte-face du cœur, abîmée dans la contemplation du seul cadeau que Charles m'eût jamais fait : son portrait dessiné par Ingres.

Je m'efforçai de tirer les leçons de l'aventure *Sapho*. Je m'étais laissé envahir par un sentiment amoureux et cette faiblesse de l'âme avait pris le pas sur l'œuvre que j'avais à défendre. Mon désir de réussir n'avait pas été motivé par le seul amour de l'art et j'avais, en quelque sorte, été démasquée. Mais la pire de mes fautes avait été de croire que la gloire protégeait de tout, permettait tout. En réalité, je commençais à percevoir combien elle fragilise et impose de devoirs.

15

Mes déconvenues sentimentales et mes déceptions profes-sionnelles me poussèrent tout naturellement vers Ivan. Il m'était d'autant plus aisé de recommencer à l'aimer que notre liaison ne pouvait être qu'épistolaire.

Dès son retour en Russie, j'avais repris avec Ivian une cor-respondance amicale puis enflammée dont Louis finit par se douter lorsque je lui annonçai sans ménagement l'agrandisse-ment de notre famille. Les enfants ne se font pas par lettre mais les mots nous entraînent parfois bien au-delà de notre volonté.

Une nuit où le sommeil, une fois encore, me fuyait, je me redressai dans l'obscurité et réveillai doucement Louis.

« Ne crois-tu pas qu'il serait temps pour Louise d'avoir un peu de compagnie ? demandai-je sur un ton détaché.

— Si, bien sûr, mais elle ne manque pas d'amies chez Mlle Renard, répondit Louis en bâillant.

— Une amie ne remplace pas une sœur ! »

À ces mots, Louis se réveilla tout à fait.

« Tu… nous… Quelle joie ! C'est pour quand ? », s'exclama-t-il en me prenant dans ses bras. Je me blottis contre lui et murmurai à son oreille :

« Si tout va bien, elle sera là avant la fin de l'année.

— Mais c'est impossible ! Comment peux-tu savoir que ce sera une fille ? Et puis tu es encore aussi mince qu'une jeune fille ! »

Il était temps d'expliquer à Louis l'inconcevable situation dans laquelle je nous avais mis.

À la fin de l'année 1850, j'étais encore trop amoureuse de Gounod pour avoir la conscience en paix vis-à-vis d'Ivan. Pourtant, je désirais me faire pardonner la désinvolture qui l'avait poussé à fuir loin de moi. Ivan m'avait aimée simple mortelle, il m'aimait diva, il m'aimerait à jamais, sans condition. Aucune femme ne reste entièrement insensible à une telle constance. Je me faisais donc un devoir de répondre et sans délai à chaque lettre de mon amant lointain. Tant que nos relations restaient épistolaires, j'étais prête à tout accepter de lui !

À Moscou, Ivan avait retrouvé sa fille et s'était découvert une fibre paternelle pour le moins capricieuse. La fillette avait huit ans et semblait dotée d'un caractère difficile. Son éducation avait été des plus sommaire, son instruction inexistante. Son père me la décrivit sans complaisance. Il s'inquiétait de l'avenir d'une telle sauvageonne. La petite avait grandi à Spasskoïe, entre son ombrageuse grand-mère et les moujiks du domaine. En mourant peu après le retour d'Ivan, Mme Tourgueniev avait rendu son fils immensément riche et désemparé par ses nouvelles charges d'âmes.

Les sentiments d'Ivan à l'égard de Pélagie étaient en veilleuse : mon ami attendait que je fusse prête à accepter son enfant pour pouvoir l'aimer à son tour. Je n'eus pas le cœur de lui refuser les encouragements qu'il attendait. Je suis mère et je m'imaginais avec pitié la triste condition de cette enfant privée d'affection. Puisqu'il ne s'agissait que d'engagements de papier, je ne me privai donc pas de prodiguer à Ivan toutes sortes de conseils relatifs à l'éducation des petites filles. Il me suffisait pour cela de prêcher tout le contraire de ce que j'avais fait pour ma redoutable Louise ! Bientôt, Pélagie fut entre nous comme un tendre trait d'union. Je m'inquiétais de cette petite inconnue parce qu'elle était la fille d'Ivan, Ivan s'attachait à elle parce que je ne la rejetais pas. « C'est un devoir que je remplis, m'écrivait-il, et je le remplis avec bonheur du moment que vous vous y intéressez. »

Me montrai-je imprudente ? Eus-je le tort de promettre étourdiment plus que je ne pouvais tenir ? Un jour arriva où Ivan me remercia avec chaleur d'avoir accepté d'accueillir sa fille sous mon toit ! Je réfléchissais encore au moyen de me tirer de ce mauvais pas lorsqu'une lettre d'Ivan m'annonça que Pélagie m'aimait déjà comme sa propre mère et que tout son trousseau était prêt. Il me baisait pieds et mains en remerciement de mes bontés. « Si vous saviez, s'extasiait-il, ce que c'est qu'une main amie qui vient vous chercher de si loin pour se poser si doucement sur vous ! La reconnaissance qu'on en ressent va jusqu'à l'adoration. Que Dieu vous bénisse mille fois ! »

Il n'y avait plus moyen de se dérober. Il était temps d'appeler Louis à la rescousse !

J'étais alors mariée depuis dix ans mais je ne connaissais pas encore toutes les facettes du caractère de mon époux. Malgré sa grande bonté, je redoutais souvent son jugement, la sévérité de ses manières, ses silences. Je n'étais pas une épouse parfaite mais jamais il ne m'avait fait de reproche. C'était précisément cette mansuétude qui, parfois m'inquiétait. J'avais choisi une manière un peu brutale d'aborder le problème de Pélagie et je m'attendais à un refus outragé. Je l'ai déjà dit, Louis est très attaché au respect des convenances. Comment pouvait-il accepter de recevoir la bâtarde de l'amant de sa femme ?

« Nous ne pouvons pas refuser notre secours à cette petite, me dit-il simplement. Nous n'avons pas à juger les conditions d'une naissance dont elle n'est pas responsable. Les hommes naissent libres et égaux en droit, n'est-ce pas ? »

En un quart d'heure, l'affaire fut réglée. J'en fus à la fois soulagée et déçue : un ferme refus de Louis eût été un prétexte imparable pour me dérober à la responsabilité qui m'attendait.

Au mois de novembre, Pélagie arriva rue de Douai en compagnie d'une certaine Mme Robert qui la déposa comme un paquet et s'éclipsa aussitôt. C'était un dimanche, Louise était à la maison. Elle se réjouissait à l'idée d'avoir une nouvelle compagne mais tenait à sa suprématie. Elle s'était vêtue comme une princesse et attendait, raide comme la justice, dans sa robe de velours rose. Un pantalon de fine lingerie dépassait de la jupe à crinoline et venait caresser des souliers également roses. Louise était ravissante et le savait. Par contraste, Pélagie nous apparut comme l'image même de la désolation. Son manteau de drap marron recouvrait un simple tablier de toile grise agrémenté d'un col blanc dépourvu d'ornement. Des bas de laine s'entortillaient autour de ses maigres mollets et ses grosses chaussures crissaient au moindre de ses gestes. Pélagie avait le teint triste, l'œil morne, le cheveu rare. Elle ne parlait pas un mot de français. Il nous fallut peu de temps pour découvrir que son caractère était aussi peu séduisant que son apparence. Telle était la progéniture du bel et doux Ivan ! Nous la rebaptisâmes Pauline et ne ménageâmes point nos efforts en vue de l'apprivoiser. Les résultats furent décevants. La fillette se révéla sournoise et brutale. Une semaine plus tard, Pélagie-Pauline prenait à son tour pension chez Mlle Renard.

Après ma rupture non consommée avec Gounod, ma correspondance avec Ivan devint plus régulière, plus passionnée aussi. Loin des yeux, je me laissai approcher sans pudeur et nos ébats de papier auraient pu faire rougir Marie elle-même. Cette liaison épistolaire m'amusait et me comblait. Elle donnait du piquant à ma vie sans déranger pour autant le rigoureux emploi du temps que je m'étais imposé en attendant mon retour à l'Opéra. J'avais en effet la naïveté de continuer à croire que le talent et le travail finissent toujours par être récompensés.

Les lettres d'Ivan m'apprenaient que sa vie en Russie n'était pas tout à fait désagréable. Il chassait à Tourguenievo en compagnie de son frère, prenait le temps d'aller au concert et à l'opéra avec ses amis, écrivait beaucoup et voyait grandir sa notoriété d'écrivain. Deux de ses pièces, *La Provinciale* et *Un mois à la campagne*, avaient remporté à Moscou un énorme succès. Loin de moi, Ivan prenait son envol. Libéré de tout souci matériel, il devenait un seigneur. Je me demandais parfois s'il me restait fidèle.

Le 2 décembre 1851, je perdis tout espoir de chanter à l'Opéra avant la fin de la saison. La veille encore, lors d'une « marmite commune » chez Mme Marliani, les rumeurs les plus sombres avaient pesé sur notre amicale réunion. Delacroix et Louis craignaient qu'une action d'éclat ne se préparât contre les républicains. Plus dubitative, George avait tout de même fait remarquer que mon éviction de l'Opéra durait trop pour ne pas être une brimade politique.

« Mais ne vous affolez pas, ma mignonne, avait-elle aussitôt ajouté en remplissant mon assiette. Nous ne renoncerons jamais à faire triompher la justice et la liberté.

— Il y a tout de même de mauvais signes qui ne trompent pas, objecta Delacroix. La censure fait de plus en plus de ravages. Si cela continue, on brûlera bientôt des livres !

— Vous avez raison, approuva Louis. Nous devons nous attendre au pire et agir en conséquence. Pour ma part, j'ai déjà mis quelques documents à l'abri et j'ai retiré Louise et Paulinette de leur pension. Nous avons raison de vouloir défendre nos idées mais nous ne devons pas oublier de protéger les personnes. »

Tard dans la nuit, nous rentrâmes à pied rue de Douai. Les rues étaient calmes, je me sentis rassurée. Seuls nos pas troublaient le silence et les réverbères dessinaient sur le trottoir nos silhouettes vacillantes. Lorsque nous arrivâmes à la maison, je remarquai tout de suite que quelque chose n'allait pas.

« Pourquoi les volets de l'étage sont-ils fermés ? » demandai-je avec inquiétude. D'ordinaire, seuls ceux du rez-de-chaussée étaient tirés pour la nuit.

« C'est moi qui en ai donné l'ordre avant de sortir. Simple précaution », assura Louis.

Le lendemain, les sombres prédictions de Louis et de Delacroix se réalisèrent. Louis-Napoléon réussit un coup d'État qui eut pour effets immédiats la dissolution de l'Assemblée et des bagarres dans les rues. Il y eut, comme en 48, des barricades et des jets de pierre, mais l'atmosphère n'était plus à la liesse révolutionnaire. L'armée reçut l'ordre de tirer sur les opposants. On ramassa des cadavres jusque sous nos fenêtres, parmi lesquels le député Baudin. Les socialistes et les républicains furent inquiétés.

Un soir, notre hôtel particulier fut perquisitionné de fond en comble. Toute la correspondance de Louis fut saisie. Je tremblai pour la mienne avec George Sand et je rougissais d'avance à l'idée que certaines lettres d'Ivan pussent tomber entre des mains étrangères. Par chance, le commissaire obtus qui nous visita considérait sans doute qu'une correspondance féminine ne pouvait contenir aucune idée subversive, ou même point d'idée du tout. Il se contenta de parcourir quelques lettres signées par une obscure Ninoune et tourna les talons en s'excusant de son intrusion. Après son départ, je brûlai à regret toutes mes lettres compromettantes.

Bien sûr, il n'était plus question pour moi de chanter à Paris. Le 21 décembre, un plébiscite confirmait le pouvoir de Louis-Napoléon Bonaparte alors que notre petite famille était déjà en route pour l'Écosse. Louis craignait en effet de nouvelles persécutions contre nos personnes et nos idées.

Nous passâmes tout l'hiver en Écosse et en Angleterre. Je fus sollicitée pour donner des concerts mais je refusai presque toutes les propositions : j'attendais avec joie mon deuxième enfant. Avant même sa naissance, ma douce Claudie m'aida à reprendre pied et à reconnaître les erreurs qui, au-delà de la politique, m'avaient conduite dans l'impasse. Contrainte au repos, je me remis à la composition et je me retrouvai un peu seule avec moi-même. Il m'apparut alors évident que la gloire du *Prophète* m'avait fait perdre la maîtrise de mon destin. En devenant célèbre, j'avais cru pouvoir agir à ma guise en disant ses quatre vérités à Nestor Roqueplan et en imposant Gounod à l'Opéra. Je m'étais sentie invulnérable et j'avais absolument voulu utiliser ma liberté toute neuve, oubliant un peu vite que la vraie liberté consiste surtout à choisir ses contraintes. En réalité, je m'étais contentée de me conformer à l'image que mes triomphes avaient donnée de moi. J'avais joué un rôle qui n'était pas le mien, celui d'une diva intransigeante, attachée à ses caprices comme à autant de privilèges. Par crainte de décevoir le public le plus large comme le cercle de mes amis, j'avais fait tout ce que l'on attendait de moi pour le meilleur et pour le pire. Ma plus grave erreur avait été de ne pas vouloir entendre au fond de mon cœur la petite voix qui me suppliait de ne pas chanter Sapho…

Je confiai à Ivan le fruit de mes réflexions et je m'émerveillai de sa profonde compréhension.

« Personne n'en veut à Pauline, m'écrivit-il de Moscou. C'est la Viardot qui est tombée en disgrâce. Tombez le masque, redevenez vous-même ! Vous verrez alors comme on vous aimera ! »

Le double sens de ces conseils ne pouvait pas m'échapper. Je me résolus à annoncer à Ivan que j'attendais un enfant de Louis. Dans la même lettre, je l'assurai de mes tendres sentiments, exagérant un peu mon affection qui n'avait pas encore atteint le stade du grand amour. Ce petit mensonge charitable n'empêcha pas le désespoir d'Ivan.

« En s'agrandissant, le foyer Viardot se resserre et me rejette, se lamentait-il à longueur de lettres. Jamais je n'y retrouverai ma place. » Ces griefs étaient d'autant plus injustes que Pélagie-Pauline nous rappelait chaque jour que nous étions à jamais liés à son père !

La période de repos qui suivit pour moi la naissance de Claudie eût été une des plus sereines de mon existence si Gounod ne se fût avisé de me faire subir un dernier affront.

Nous ne nous étions plus revus depuis l'échec londonien de *Sapho*. J'avais appris par le journal ses fiançailles avec Anna Zimmermann, la fille d'un professeur du Conservatoire. Je connaissais Anna de longue date pour lui avoir donné jadis quelques leçons de chant. C'était une jeune fille ennuyeuse, très collet monté mais assez jolie. Peu avant notre fuite, les parents Zimmermann nous avaient invités à dîner avec les futurs mariés. Désireux de se faire pardonner son ingratitude passée, Charles avait demandé à Louis d'être son témoin et j'étais soulagée à l'idée de cette réconciliation générale.

Nous fûmes reçus dans un appartement triste et sombre où de méchantes gravures pieuses envahissaient tous les murs. Nous passâmes à table dans une salle à manger aux meubles lourds et démodés. La chère y fut, hélas ! aussi morne que le décor. Il ne fut question, durant tout le repas, que de l'installation des jeunes gens. Mme Zimmermann nous demanda avec des mines graves notre avis sur chaque détail du mobilier et du trousseau dont il convenait de faire l'acquisition. M. Zimmermann évoqua avec Louis les perspectives de carrière de son futur gendre. J'entendis parler de professorat ou de la direction de l'Orphéon. Magnifiques perspectives pour un tel génie ! Charles affichait une tendresse exagérée vis-à-vis de sa fiancée et semblait trouver charmantes les remarques insipides qui tombaient de ses lèvres pincées. De temps en temps, il lui prenait la main en me jetant des regards en coin. Quant à la demoiselle, elle avait sur toute chose de la vie conjugale et familiale les opinions bien tranchées de ceux qui n'ont encore rien vécu. Je prétextai mon état pour écourter cette sinistre soirée et l'on se quitta en promettant hypocritement de se revoir au plus vite rue de Douai.

Gounod eut-il la faiblesse de raconter à sa fiancée notre affection passée ? Les idées républicaines de Louis effrayèrent-elles ses beaux-parents trop bien-pensants ? Toutes nos invitations furent froidement déclinées et, malgré la promesse de Louis d'être témoin, nous ne fûmes même pas invités au mariage. Gounod ne nous donna jamais la moindre explication et me retourna le bracelet que j'avais adressé à Anna en cadeau de mariage.

Nous passâmes l'été à Courtavenel. Tout au bonheur de retrouver mon château et ses jardins en fleurs, j'oubliai la morne saison que je venais de vivre pour retrouver un peu de mon insouciante jeunesse. Nous eûmes tant de visites cet été-là qu'il fallut même donner la chambre bleue d'Ivan. Ninoune me fit la joie de rester tout un mois près de nous. Mamita vint s'occuper de Claudie et réussit à inculquer quelques notions de politesse à l'infernale Paulinette qui s'était prise d'affection pour elle. Mon oncle Paolo fut accueilli à bras ouverts par Louisette qui aimait battre la campagne avec lui. César Franck abandonna pour quelques jours sa tribune d'orgue à Notre-Dame-de-Lorette pour venir, avec sa jeune épouse, nous régaler des fragments de son opérette *Le Valet de ferme*. Il prétendait trouver dans notre demeure l'inspiration nécessaire à l'achèvement de son œuvre mais il profita surtout de son séjour pour aller se rouler dans l'herbe avec la charmante Mme Franck ! Charles Dickens, qui ne nous avait pour ainsi dire plus quittés depuis notre retour de Londres, put établir à l'envi les mérites comparés de la Brie et de la campagne anglaise. J'eus l'occasion de barbouiller un peu grâce à Ary Scheffer. En l'absence d'Ivan, il faisait un chevalier servant tout à fait convenable malgré ses cinquante-sept ans et son air bourru. Nous avions de longues conversations au sujet de nos contemporains, mais nous évoquions aussi le souvenir de Maria. Notre complicité grandit durant cet été-là. Je promis à Scheffer de poser de nouveau pour lui et je lui en dis plus que nécessaire à propos d'Ivan.

Cette brillante compagnie m'aida à reprendre confiance en moi. Je chantai souvent pour eux, accompagnée par César

Franck ou par Louise. Dans la douceur des nuits d'été, je mêlais ma voix à celles des rossignols et je me sentais revivre. J'attirais sur moi les regards approbateurs dont j'avais besoin pour exister. Je prenais des forces pour repartir au combat.

Je ne fus pas trop déçue de ne pas être engagée à l'Opéra pour la saison suivante. Je m'y attendais. Mon programme était déjà suffisamment palpitant pour me donner des ailes : après un bref passage en Angleterre – les Anglais ont beaucoup de défauts mais ils sont fidèles ! – je devais aller chanter *Le Barbier de Séville*, *Otello*, *La Somnambule* et *Cenerentola* à Saint-Pétersbourg. J'espérais y retrouver Ivan.

J'arrivai à Saint-Pétersbourg au mois de décembre 1852. La ville, cette fois-ci, me parut familière. J'y renouai mes relations d'antan et Louis retourna à ses parties de chasse. Toujours assigné à résidence, Ivan ne put nous rejoindre. Retrouver Saint-Pétersbourg sans lui me parut dénué de sens. Dans notre appartement de la perspective Nevski, je me remémorais la première visite de mon géant bien aimé. Jamais, depuis, mon cœur n'avait palpité aussi fort. À ce souvenir, il me venait des langueurs de femme amoureuse, des désirs subits que la réalité ne m'avait jamais à ce point inspirés. J'appris à cultiver l'art du double sens afin d'offrir chaque matin à Ivan des serments de papier que les officiers de la censure pouvaient lire sans y détecter autre chose que les fidèles comptes rendus de mes journées.

Au Théâtre impérial, je chantai avec un bonheur nouveau tout ce répertoire italien hérité de Maria et dont je m'étais crue lasse. À trente et un ans, je retrouvais les succès de mes vingt ans et je jouais les jeunes filles pour le public aimant qui ne m'avait pas oubliée. Je fus de nouveau invitée à souper au palais d'Hiver, je reçus du tsar d'autres diamants, je posai pour des daguerréotypes que je distribuais ensuite ornés de ma signature. J'en vins à me demander pourquoi je m'étais compliqué la vie à vouloir chanter des œuvres nouvelles, pourquoi je m'étais obstinée à conquérir les cœurs versatiles des Parisiens. J'avais d'abord mené tous ces combats afin de ne point trop m'éloigner de Louise puis, lorsque mon amour maternel avait été déçu, l'orgueil avait remplacé la nécessité.

Je pensais beaucoup à Claudie mais je ne m'inquiétais pas trop pour elle. Louise m'avait prouvé qu'un enfant peut grandir sans sa mère. Je préférais d'ailleurs offrir à Claudie un visage souriant quelques mois par an plutôt que le spectacle de mon ennui à longueur de journée.

Au mois de mars, j'allai seule donner quelques concerts à Moscou. Un ami de Louis, Andreï Goulevitch, nous avait proposé de nous héberger dans son appartement à deux pas du Kremlin, mais je ne jugeai pas convenable d'aller, sans mon mari, habiter chez ce monsieur. Louis était vraiment navré de ne pas m'accompagner mais la terrible fièvre qu'il avait contractée lors d'une chasse à l'élan lui interdisait les fatigues du voyage. Averti de mes réticences, Andreï Goulevitch nous fit une éblouissante démonstration de l'hospitalité russe : malgré nos protestations, il alla habiter chez un ancien camarade d'université et me laissa toute la jouissance de son logis et de sa domesticité !

Ivan s'était ému de me savoir à Moscou, si près de Spasskoïe. Il me supplia par lettre de venir le rejoindre mais le dégel rendait presque impossible une telle expédition. Ivan menaça de venir lui-même malgré l'interdiction du tsar. Je le suppliai de n'en rien faire, non par crainte des représailles que sa venue pouvait lui faire encourir mais parce que j'avais peur tout à coup de me retrouver seule avec lui. L'homme à qui j'écrivais si tendrement n'était pas celui qui avait fui devant Gounod. J'avais, en imagination, construit un Tourgueniev idéal, jeune et beau comme au premier jour, riche et célèbre comme il l'était devenu, audacieux et déterminé comme il ne le serait jamais. Ainsi remodelé, Ivan peuplait mes rêves les plus doux sans déranger l'ordonnance d'une vie réelle qui semblait vouloir à nouveau me sourire. J'avais ardemment désiré me jeter dans les bras d'Ivan lorsque nous séparaient plusieurs centaines de verstes mais j'étais prête à y renoncer au moment où, dans ma solitude moscovite, j'aurais pu tout entière être à lui. Ivan me reprocha de ne savoir l'aimer qu'à distance. Je ne le détrompai pas bien qu'il n'eût pas tout à fait raison. J'avais surtout peur de moi-même, peur de ne jamais reprendre le chemin de la France si je succombais aux charmes de Spasskoïe, peur d'abandonner mari, enfants et réputation pour une histoire qui n'était peut-être pas la mienne. À Courtavenel, l'été passé, Gustave Flaubert nous avait fait une brève visite. Il travaillait alors à un roman intitulé *Madame Bovary* au sujet duquel il avait eu l'amabilité de m'entretenir. Ce fut à lui que je pensai lorsque les tiraillements de mon âme me furent insupportables. À l'instar d'Emma Bovary, j'étais mal mariée et seule responsable de ne pas savoir me satisfaire des qualités de mon mari. Madame Bovary saccageait par ennui les timides pousses de bonheur plantées dans son jardin et transformait en malheur son insatisfaction. J'avais dit à Flaubert qu'il avait bien fait de ne pas laisser Emma s'enfuir avec Rodolphe car elle eût alors trouvé d'autres motifs de désespoir, se prenant peut-être à regretter ce qu'elle avait jadis haï.

Je ne voulais pas être une Madame Bovary. L'intérêt de mon existence et ma passion pour mon métier m'en protégeaient mais je remarquais tout de même dans ma vie passée une fâcheuse tendance à vouloir plus ou autre chose que ce que j'avais déjà. Je pris à Moscou deux grandes résolutions : préserver à tout prix l'harmonie familiale que j'avais ressentie à Courtavenel et ne plus chercher à chanter ailleurs qu'aux endroits où j'étais vraiment désirée. Je notai sur un carnet ces promesses faites à moi-même. Je leur dois aujourd'hui de me retirer l'âme en paix.

16

Charles Dickens était devenu l'un de nos proches amis. À chacun de ses séjours parisiens, il ne manquait pas de s'inviter rue de Douai ou à Courtavenel. Il aimait par-dessus tout fréquenter mes samedis et ne cessait de s'émerveiller des mœurs et de l'élégance françaises.

Alors même que l'Angleterre devenait ma patrie musicale – durant l'été 53, je donnai à Londres trente-six concerts en quarante-deux jours ! – mon salon était l'un des plus courus de la capitale. Je n'avais pas honte d'être aussi mondaine car le bon goût et l'esprit présidaient toujours à ces réunions. Je m'amusais beaucoup à y jouer les entremetteuses du talent, présentant César Franck à Verdi ou Flaubert à George. Ce fut aussi grâce à mon entremise que Gustave Doré exécuta des illustrations lithographiques d'œuvres de Balzac. Je chantais de moins en moins mais je me mettais volontiers au piano avec Berlioz qui me voua bientôt une adoration encombrante.

Au printemps, nous avions coutume d'ouvrir les portes-fenêtres du salon pour nous installer sur la terrasse. Vers quatre heures, je faisais servir des rafraîchissements et des pâtisseries, attentive à contenter les goûts de chacun. Ainsi

Verdi aimait-il les tartelettes aux abricots, Dickens les cakes aux fruits et Rossini, de nouveau parisien depuis 1853, les fameux Figaro. La végétation avait bien poussé depuis notre installation et un mur de verdure isolait le jardin de la rue. Parfois, derrière le portail, un passant s'arrêtait pour risquer un coup d'œil, intrigué par les rires, la musique ou l'animation des conversations. Depuis qu'Ivan nous avait quittés, Louis avait retrouvé entrain et joie de vivre. Il se sentait enfin maître chez lui et se montrait un hôte parfait, fier de savoir réunir en sa demeure les admirateurs de sa femme et ses relations personnelles.

Un jour d'avril 1854, Charles Dickens arriva tout essoufflé, un journal anglais sous le bras. Il salua à peine Louis et se précipita vers moi, les yeux brillants.

« Puis-je vous voir seule quelques instants ? demanda-t-il en m'entraînant vers le fond du jardin.

— Que se passe-t-il ? Vous avez couru ?

— Certainement ! Comme vous le savez, je reçois ici les journaux de Londres mais je n'ai pas toujours le temps de les lire entièrement. Je me contente en général des titres et de quelques chroniques. Cela me suffit pour rester au courant des choses de mon pays. Vous savez ce que c'est, lorsqu'on est loin de chez soi… »

Je manifestai quelque impatience car je voyais arriver sur la terrasse de nouveaux invités que j'avais hâte de saluer.

« Pardonnez-moi ! Je parle trop ! Venons-en au fait, comme on dit chez vous. Tenez, lisez ! »

Dickens déploya devant moi un journal qui portait les stigmates d'un petit déjeuner anglais.

« Je ne vois rien. Pourquoi me montrez-vous la page des petites annonces ?

— Là ! Regardez !

— Oh ! fis-je en m'appuyant contre la cabane à outils.

— Cela vous intéresse toujours ? demanda Dickens.

— Je le crois, oui. La somme a beaucoup baissé depuis la dernière fois. Certes, ma fortune n'est plus ce qu'elle était mais je devrais y arriver. Merci mille fois, cher ami.

— C'est la première fois de ma vie que je lis les petites annonces. Quel drôle de hasard !

— Ce n'est pas le hasard, c'est le destin », dis-je en retournant à mes devoirs d'hôtesse.

Depuis que Liszt m'avait montré le manuscrit de *Don Giovanni*, je m'étais sentie un peu libérée de la promesse faite à mon père, mais j'avais toujours un désir ardent de posséder ces feuillets. J'y pensais souvent comme d'autres femmes convoitent un bijou aperçu à la vitrine d'un joaillier. J'en rêvais comme d'un inaccessible joyau, sans croire vraiment que mon fol espoir pût un jour se réaliser. Lorsque Dickens m'eut parlé, je ne réfléchis pas longtemps avant de me décider. La mise en vente officielle du manuscrit venait au bon moment. J'étais moins riche qu'autrefois mais plus déterminée. Liszt avait pesé de toute sa force de dissuasion pour me faire renoncer à cette acquisition. Ses raisons étaient recevables mais, à trente-deux ans, j'entendais exercer enfin mon libre arbitre et réaliser au moins un de mes rêves d'enfant. L'occasion était trop belle, l'esprit de mon père me guidait.

Par superstition, je ne dis rien à Louis. Il me fallait aller seule au bout de cette folie. J'écrivis au mystérieux John Hayman qui avait fait passer l'annonce, je lui dis ma ferme intention d'acheter le manuscrit et nous convînmes d'un rendez-vous à Londres le 2 juin. Je devais commencer ma saison au Covent Garden le 8 juin. Il ne me restait qu'un mois pour trouver la somme demandée. Comme il m'était impossible de me la procurer sans en parler à Louis qui gérait toutes nos affaires d'argent, je me résolus à vendre mes bijoux. Il ne me déplaisait pas de me débarrasser d'un coup de toutes mes parures pour les déposer aux pieds du divin Mozart. J'avais l'impression de sacrifier à l'un de ces rites initiatiques qui vous font entrer dans le monde des adultes. En renonçant à tous ces cailloux qui n'avaient jamais réussi à me rendre belle, je faisais acte de rébellion contre ma féminité.

J'étais beaucoup trop connue pour vendre mes bijoux à Paris. J'achetai donc chez un bijoutier un coffret de bois précieux orné de ferrures ouvragées où je plaçai tous mes joyaux. Louis ne vit rien de mon manège. L'eût-il remarqué qu'il ne se fût d'ailleurs point étonné de trouver diamants, rubis et émeraudes dans nos bagages. En arrivant à Londres, je me fis conduire chez un obscur joaillier qui travaillait en étage. Lorsqu'il vit le contenu du coffret, le bonhomme faillit bien s'évanouir.

« Dieu tout-puissant ! s'exclama-t-il avant de se ressaisir. La petite dame a besoin d'argent, n'est-ce pas ?

— C'est cela, répondis-je sèchement. Ou plutôt, la petite dame est fatiguée de toutes ces pierres. Elles sont vraiment trop lourdes.

— Vraiment ? dit-il en me jetant un regard de biais. Tout est-il à vendre ?

— Cela dépendra du prix que vous m'en donnerez. »

J'avais besoin de trente mille francs. J'avais dû m'engager à ne pas négocier le prix afin d'écarter tout acquéreur qui eût pu se présenter chez John Hayman avant mon arrivée à Londres.

Le joaillier regardait les pièces une par une à la loupe en faisant des mines, des moues, des soupirs. Il me regardait d'un air apitoyé alors que j'avais hâte d'être débarrassée de toutes ces babioles. Rien, dans ce coffret, n'avait à mes yeux la moindre valeur sentimentale. J'avais acheté moi-même certains bijoux, d'autres m'avaient été offerts par des souverains, aucun n'était lié à un événement particulièrement heureux de ma vie. Seule ma bague de fiançailles n'était pas dans le coffret, ni même à mon doigt car je ne pouvais plus la passer depuis longtemps.

Le joaillier notait son prix après chaque examen. Quand il eut fini, il se racla la gorge plusieurs fois avant de s'adresser à moi.

« Il y en a pour une grosse somme, dit-il enfin. Je ne suis même pas sûr de pouvoir tout vous prendre. »

Je n'avais pas prévu cette difficulté. J'avais rendez-vous l'après-midi même chez John Hayman et il me restait trop peu de temps pour chercher un autre acheteur.

« Combien vaut tout cela, selon vous ? »

L'homme fit mine de refaire son addition.

« J'ai compté large. Disons vingt-cinq mille francs. »

Je savais qu'il me volait, mais cela m'était égal. J'étais pressée et il me fallait trente mille francs.

« J'en veux trente mille », dis-je sèchement.

Le commerçant parut horrifié. Nous discutâmes âprement.

« Vingt-huit mille », finit-il par dire avec un air de supplicié.

Je savais que nous n'irions pas plus loin, mais il me manquait toujours deux mille francs.

« Écoutez, monsieur, en vous laissant pour vingt-huit mille francs le contenu de cette cassette, je vous fais faire la meilleure affaire de toute votre vie, mais cela m'est égal. J'ai néanmoins besoin de trente mille francs ou rien.

— Vous savez, madame, on peut toujours s'arranger avec les créanciers.

— Il ne s'agit pas de cela. La seule dette que j'aie est vis-à-vis de moi-même et elle ne peut être négociée. »

L'homme parut impressionné.

« Écoutez, je ne peux pas vous donner davantage. Mais si vous le désirez, je veux bien vous acheter encore autre chose.

— Je n'ai plus rien, à part ce coffret qui est de grande valeur.

— Je n'en doute pas, mais je ne puis acheter que des pierres.

— Je comprends. »

Je comprenais surtout que le manuscrit de *Don Giovanni* ne serait jamais à moi. La mort dans l'âme, je remis en place les bijoux dont l'éclat me paraissait terni par ce vulgaire marchandage. Je me jurai de ne plus jamais les porter. Je refermai le coffret et pris congé du joaillier qui se confondait déjà en regrets. Il se leva pour me raccompagner. Il allait m'ouvrir la porte lorsqu'il se ravisa et me barra le passage. Je pris peur. J'étais seule avec mes joyaux chez un parfait inconnu et personne ne savait où me trouver. Quelle folie !

« N'ayez pas peur ! dit l'homme. Vous m'offenseriez. Je voulais simplement vous suggérer de me vendre aussi le bijou que je viens d'apercevoir dans votre chignon.

— Quel bijou ? », répondis-je, surprise, en portant la main à mes cheveux.

L'épingle de Maria !

« Ce n'est pas un bijou, protestai-je. C'est une simple épingle à cheveux que je porte depuis l'enfance.

— Puis-je la voir ?

— Non ! Elle n'est pas à vendre !

— Pourtant, l'émeraude me semble splendide et de fort belle taille. Je pourrais peut-être vous en donner suffisamment pour que vous ayez vos trente mille francs. »

La tentation était forte. Les mains tremblantes, j'ôtai de mes cheveux le présent de Maria. Je contemplai en silence son vert reflet dans ma paume ouverte. Était-ce vraiment l'œil de Manuel, ainsi que l'avait affirmé la gitane de l'Albaicín ? Un vertige me saisit. Maria, mon père, les morts de ma vie étaient suspendus à mes lèvres. Leurs deux mémoires s'affrontaient, l'une exigeant son dû, l'autre ma fidélité. Mon père l'emporta. Je posai d'une main ferme l'épingle sur le comptoir et, lorsque le joaillier posa dans mon coffret les trente mille francs, je crus entendre derrière moi un bref sanglot de femme.

Quelques heures plus tard, John Hayman, homme de loi de son état, empochait le montant de mes bijoux pour le compte de son mystérieux client et déposait dans mon coffret le plus beau joyau du monde. « J'y puiserai la force qui me fait défaut, avait dit Chopin, la foi en la musique qui parfois me manque et la nécessaire humilité qu'un artiste célèbre risque d'oublier. »

De retour à mon hôtel, je m'allongeai tout habillée sur le lit, le manuscrit serré contre ma poitrine. Je l'offris intérieurement à mon père et à Chopin en demandant pardon à Maria.

Dans la soirée, je retrouvai Louis dans le quartier de Covent Garden. Je ne lui dis rien de mes démarches, préférant le surprendre en lui mettant sous le nez mon incroyable acquisition. Louis remarqua à peine mon silence et me raconta avec animation sa visite à Sir Richard Wallace.

« À côté de la sienne, ma collection de tableaux fait piètre figure ! disait-il sans amertume aucune. Je l'ai invité à venir nous voir à Paris. Il aimerait beaucoup rencontrer Ary Scheffer et lui commander un tableau.

— C'est une bonne idée, répondis-je. Tu sais que je dois poser de nouveau pour Scheffer. Je pourrai conduire moi-même Sir Wallace à l'atelier.

— Tu es un ange ! Oh, regarde, une marchande de violettes ! Je t'offre un bouquet ? »

Vêtue de noir, une jeune fille se tenait sur les marches du Drury Lane Theatre, les yeux baissés vers son panier. Elle semblait charmante sous les bandeaux sombres de ses cheveux, délicate et modeste comme ses fleurs éphémères. Nous approchâmes. La petite marchande leva vers nous un visage d'une pâleur mortelle. J'étouffai un cri lorsqu'elle me tendit mon bouquet. Un froid glacial me saisit lorsque sa main effleura la mienne. Je me détournai brusquement mais l'atroce sensation persista.

« Tu ne te sens pas bien ? », me demanda Louis avec inquiétude.

Je voulus répondre, mais je n'émis qu'un pauvre son de chaton apeuré.

« Que dis-tu ?

— Maria, articulai-je avec difficulté. C'est elle. »

Je me retournai avec crainte, prête à affronter l'effrayante vérité, mais la jeune femme avait disparu. Je fondis en larmes.

« Où est-elle, Louis ?

— Voyons, calme-toi ! De qui parles-tu ? »

Je demandai à Louis s'il n'avait pas remarqué combien la marchande de violettes ressemblait à Maria. Il me jura n'avoir rien noté de tel. J'essayai de mettre cette vision fantasque sur le compte des émotions de la journée mais, ainsi que je savais ne m'être point trompée lorsque j'avais vu mon père à Grenade, je demeurai persuadée que Maria venait de me faire signe. Je renonçai à convaincre Louis mais j'exigeai de rentrer sans délai à notre hôtel.

Le soir même, je montrai le manuscrit à mon mari. Il le parcourut sans mot dire, un bras passé autour de mes épaules.

« Je suis prodigieusement fier de toi », me dit-il enfin en refermant le coffret. Il ne me posa aucune question, ne me parla ni d'argent ni de mes bijoux. Il savait tout depuis le début, il avait tout deviné mais n'avait pas souhaité s'immiscer dans mes projets.

« Bien sûr, me dit-il, j'aurais pu t'éviter d'avoir à vendre tes bijoux. Pour ne rien te cacher, je viens de vendre le *Bœuf écorché* de Rembrandt pour une jolie somme que je destinais à la réalisation de ton projet. Mais tu devais mener seule cette affaire, n'est-ce pas ? »

J'admirai une nouvelle fois la discrète perspicacité de mon époux.

Le 8 juin, je montai sur la scène de Covent Garden pour y chanter *Don Giovanni*. Pour la première fois, j'abandonnais le rôle de la sémillante Zerline pour celui de Donna Anna, amoureuse bafouée et orpheline éplorée. Juste avant le début de la représentation, je m'étais fait le plaisir de réviser mon rôle d'après le manuscrit. Toute la douleur de mon personnage m'avait semblé transparaître dans le dessin nerveux des notes. Je me sentais inspirée par l'esprit même de Mozart.

« Ce soir, dis-je à Louis, je vais mettre la salle entière à mes pieds. Je serai la plus belle Donna Anna de tous les temps. »

Louis sourit avec indulgence.

« Je n'en doute pas, ma chérie. Mais tu pourrais aussi bien chanter *Don Giovanni* lui-même que les Anglais te feraient un triomphe ! »

Je me préparai dans ma loge, sacrifiant à tous les rituels qui apaisent et favorisent la concentration. Je passai la robe bleu nuit de Donna Anna. Elle m'allait à merveille, soulignant la courbe de mes seins, affinant ma taille épaissie par les maternités. Je travaillai devant le miroir à me pâlir le teint et à agrandir mon regard. Il me fallut peu de temps pour devenir Donna Anna. Seule l'épingle fétiche manquait à ma tenue…

Au début du premier acte de *Don Giovanni*, Leporello fait les cent pas devant ma maison. On devine quelles turpitudes se passent derrière les fenêtres closes tandis que le fidèle serviteur se lamente sur son triste sort.

> *Vuol star dentro colla bella,*
> *Ed io far la sentinella !*
> *Il veut être dedans avec la belle*
> *Et moi dehors, la sentinelle !*

Lorsque Leporello se retire, Donna Anna arrive en tirant Don Giovanni par le bras. Elle tente en vain de découvrir l'identité de celui qui vient de lui ravir son honneur.

Je n'avais pas encore chanté une seule note que le public m'acclamait, heureux de mon retour sur la scène londonienne. Quelques fleurs tombèrent sur scène au moment où j'admonestais Don Giovanni. Après cette brève altercation, j'attendis en coulisses, attentive au duel qui opposait Don Giovanni à mon Commandeur de père venu venger mon honneur. Un frisson me parcourut lorsque j'entendis le commandeur chanter sa déchirante agonie. Pour la première fois, je compatissais à son sort. J'attendis avec impatience le moment de me précipiter sur le corps de mon père pour le pleurer et crier vengeance. Je mêlai de vraies larmes au sang factice du Commandeur. Je revoyais en cet instant mon propre père sur son lit de mort, son air surpris et indigné, ses yeux scellés. À la fin de cette scène, Donna Anna refuse de se laisser consoler par son fiancé Don Ottavio. Elle lui ordonne d'être l'instrument de sa vengeance :

Ah ! Vengeance ! Si tu le peux,
Jure-moi de venger ce sang.

Une vraie colère noircissait ma voix :

Je le jure devant tes yeux

« Je le jure sur notre amour », répondit Don Ottavio en me
considérant avec stupeur.

À ces mots, un bref éclat de lumière déchira l'obscurité de
la salle. Une tache mauve jaillit des ténèbres et vint tomber sur
la plaie saignante du Commandeur. C'était un bouquet, un
minuscule bouquet de violettes qui me laissa sans voix pour
les dernières paroles de mon duo :

Dieu, quel serment !
Quelle heure terrible !
Entre cent et cent coups cruels
Je sens battre mon cœur…

17

En 1853, Rossini et son épouse Olympe étaient revenus s'installer en France et séjournaient à la villa Beauséjour sise dans le faubourg de Passy. Les joyeux dîners reprirent aussitôt, comme au temps déjà lointain où Marie Duplessis venait en voisine. Le maestro ne s'occupait plus du tout d'opéra, mais il prêtait toujours une oreille attentive à la musique des autres. Il s'était lié d'amitié avec Meyerbeer, sans animosité aucune contre ce rival qui l'avait supplanté dans le cœur des Parisiens.

J'avais pour Rossini une affection presque filiale. Il avait connu mon père avant même que celui-ci n'épousât ma mère et savait, à travers ses récits, me le rendre plus proche que dans mes propres souvenirs. Il vouait également à la mémoire de Maria un véritable culte. Jamais il ne parlait de ma sœur au passé. Pour lui, elle restait la plus grande, l'unique.

Parfois, je devinais une grande lassitude chez cet homme qui aimait tant la vie. Il ne se plaignait pas mais, lorsqu'on parlait devant lui des succès de Verdi ou de Halévy, on devinait la nostalgie de qui avait connu puis perdu la gloire.

De retour à Paris après ma saison anglaise, ma première visite fut pour lui. J'étais résolue à garder secrète mon acquisition du manuscrit de Mozart, mais j'étais prête à faire une exception pour mon vieil ami.

« Comment allez-vous, petite ? me demanda-t-il en m'embrassant sur les deux joues comme au temps de mon enfance.

— Fort bien. Je suis heureuse de vous voir meilleure mine que cet hiver. J'ai une surprise pour vous.

— Une surprise ? Se laisse-t-on encore surprendre à mon âge ? rétorqua-t-il en laissant retomber sur son cou les trois épaisseurs de son menton.

— Il le faudra bien ! J'ai fait une véritable folie.

— Un bijou ? demanda en riant le maestro.

— Beaucoup mieux que cela. Tenez, ouvrez ! » ordonnai-je en déposant sur ses genoux le coffret.

Rossini s'énerva un peu sur la serrure avant de soulever le couvercle.

« Qu'est-ce que c'est ? demanda-t-il. Ces vieux papiers me font toujours éternuer !

— Vous lisez la musique, il me semble. »

Rossini chaussa ses lorgnons et les laissa aussitôt retomber.

— Ce n'est pas possible ! Vous me faites une farce, coquine Pauline, mais je ne me laisserai plus prendre.

— Vous avez tort, répondis-je en baissant la voix. Jamais vous n'avez touché de si près l'âme de Mozart. »

Alors, sur ce visage bouffi d'excès de toutes sortes, deux grosses larmes roulèrent, puis d'autres encore. Je sortis un mouchoir de mon réticule et j'effaçai avec douceur les traces de cette émotion qui ressemblait si fort à un chagrin d'enfant.

« Pardonnez-moi, Pauline. Je pleure de joie, bien sûr. C'est la plus belle surprise de ma vie. Où avez-vous trouvé cette merveille ? »

Je ne me fis point prier pour lui raconter toute l'histoire.

« C'est beau comme un livret d'opéra, commenta Rossini lorsque j'eus achevé mon récit. Tenez. Je vous rends votre mouchoir. À propos, ce parfum de violette est délicieux !

— Pardon ? Quel parfum ?

— Mais celui de votre mouchoir ! Vous ne vous sentez pas bien ? On dirait que vous venez d'apercevoir la statue du Commandeur !

— C'est un peu cela, en effet », répondis-je sans plaisanter.

Je refuse les coïncidences mais je crois aux malédictions. À partir de ce jour, je crus voir Maria partout. Je la sentais penchée sur moi pendant mon sommeil et je me réveillais en sursaut, honteuse de ma terreur. D'autres fois, elle apparaissait à ma place dans le miroir de ma chambre, le regard dur et chargé de reproches. Un parfum de violettes me saisissait désormais à tout moment du jour et de la nuit. J'étais seule à le sentir.

Durant la saison qui suivit l'achat du manuscrit, je ne chantai presque pas à Paris. On ne fit appel à moi que pour deux remplacements dont je m'acquittai médiocrement. Ma voix faiblissait et je ne cherchais aucun remède. Ma carrière n'était plus dans l'impasse, elle était déjà sur le déclin. Il m'aurait fallu l'inconditionnelle dévotion d'Ivan pour garder confiance en moi mais les dernières nouvelles que j'avais reçues de lui m'avaient exaspérée. À Spasskoïe, le nouvel écrivain à la mode avait pris du bon temps avec une jeune et jolie Olga qui lui servait à présent de modèle pour un personnage de roman ! Dans ma fureur de n'être plus l'unique objet de son adoration, j'écrivis à Ivan que je pouvais moi aussi prendre la pose si on me le demandait. Ce fut ainsi que je repris le chemin de l'atelier d'Ary Scheffer.

La maison du peintre était bien plus accueillante depuis qu'une Mme Scheffer en avait franchi le seuil cinq ans plus tôt.

Les tapisseries fanées avaient été remplacées, tous les rideaux étaient neufs et de bonnes odeurs s'échappaient des cuisines du sous-sol. Il était clair que la maison était le domaine de la silencieuse Mme Scheffer tandis que l'atelier restait l'antre interdit du peintre. Lorsque je me rendis à ma première séance de pose, j'entrai directement dans le domaine de monsieur. Un énorme poêle venait d'y être posé, seule concession au confort dans ce lieu voué au travail.

« Merci d'être venue, murmura Scheffer en me baisant la main. Je n'y croyais plus.

— Ai-je pour habitude de ne pas tenir mes promesses ?

— Non, bien sûr ! Mais lorsque vous m'avez promis de poser de nouveau pour moi, vous ne saviez pas de quel genre de tableau il s'agissait.

— Je le sais à présent et cela ne change rien. Je vous demande seulement le secret absolu.

— C'est entendu. Si l'on me pose des questions, je dirai que j'ai payé un modèle dont je ne sais même plus le nom.

— Fort bien. Pouvons-nous commencer ?

— Certainement. J'ai installé pour vous ce paravent auprès du poêle. »

Lors de sa visite à Paris, Sir Richard Wallace avait commandé à Scheffer un nu féminin mais il n'avait manifesté aucune exigence particulière quant au sujet du tableau. J'avais eu vent de l'affaire grâce à Dickens et je m'étais empressée de rappeler à Scheffer ma promesse de poser pour lui. Passé le premier moment de stupeur, le peintre avait accepté avec joie mon inconvenante proposition.

Je me dévêtis à la hâte. Je foulai de mes pieds nus la masse bouffante de ma robe et de mes jupons. Je n'hésitai pas une seconde à affronter le regard de Scheffer. Les maternités avaient endommagé mon corps autrefois si plaisant mais je n'étais pas venue pour me faire admirer. Je voulais, au contraire, rendre les armes de la diva, m'offrir sans artifice ni armure aux pinceaux du peintre et ce dans l'unique espoir de me retrouver un peu moi-même. En ôtant mes vêtements, je me sentais aussi légère qu'en vendant mes bijoux.

Lorsque je me montrai, Scheffer continua de préparer ses couleurs sans m'accorder la moindre attention.

« Vous n'avez pas froid ? me demanda-t-il.

— Oh non ! Votre poêle est une forge de l'enfer ! répondis-je avec une légèreté un peu forcée. Où dois-je me mettre ?

— C'est un peu compliqué mais je vais vous expliquer. Votre corps doit décrire une longue courbe depuis la racine de vos cheveux jusqu'à la pointe de vos pieds. Vos bras sont censés être passés autour du buste d'un homme.

— C'est une scène d'adieu ?

— En quelque sorte. Pour vous faciliter la pose, j'ai pensé que vous pourriez vous allonger à plat ventre sur ce canapé et appuyer votre buste sur l'accoudoir. Votre corps aurait ainsi le mouvement voulu. Vous me comprenez ? Bravo ! C'est exactement ce que je souhaite. Puis-je me permettre ? »

Ary Scheffer rectifia la position de mes bras et dénoua mes cheveux qui roulèrent jusqu'au creux de mes reins.

« C'est parfait. Ne bougez plus ! »

Je fermai les yeux et m'abandonnai à mes pensées. Ivan, les enfants, l'ennui de ma carrière londonienne, mon désir de revanche parisienne, les violettes de la trahison… Durant tout le temps où je perçus le murmure des crayons et le glissement furtif des pinceaux, j'oubliai ma nudité. J'étais comme enveloppée dans la toile naissante. Je frissonnai lorsqu'une pluie d'automne vint gifler les carreaux. La lumière baissa et Scheffer poussa un soupir de découragement.

« Vous pouvez vous rhabiller, dit-il, la séance est terminée. »

J'étirai mes membres ankylosés et mon dos douloureux. J'hésitai à me lever, honteuse soudain de mon ventre fatigué, de mes seins trop lourds, mais Scheffer ne me regardait pas. Il attendit que je fusse entièrement vêtue pour m'adresser de nouveau la parole.

« Je vous remercie, madame Viardot. Je suis très flatté de votre confiance et du temps que vous m'accordez.

— J'ai du temps à ne plus savoir qu'en faire, répondis-je avec amertume.

— Une jeune mère a-t-elle le droit de se plaindre de ce genre de maux ?

— Sans doute pas mais j'ai du mal à passer d'un excès à l'autre : soit mon métier me tient éloignée des miens pendant plusieurs mois, soit il me cloue trop longtemps à la maison et je ne sais plus comment vivre avec ce temps qui s'écoule si lentement. Je ne trouve plus ma place auprès de mes enfants. Je ne sais plus quelles petites joies et quels gros progrès les occupent. Je dois tout réapprendre et je n'arrive pas à m'y mettre vraiment car je sais qu'il me faudra bientôt perdre de nouveau le fil. »

Je me confiais davantage que je ne l'aurais voulu mais Ary Scheffer me témoignait une paternelle bienveillance à laquelle je ne savais pas résister.

« Comment va la petite Tourgueniev ? »

Je sentis une réticence dans sa voix.

« Aussi bien qu'on peut aller mais c'est une enfant difficile. On dirait qu'elle n'aime personne et qu'elle se déteste elle-même. Elle est intelligente mais paresseuse. Sa maîtresse n'en tire rien de satisfaisant.

— Ce doit être une bien lourde tâche. Avez-vous des nouvelles de son père ?

— Malheureusement, il est toujours assigné à résidence dans sa propriété de Spasskoïë. La petite serait heureuse de le voir. Elle se croit abandonnée. Malgré l'affection que Louis et moi lui témoignons, elle refuse de nous considérer comme ses parents.

— C'est une situation bien singulière, marmonna Scheffer sur un ton de reproche. Je n'ai pas à la juger mais je crains que vous n'ayez un jour à regretter votre générosité. »

Je ne fus pas surprise de cette sortie. Par le passé, Scheffer m'avait souvent fait comprendre à mots couverts qu'il désapprouvait l'omniprésence de Tourgueniev dans mon foyer. J'avais toujours mis ces reproches déguisés sur le compte de la jalousie mais, depuis qu'il était marié, Scheffer ne pouvait plus être soupçonné d'être amoureux de moi.

Tout au long de l'hiver, je revins poser pour Scheffer sans que personne n'en sût rien. Je n'avais pas été autorisée à regarder le tableau avant qu'il ne fût terminé mais je ne ressentais pas de curiosité excessive. J'étais plus attachée à la quiétude des séances de pose qu'au résultat lui-même.

Le printemps interrompit le travail de Scheffer car il me fallut tenir mes engagements anglais. Je partis pour Londres sans enthousiasme, lassée d'avance par les succès trop faciles que j'allais y remporter. Pour moi, il n'y avait plus de défi à relever dans la capitale britannique. Je m'y ennuyais avec élégance, gagnant beaucoup d'argent en rêvant de reconquérir le public parisien rétif et capricieux.

Après la saison londonienne, j'allai directement me reposer sur mes terres briardes et j'oubliai le tableau. Ary Scheffer m'écrivit qu'il continuait à avancer sans moi grâce à ses nombreux croquis. Je m'en réjouis car je n'avais plus envie de poser. Ivan m'avait laissée entendre qu'il pourrait bientôt revenir en France et je ne savais plus rien faire d'autre que l'attendre. Je savais trop ce que Scheffer penserait de ma visible impatience pour avoir envie de me l'entendre dire. Dès mon retour à Paris, je m'étourdis en réceptions, visites et mondanités de toutes sortes. À l'exception de quelques concerts, je ne devais pas espérer chanter à Paris ni ailleurs cette année-là. Privée d'opéra, j'aspirais à me sentir vivante.

Au mois de juillet 1856, je repris par pur ennui le chemin de l'atelier. Nos amis et relations s'étaient égaillés dans la nature, attirés qui par les bains de mer, qui par les vacances au château. Certains s'isolaient sur leurs terres familiales, d'autres recréaient de petites cours mondaines dans un cadre champêtre propice à des familiarités qui eussent été inconcevables à Paris. Certains savaient mieux que d'autres tirer les bénéfices de ce semblant d'intimité.

La chaleur rendait Paris irrespirable mais une petite maladie de Marianne puis de Claudie nous interdisait momentanément de prendre la route de Courtavenel. De son côté, George me réclamait à Nohant mais je n'avais pas le cœur d'abandonner mes filles à leurs petites misères. Louise et Pauline étaient sorties de pension, au grand soulagement de Mlle Renard qui rechignait à les reprendre ensemble après l'été. Les deux demoiselles continuaient à s'adresser des amabilités mais Louise trouva la bonne parade pour supplanter définitivement sa rivale : elle se dévoua si bien à ses petites sœurs durant leur maladie qu'on lui prêta bientôt des vertus angéliques dont elle devait rire en secret. Sa gentillesse vis-à-vis de Claudie et de Marianne excusa longtemps les aspects détestables de son caractère.

Chez Ary Scheffer, je tombai avec plaisir mes vêtements et retrouvai la pose un peu complexe exigée par le peintre. Très vite, pourtant, mes cheveux dénoués me tinrent trop chaud. Je suivais en pensée le parcours hésitant des filets de sueur sur ma nuque et dans mon dos.

« J'aurai bientôt terminé, me dit Scheffer, comme à regret. Vous pourrez voir le tableau.

— Aujourd'hui même ?

— Aujourd'hui même. »

Une mouche volait, agaçante comme le velours du divan qui irritait ma peau. Des picotements montèrent depuis mes pieds jusqu'à mes genoux, rendant douloureux le moindre geste. On entendit crisser dehors le gravier du jardin. Je ne bougeai pas. Personne n'entrait jamais dans l'atelier sans passer d'abord par la maison où Mme Scheffer triait les visiteurs. Ce matin-là, Ary Scheffer avait demandé à son épouse qu'on ne le dérangeât sous aucun prétexte. Ma présence à l'atelier était l'un des secrets les mieux gardés de Paris.

Une porte claqua.

« Qui est-ce ? demandai-je avec inquiétude.

— Je n'en sais rien. Je vais voir. »

Ary Scheffer essuya ses mains et s'éloigna de son pas lourd. Du vestibule de l'atelier me parvint l'écho d'une brève conversation entre hommes dont je ne pus saisir un seul mot. J'étais déjà prête à bondir derrière le paravent lorsque Scheffer revint. Il paraissait furieux.

« La séance est terminée, dit-il d'une voix rauque.

— Déjà ? Avez-vous donc fini ?

— Je ne sais si le tableau est achevé mais je suis certain de ne plus avoir besoin de vous. Je crois d'ailleurs qu'on vous attend chez vous. »

Scheffer ne voulut rien me dire de plus et refusa de me montrer son tableau, prétextant qu'il lui fallait encore peaufiner certains détails avant de s'exposer à mon jugement.

En rentrant à la maison, je me trouvai nez à nez avec Louis. La mine sévère, mon mari m'attrapa par les deux bras :

« Tu étais au courant, bien sûr !

— Au courant de quoi ?

— Du retour de Tourgueniev ! Il est arrivé il y a une heure avec valet et bagages et, avant même de demander après sa fille, il s'est inquiété de toi. Je lui ai dit que tu étais allée rendre visite à Scheffer et que tu ne tarderais pas à rentrer. Il n'a même pas eu la patience de t'attendre. Il s'est précipité comme un diable rue Chaptal. Tu ne l'as pas vu ? »

Je fis signe que non. J'étais abasourdie, heureuse, perdue. Ivan était à Paris, peut-être pour toujours. Il n'était venu que pour moi, pour m'aimer et me faire exister au moment où l'Opéra m'abandonnait.

« Non, Louis, je ne savais rien. Je croyais que l'interdiction du tsar courait toujours. Où est-il ?

— Tu es bien comme lui ! se fâcha Louis. Marianne a vomi deux fois en ton absence mais tu ne t'en soucies même pas.

— Comment pourrais-je me soucier de quelque chose que j'ignore ? Marianne allait bien lorsque je suis sortie. Je monte immédiatement dans sa chambre. »

Je laissai Louis à sa mauvaise humeur. Dans l'escalier, je croisai Louise et Pauline. Ma fille me jeta un regard noir, semblable à celui de son père. Pauline, elle, était rouge d'excitation.

« Il est revenu ! grommela Louise.

— Oui, je le sais.

— Mon père va enfin m'emmener en Russie, affirma Pauline. Là-bas, personne ne me dira tout le journée ce que j'ai à faire.

— On dit la journée, espèce d'idiote ! », rétorqua Louise.

J'écartai ces deux aimables personnes. Dans son nid de dentelles blanches, Marianne dormait, un doigt dodu coincé entre deux dents de lait. Elle était rose et dorée comme un angelot d'église. Je poussai un soupir de soulagement et m'assis auprès d'elle pour la regarder. À travers les volets à demi tirés, une lumière blonde se faufilait pour caresser les lattes du parquet. Posée sur la commode, une pile de draps propres exhalait une rassurante odeur de lessive. Le souffle de Marianne était lent et régulier. J'appuyai mon front sur un barreau du lit, incapable de fixer ma pensée sur quelque chose de précis. J'étais dans l'attente d'un bonheur et dans la crainte de ses tourments.

« Pauline ! chuchota une voix qui n'avait pas vieilli.

— Ivan ! »

Nous nous regardâmes sans bouger, traquant l'un chez l'autre et en nous-mêmes tout ce qui avait changé en six ans de séparation. Ivan avait grossi mais cela lui allait bien. Il avait laissé pousser sa barbe, ses cheveux étaient toujours aussi blonds. Il avait pris l'assurance que donnent la fortune et la célébrité, il était beau et rassurant, il regardait avec adoration mon visage disgracieux et saluait avec respect la diva que je n'étais plus. Je sentis sourire mon âme. En dépit de Louise et de Pauline qui devaient être aux aguets, au mépris de Louis qui tournait sans doute en bas comme un fauve en cage, je n'attendais qu'un geste d'Ivan pour me jeter dans ses bras.

« Voici donc Marianne, dit-il en se penchant sur le lit. C'est une belle petite fille. »

Des larmes brûlèrent sous mes paupières.

« Il faut croire que nous sommes destinés à faire des filles chacun de notre côté ! répondis-je en me forçant à la gaieté. Avez-vous vu Pauline ?

— Pas encore. Je voulais que mon premier regard fût pour vous. Je craignais que vous ne me reprochiez d'être arrivé à l'improviste. Viardot a l'air furieux.

— Chut ! Nous allons réveiller Marianne. Restez-vous ?

— Si l'on m'y invite, je ne dirai pas non…

— Il vaudrait mieux que vous nous précédiez à Courtavenel. Nous vous y rejoindrons dans quelques jours. Vous pourriez emmener Pauline avec vous.

— Vous me chassez déjà ?

— Oh Ivan ! Embrassez-moi ! Je ne cherche qu'à faciliter votre retour parmi nous. »

Nous échangeâmes un baiser mêlé de larmes. Le lendemain, Ivan et Pélagie-Pauline partaient pour Courtavenel.

Il me fallut déployer tous les talents du diplomate aguerri pour rendre à Louis un semblant de sérénité. Je réussis presque à le persuader qu'Ivan n'était venu que pour Pauline. A-t-on besoin de permission pour visiter son propre enfant ? J'insistai beaucoup sur l'amour que je portais à mon foyer, assurant Louis que six ans de séparation avaient dû éteindre dans le cœur d'Ivan toute tendresse à mon égard. Je m'abaissai à mentir, niant toute correspondance privée durant ces années. Écrasée de honte, j'assurai Louis de mon amour et de ma fidélité. J'étais prête à prêcher n'importe quoi pourvu qu'on laissât Ivan demeurer près de moi.

« Je ne te demande pas d'être fidèle, me répondit avec sévérité Louis. Aucun être humain n'appartient à aucun autre. J'exige que les apparences soient sauves, non pas pour nous-mêmes mais pour l'honneur de nos filles. »

Jamais Louis ne m'avait parlé sur ce ton. Je pris peur. J'aimais Ivan mais l'idée même que Louis pût me retirer une parcelle de son affection me terrorisait. J'avais besoin de me confier à une oreille amie mais, dans Paris désert, je ne savais pas vers qui me tourner. Louis m'avait d'ailleurs interdit d'ébruiter la nouvelle du retour d'Ivan. Une personne, pourtant, était au courant : Ary Scheffer. Je ne doutais plus qu'Ivan fût le visiteur éconduit la veille par le peintre.

Je repris une nouvelle fois le chemin de la rue Chaptal, répétant dans ma tête les phrases qu'il me faudrait prononcer pour justifier ma visite et demander conseil sans blesser l'orgueil d'un homme qui, jadis, m'avait secrètement admirée. Dans mon désarroi, j'oubliai que je n'avais pas rendez-vous et j'allai droit à l'atelier. La porte était ouverte.

« Monsieur Scheffer ! appelai-je en ne voyant personne. Monsieur Scheffer ! »

Je ne reçus aucune réponse. Je traversai l'antichambre et pénétrai dans la pièce principale. Scheffer n'y était pas. Sa blouse maculée pendait à une patère, ses couleurs étaient alignées avec soin. Bien que ces fleurs ne fussent plus de saison, il flottait dans l'air un léger parfum de violettes. Une fenêtre claqua. J'allai partir lorsque le grand tableau posé sur le chevalet excita ma curiosité. C'était, à n'en point douter, l'œuvre que Scheffer refusait de me montrer. Je n'hésitai pas longtemps et contournai la toile. Au premier coup d'œil, je ne vis rien d'anormal. Un corps de femme, le mien, barrait le tableau ainsi que me l'avait expliqué Scheffer. Les bras saisissaient le cou et le torse d'un homme dont le visage était dans l'ombre. Soudain, je compris tout, mes mains devinrent froides, mes lèvres tremblantes, mes jambes faibles…

« Oh non ! murmurai-je, horrifiée. Non, pas ça ! »

Il me sembla voir couler le sang de la plaie qui trouait ma chair blafarde. J'étais ce cadavre, mais, sous le noir linceul de ma chevelure, apparaissait le visage de Maria, sa tête de morte sur mon corps blessé ! Je m'enfuis, terrifiée, la tête lourde d'images folles.

« Pourquoi ? » hurlait sous mon crâne une voix qui n'était plus la mienne.

« *Lascia a' morti la pace* », gronde le Commandeur. « Laisse les morts en paix. »

Sous mes pieds, les graviers freinaient ma course. Je crus trébucher sur un pavé de l'enfer lorsqu'une poigne de fer me broya le bras. Je voulus crier mais je n'avais plus de voix. Une silhouette noire se dressait devant moi. Le Commandeur ! Oh Dieu ! Mourir si jeune ! Un voile noir tomba devant mes yeux et je sombrai dans l'inconscience.

Je gardai le lit plusieurs jours, en proie à une violente fièvre. Les yeux grands ouverts, j'assistais dans ma chambre à d'horribles querelles entre mon père et Maria. Il n'y était question que de serments, d'honneur et de trahison. Comme à l'opéra. Parfois, le visage inquiet de Louis se penchait sur mes songes mais nul ne pouvait pénétrer le monde qui me retenait captive. C'était celui du Roi des Aulnes et du Commandeur réunis. Chaque nuit, je me voyais ouvrir le manuscrit de *Don Giovanni* mais, au lieu de musique, j'y découvrais le puits sans fond d'une tombe. D'autres fois, je voulais entrer sur la scène de l'Opéra, j'entendais la clameur du public mais un bloc de pierre m'empêchait d'avancer : mon nom, suivi de deux dates, y était gravé en lettres d'or. J'exigeai que l'on coupât ma chevelure, on fit mine de m'écouter et je me sentis soulagée. Je suppliai que l'on fît disparaître le parfum de violettes qui envahissait ma chambre mais l'on ne m'obéit point.

Je chassai à grands cris Ary Scheffer venu prendre de mes nouvelles et il ne reparut point. Je devins déraisonnable, angoissée par mes visions morbides au point de supplier qu'on me tuât au plus vite. Puis la crise passa comme elle était venue. Un matin, je m'éveillai fraîche et dispose, débarrassée de mes démons, lavée de mes cauchemars. J'ordonnai que l'on préparât mes malles et que l'on fît atteler la voiture. Je voulais au plus vite rejoindre Ivan à Courtavenel.

Ce fut l'un des plus beaux étés de mon existence. Mon état de convalescente me permit de paresser sans remords. Louis et Ivan firent taire leurs dissensions pour mon seul plaisir et la maison reprit son joyeux train de vie. À l'initiative de George, on fit beaucoup de théâtre, butinant chez Molière et chez Beaumarchais des répliques que l'on détournait allègrement de leur sens premier. Pendant quelques heures aussi, nous nous amusions à ne parler qu'en alexandrins :

« Merci ma douce amie, de me passer le sel.

— Voici, chère Pauline, mais n'en abusez point.

— Savons-nous si Ivan a terminé son œuvre ?

— Je l'ai vu tout à l'heure roupiller dans un coin ! »

Nous retrouvions l'insouciance des meilleurs jours et Berlioz lui-même parvint à se dérider.

Ivan n'avait pas tardé à reprendre ses habitudes de « propriétaire ». Il déclara que le jardin avait été mal entretenu depuis son départ et persécuta le pauvre jardinier en vue de lui faire rattraper le temps perdu. Le soir, il s'allongeait sur la peau d'ours que personne ne songeait plus à lui disputer. Il y invitait souvent les deux petites et leur racontait des contes russes qui les tenaient éveillées bien au-delà de l'heure permise. Louise et Pauline étaient dévorées de jalousie, l'une parce qu'Ivan m'accaparait, l'autre parce que son père ne lui accordait aucun privilège sur les autres enfants de la maison.

Je sentais bien croître l'agacement de Louis mais mon époux avait le bon goût de garder pour lui ses griefs et de passer ses nerfs sur les pauvres bêtes des bois environnants.

Ivan s'ingénia à chasser loin de moi les démons échappés du manuscrit de *Don Giovanni* et du tableau de Scheffer. Au cours de nos longues promenades, nous ne parlions que de vie et d'amour. Accrochée au bras de mon géant préféré, je me sentais heureuse et protégée. J'avais le sentiment d'être redevenue très jeune et d'avoir devant moi des milliers de pages blanches pour récrire ma vie.

« Si c'était à refaire, je ne chanterais peut-être pas, confiai-je à Ivan.

— Alors, nous ne nous connaîtrions pas.

— Nous aurions pu nous rencontrer autrement. Comme Clara Schumann, j'aurais été une grande pianiste et je serais venue jouer à Saint-Pétersbourg. Je n'aurais pas été mariée et…

— … et je vous aurais demandée en mariage ! m'interrompit Ivan en riant.

— Nous aurions eu des enfants.

— Peut-être n'aurions-nous pas fait mieux que ceux que vous avez eus avec Viardot. Je suis fou de la petite Claudie.

— Moi aussi, bien sûr ! Mais j'aimerais tant avoir un fils ! Voyez-vous, je crois que notre existence se prolonge mieux à travers celle d'un garçon qu'à travers celle d'une fille. Ma sœur Maria et moi avons connu la gloire sous un nom qui n'était pas celui de notre père. L'existence des filles se dilue toujours plus ou moins dans celle de leur mari. C'est injuste mais on n'y peut rien. »

Nos promenades nous conduisaient souvent jusqu'à mon promontoire favori. Assis l'un contre l'autre dans l'herbe assoiffée, nous avions sur le domaine de Courtavenel une superbe vue d'ensemble, mais nous étions nous-mêmes invisibles. Aucun chemin ne menait à notre poste d'observation et tout visiteur importun eût été trahi par les craquements de ses pas sur les branchages secs. Nous avions renoncé à la clandestinité honteuse de la chambre bleue pour le grand jour de cette chambre verte au plafond de ciel.

Nos premiers rendez-vous furent chastes, non par souci des convenances, mais parce que nous faisions durer les émois de la reconquête. La mort m'avait frôlée de si près que mes réticences à me laisser aimer d'Ivan avaient disparu. J'aspirais à vivre intensément la plus petite miette de bonheur. Je ne jugeais plus le plaisir comme une perte de temps inutile mais comme un riche terreau sur lequel pourrait de nouveau fleurir mon art. Dans cette attente, Ivan était pour moi le repos du guerrier. J'aimais à la folie être aimée de lui.

L'automne arriva. Désormais bien installé dans notre foyer, Ivan resta à Courtavenel après que tous les invités de l'été furent partis. Nous décidâmes que Louise et Pauline pouvaient désormais se passer des leçons de Mlle Renard et qu'il était donc inutile de précipiter notre retour à Paris. Dès la mi-septembre, il fallut renoncer à la volupté de notre lit de verdure, mais Ivan succomba à d'autres démons. Le fusil sur l'épaule, il reprit avec Louis le chemin des sous-bois. Sur les cadavres encore souples de perdrix et de lièvres malchanceux, l'amitié de Louis et d'Ivan retrouva sa chaleur d'antan. Je ne pouvais que m'en réjouir, d'autant plus que les absences des deux hommes me permirent de me remettre au travail. Hélas ! L'accalmie fut de courte durée et la vie eut raison des liens tissés à coups de fusil. Peu avant Noël, je ressentis quelques malaises sur la nature desquels il me fut impossible d'avoir le moindre doute. J'étais de nouveau enceinte et Louis savait comme moi qu'il ne pouvait être le père de l'enfant à venir.

Il n'y eut pas de drame. Drapé dans sa dignité, Louis reprit son rôle de chef de famille et la place en bout de table qu'Ivan lui disputait parfois. Dans un premier temps, seuls les enfants et les domestiques firent les frais de cette crise d'autorité. Louis déclara que la maison allait à vau-l'eau et entreprit de traquer la moindre faille dans la mise des femmes de chambre comme dans les comptes de la cuisinière. Un cocher fut renvoyé pour avoir déshonoré une servante. Je fus la première surprise par la nouvelle efficacité de notre personnel, mais je déchantai un peu lorsque Louis décida que les enfants devaient être plus strictement éduqués. Les reproches qu'il m'adressa à leur sujet remplacèrent tous ceux qu'il n'osait pas formuler contre ma personne. Louis savait qu'en touchant à mon rôle de mère il froissait plus sûrement ma sensibilité qu'en remettant en cause ma moralité.

« Claudie est beaucoup trop gâtée, marmonnait-il souvent. Louise est insupportable et n'en fait qu'à sa tête. On ne devrait jamais laisser pousser les enfants comme des herbes folles. Quant à Pauline, je me demande bien pourquoi nous nous sommes encombrés d'une enfant aussi ingrate et malveillante. Elle est un exemple déplorable pour nos propres enfants. »

Louise et Pauline eurent droit à de longs sermons inutiles. Louise s'y soumit de mauvaise grâce, mais Pauline commit l'irréparable faute de se rebeller.

« Vous n'êtes même pas mon père ! », hurla-t-elle alors que Louis venait de lui ordonner de se taire. Nous étions tous réunis pour le dîner, à l'exception des deux petites. Louis rougit de colère, Ivan pâlit. Si les grandes douleurs sont muettes, le silence qui précède la tempête est souvent assourdissant. J'échangeai avec Louise un regard consterné.

« Je ne te le fais pas dire ! rétorqua enfin Louis sur un ton doucereux. Je ne peux pas être le père de tous les enfants de ton père, n'est-ce pas ? »

Je crois bien que nous nous levâmes tous en même temps. Louise vint se poster près de son père, Pauline s'enfuit dans le jardin et j'entraînai Ivan vers la chambre bleue. Louis ne chercha même pas à nous retenir.

« En voilà assez ! dis-je en refermant la porte sur nous.

— Quelle mouche l'a piqué ? »

Je ne savais que répondre. Ivan ignorait mon état.

« Il est las, je crois, de partager sa femme avec son ami. Louis n'est pas parfait, mais on aurait tort de sous-estimer son intelligence.

— Voulez-vous dire que nous nous sommes trahis ?

— Nous ne nous sommes jamais vraiment cachés ! Nous avons blessé Louis dans son amour mais aussi dans son orgueil.

— Je me suis senti offensé par sa réplique à Paulinette. Me soupçonnerait-il d'être le père de Claudie ou de Marianne ?

— Bien sûr que non ! répondis-je en rougissant. Aucun doute n'est permis. Il n'a fait qu'exprimer par avance sa crainte de ce qui pourrait arriver. »

Ivan me prit dans ses bras et je m'abandonnai contre lui.

« C'est… c'est arrivé, n'est-ce pas ? demanda-t-il en posant une main sur mon ventre.

— Oui, murmurai-je, ce sera un garçon, j'en suis sûre.

— Oh, Pauline ! Je suis si heureux ! Notre fils ! Quelle fierté ! »

Le cœur serré, je laissai Ivan exprimer sa joie. Je me maudissais pour la peine que j'allais lui causer.

« Me suivrez-vous enfin à Spasskoïe ? Si vous m'y autorisez, je transformerai pour vous ma demeure en palais. Vous y serez installée comme une princesse et tous vos désirs seront des ordres. Vous savez combien je suis riche à présent mais, sans votre amour, je suis le plus pauvre des hommes.

— Non, Ivan ! Je refuse d'être traitée comme une courtisane. Vos intentions sont nobles, mais elles ne tiennent pas compte de ce que je suis. Jamais je n'accepterai de me laisser mener par mes passions. Comme chaque être au monde, j'ai une mission à accomplir. Chaque fois que je m'en suis laissé détourner, j'ai mis ma voix ou ma carrière en danger.

— Vous ne renoncerez donc jamais ?

— Jamais ! Tant que je pourrai chanter, la musique passera avant toute chose. Je vais être cruelle, Ivan, mais je dois vous rappeler que j'ai déjà sacrifié au chant mon propre bonheur de mère. Ce que j'ai refusé à Louise, jamais je ne pourrai le donner à un homme.

— Vous le donnez bien à Louis ! rétorqua Ivan.

— Vous savez que c'est faux ! Louis s'est toujours effacé devant les besoins de ma carrière. Il n'a jamais occupé mon esprit au point de m'empêcher de travailler. Il ne me demande rien d'autre que d'accepter son aide et de ne pas le déshonorer. J'aimerais ne l'avoir pas déçu.

— Que cherchez-vous à me dire ?

— Rien. Je vous demande de réfléchir en votre âme et conscience à notre situation. Je ne doute pas que vous saurez prendre la meilleure décision. Vous le devez, Ivan, pour l'amour de moi… et de l'enfant. »

Il n'y eut pas d'autre explication. Le lendemain, Ivan quittait Courtavenel pour Paris, non sans avoir échangé avec Louis une cordiale poignée de main. Pauline resta près de nous, pour son plus grand désespoir. Louis ne tarda pas à retrouver son affabilité et sa joie de vivre.

Nous rentrâmes à Paris au mois de février. Pauline, toujours plus réfractaire à nos soins, rejoignit son père dans son nouvel appartement de la rue de Rivoli. Notre vie mondaine reprit son cours ordinaire et je me fis confectionner les plus jolies robes de grossesse de la capitale. J'offris à nos connaissances le visage radieux de la maternité triomphante. J'étais fière de porter en moi le fruit de mes amours ! À mes côtés, Louis joua son rôle de futur père attentionné. Le vrai père s'enferma dans une grave dépression que mes trop rares visites clandestines ne suffirent pas à guérir. Il venait de partir pour Bade lorsque les premières douleurs se firent ressentir.

Paul, Louis, Joachim Viardot naquit le 21 juillet 1857. Premier garçon de notre tribu de filles, il fut accueilli avec enthousiasme par son père officiel. Louis avait bien tenté d'élever comme sa propre fille l'encombrante Pauline Tourgueniev, pourquoi n'aurait-il pas manifesté autant de bonne volonté à aimer l'unique héritier de son nom ? Curieusement, cette naissance apaisa et fortifia l'entente de notre petite famille. Depuis ce jour, entre la rue de Douai et le château de Courtavenel, un couple en vue et ses quatre enfants donnent à la bonne société l'image lisse et sereine d'un foyer sans nuage.

Dès le mois de novembre, je repris les oripeaux de la diva. Tandis que je chantais à Varsovie, à Cologne, à Stettin, à Dresde et à Leipzig, Louis veillait à Paris sur notre progéniture. Je n'avais plus posé le pied sur une scène d'opéra depuis près de deux ans. À l'occasion de ce retour, je me glissai avec appréhension dans les souliers de Norma, le rôle fétiche de Maria. J'espérais, en choisissant ce rôle, me réconcilier un peu avec ma sœur, adoucir ma trahison. Dès le deuxième soir, je fus rappelée onze fois et honorée de tous les débordements d'affection qui consacrent les *prima donna assoluta*. Les démons s'éloignaient.

En juillet de l'année 1858, j'étais à Londres pour chanter à l'Opéra royal italien et je fus invitée avec Louis chez Sir Richard Wallace. Parmi les trésors de ce jeune amateur d'art trônait en bonne place l'œuvre de Scheffer.

« C'est grâce à vous, chère madame Viardot, que j'ai pu acquérir ce tableau. Vous avez eu la gentillesse de me présenter maître Scheffer et je ne peux que m'en féliciter. Tous mes amis m'envient déjà ce tableau. »

Je m'étonnais de pouvoir rester si calme devant cette toile qui avait bien failli me rendre folle. Soigneusement encadrée, honorablement entourée de quelques chefs-d'œuvre de l'école française, elle n'était pour moi qu'un tableau parmi d'autres.

« Je suis assez content du sujet, poursuivit Sir Wallace. J'avais commandé un nu sans imposer de situation précise et me voici propriétaire d'une belle scène de L'Enfer. »

Je sursautai.

« Quel enfer ? demandai-je en frissonnant.

— Celui de Dante. Le Chant V. C'est une histoire bien compliquée qui se termine de manière fort banale : Paolo et Francesca, les deux amants enlacés que vous voyez là, sont tués par le mari jaloux.

— Ce sont en effet des choses qui arrivent ! commenta Louis en me jetant un regard bienveillant. Depuis quand avez-vous ce tableau ?

— Depuis seulement quelques jours. Maître Scheffer est venu assister à Londres aux funérailles de la duchesse d'Orléans. Il a profité de cette triste circonstance pour me livrer lui-même son œuvre. J'aurais aimé l'avoir aujourd'hui parmi nous, mais il a dû repartir en raison de sa santé défaillante. Vous n'avez pas de chance ! Votre ami Franz Liszt est venu lui aussi admirer mon nouveau tableau mais il est reparti ce matin pour Weimar. »

Un maître d'hôtel emperruqué nous invita à passer à table. Lors de ses nombreux séjours en France, Sir Wallace avait appris à recevoir comme aucun aristocrate anglais n'était en mesure de le faire. Les mets délicieux et les vins de Bordeaux me firent oublier quelques heures durant l'existence même d'un tableau signé Scheffer.

Le simple fait d'avoir pu affronter la vue de mon corps poignardé me donna le courage de chercher à revoir Ary Scheffer. J'espérais apprendre pourquoi il m'avait joué un tour aussi morbide et signer avec lui la paix d'une querelle qui n'avait peut-être existé que dans mon imagination. Je voulais aussi lui présenter Paul, le seul de nos enfants qu'il n'avait pas encore fait sauter sur ses genoux.

Dans le jardin de la rue Chaptal, les mauvaises herbes avaient envahi la coquette allée de graviers. Les volets de la maison étaient clos, mais la porte de l'atelier était entrouverte. Un carreau de la verrière était brisé, une araignée avait colmaté le trou étoilé.

Paul s'agita dans mes bras, attiré par un gros chat noir. Je le déposai à terre et le laissai trottiner sur ses petites jambes mal assurées.

« Ne bouge pas, Paul. Maman va voir s'il y a quelqu'un. »

Paul leva vers moi ses yeux malicieux. J'hésitai soudain à le laisser seul. Mes craintes me parurent stupides et j'entrai dans l'atelier. La poussière avait envahi les lieux, mais une petite nature morte pimpante et fraîchement peinte luisait dans l'entrée : la transparence d'une carafe de verre avait été rendue avec le soin méticuleux qui caractérisait son auteur. À côté de la carafe, une plume sortait d'un encrier et, dans un verre gravé, trempait… un bouquet de violettes. Le souvenir de ma dernière visite m'assaillit. Je dus me faire violence pour avancer. Dans la grande pièce baignée de lumière, une forme noire gisait face contre terre. Ary Scheffer était mort, couché sur son dernier tableau. Un morceau de papier dépassait de ses doigts déjà raides. C'était une lettre. Je la dépliai en tremblant et je lus :

Cher ami,

Votre tableau est achevé. Je l'ai fait un peu plus petit que l'original de Sir Wallace afin de lever toute contestation future. Je suis navré que vous ayez deviné la vérité au sujet de mon modèle mais je ne doute pas que vous saurez rester discret. J'ose espérer que seul l'intérêt que vous portez à ma peinture a motivé votre commande dont je vous souhaite bonne réception.

Le billet était adressé à Franz Liszt !

18

À l'automne 1858, je repris mon bâton de pèlerin, trop heureuse de voir mon agenda bien rempli. Louis m'accompagna à Pest, en Hongrie où, bien qu'ayant été invitée grâce à la recommandation personnelle de Liszt, je fus accueillie plutôt fraîchement. Je m'en consolai car je savais que mon talent n'était pas en cause. Depuis la naissance de Paul, ma voix avait retrouvé son lustre d'antan et j'avais pu enchaîner sans faiblir *Norma*, *Le Barbier de Séville*, *Les Huguenots*, *La Juive* et *Le Prophète*. Pour avoir du succès, il m'eût fallu m'abaisser à lutter contre les intrigues d'Ana Szekely, médiocre soprano qui était alors la maîtresse du directeur de l'Opéra. J'estimais être trop âgée pour ces petites mesquineries. Puisque Pest boudait son plaisir, je sus me contenter de l'agréable sensation du devoir accompli et je quittai sans regret la Hongrie pour l'Angleterre. En chemin, nous nous arrêtâmes à Weimar où je triomphai dans *Le Barbier de Séville* et dans *Norma*. J'y retrouvai Liszt qui nous présenta, Louis et moi, à la princesse Caroline von Sayn-Wittgenstein.

« Nous ne sommes toujours pas mariés, m'expliqua-t-il avec lassitude alors que nous assistions à une réception dans sa demeure de l'Altenburg. L'annulation du premier mariage de Caroline tarde à venir de Rome.

— Qu'il doit être douloureux de ne pas pouvoir épouser la femme que l'on aime ! remarquai-je obligeamment.

— Parfois, je ne sais même plus qui j'aime ! Il y a tant de désagréments à vivre une situation irrégulière ! Des portes se ferment et le nouvel intendant du théâtre a si bien monté contre moi la bonne société bien-pensante de Weimar que j'ai préféré démissionner de mes fonctions de directeur musical. Comment défendrai-je l'œuvre de Wagner à présent ? »

Je songeai à part moi combien j'avais eu raison de ne pas m'imposer plus longtemps les souffrances d'une liaison clandestine. À trente-sept ans, les feux de l'amour n'étaient plus si forts qu'on ne pût les atténuer au profit des joies familiales et des satisfactions personnelles.

Tandis que je causais avec Liszt, la princesse dardait sur nous ses yeux noirs. Elle n'était pas belle mais peut-être Liszt la trouvait-il pire ! Cette grande noiraude, poétesse et philosophe à ses heures, déployait sans doute dans l'intimité des trésors de séduction.

« La princesse ne semble pas apprécier ma présence à vos côtés ! remarquai-je d'un ton badin.

— On ne saurait assez se méfier de vous, répondit Liszt dans un sourire.

— À propos, êtes-vous satisfait de votre tableau ? »

Liszt perdit contenance et, l'espace d'un instant, ses traits encore beaux accusèrent ses quarante-huit ans.

« Quel tableau ?

— Celui que les enseignements d'une promenade en voiture vous ont permis d'apprécier à sa juste valeur ! Ou plutôt sa copie !

— De grâce, ne parlez pas si fort. Caroline nous observe. Comment savez-vous ?

— Les femmes ont l'art de savoir ce qu'on ne leur dit pas ! Rassurez-vous, Scheffer ne vous a pas trahi.

— Moi non plus, je n'ai rien dit. Lorsque j'ai vu le tableau à Londres, il m'a semblé vous reconnaître malgré le visage qui est assez différent du vôtre mais pas tant que cela. Quelques allusions habiles de ma part ont suffi à faire perdre contenance à ce pauvre Scheffer qui était près de moi. J'ai prêché le faux pour savoir le vrai et j'ai souhaité posséder un aussi plaisant témoignage de mes péchés de jeunesse. J'ai assuré Scheffer que seuls m'intéressaient la qualité de sa peinture et le sujet du tableau. Il m'a cru et il a accepté d'honorer ma commande.

— Où est ce tableau ?

— Je n'en sais rien. Lorsque j'ai appris que Scheffer avait été retrouvé mort sur sa toile, j'ai pris ce tableau en horreur et j'ai renoncé à le réclamer. Comment avez-vous découvert que j'en étais le commanditaire ?

— C'est moi qui ai découvert le cadavre de Scheffer. Il tenait entre ses doigts la lettre d'accompagnement qu'il vous destinait. Soyez sans crainte, je l'ai détruite. Nous partageons de nouveau un lourd secret ! »

Je quittai bientôt Weimar pour l'Angleterre où je donnai encore quelques concerts avant de regagner la France avec Louis. Les enfants nous accueillirent avec de grands cris de joie et nous fêtâmes avec un peu de retard les dix-sept ans de Louise et les trois ans de Marianne. J'étais émue d'avoir déjà une si grande fille, mais je ne ressentais aucune peine face à cette preuve indéniable de la fuite du temps. J'avais déjà bien rempli ma vie et les trois petits me donnaient l'illusion d'être encore une jeune mère. Louise s'adonnait à la composition et chantait fort bien. Elle avait déjà l'âge auquel j'avais commencé ma carrière et je ne doutais pas qu'il me faudrait bientôt laisser la place. Je me souvenais combien, à dix-huit ans, j'attendais avec impatience que certaines « vieilles » chanteuses d'à peine trente ans renoncent à encombrer les scènes lyriques.

« Tu es bien songeuse, ma chérie », me dit Louis avec tendresse.

Je lui racontai quelles douces émotions m'inspirait cette réunion familiale.

« Je saurai quitter la scène lorsque le moment sera venu mais je voudrais partir en beauté. Je serais triste d'avoir des regrets.

— Tu chanteras encore longtemps, je l'espère, et suffisamment pour prendre enfin ta revanche à Paris. Tes débuts au Théâtre Lyrique devraient être un bon prélude. »

Ils le furent, en effet.

Depuis trois ans, Léon Carvalho dirigeait le tout jeune Théâtre Lyrique, situé alors boulevard du Temple. Célèbre pour son indépendance d'esprit et pour ses idées novatrices, le nouveau directeur venait tout juste de faire créer le *Faust* de Gounod avec son épouse Marie dans le rôle de Marguerite. Je n'avais pas encore eu le temps d'aller entendre l'œuvre, mais la fortune du Théâtre Lyrique semblait déjà assurée après quelques représentations.

À l'Opéra, Royer avait remplacé Nestor Roqueplan mais les intrigues et les coups bas continuaient d'abaisser le niveau des représentations. Je n'avais plus envie de me battre sur un terrain aussi médiocre. Ma rencontre avec Carvalho et la sympathie immédiate que nous éprouvâmes l'un pour l'autre furent donc providentielles. Dans un premier temps, il fut convenu que je chanterais des extraits d'*Otello* et du *Prophète* afin de juger de ma cote d'amour auprès du public. Je remportai un tel succès que Léon Carvalho m'offrit sans hésiter le premier rôle dans l'œuvre qu'il avait programmée pour le mois de novembre suivant.

« Vous êtes une Armide sublime, me dit-il, pourquoi ne chanteriez-vous pas l'*Orphée* de Gluck ?

— Je n'ai plus la voix ni l'âge pour faire une Eurydice crédible ! Mon soprano s'est enfui avec mes vingt ans !

— Qui vous parle d'Eurydice ? La charmante Marie Saxe aura juste assez de cervelle pour se laisser gentiment sortir des Enfers. Elle sera parfaite. Ce que je vous propose, madame Viardot, c'est de chanter Orphée.

— J'espère que vous plaisantez ! Pour quelles raisons devrais-je chanter un rôle d'homme ?

— Ce ne sera pas la première fois, pourtant. On m'a rapporté que vous fûtes un fort beau Tancrède lors de vos débuts à Paris.

— C'était sans doute vrai puisque mon mari me fit sa demande en mariage alors que je n'avais pas encore retiré mon casque ! Mais Tancrède est destiné à une voix de contralto, c'est un rôle de travesti. Que je sache, Orphée doit être chanté par un ténor.

— Certainement, mais vous savez combien j'aime à faire entendre des choses inhabituelles. C'est le seul moyen de réveiller le public ! À l'origine, Orphée était chanté par un castrat puis Gluck a transposé la partition pour un ténor élevé. Il n'en reste pas moins qu'aucun homme ne peut chanter la version originale. C'est pourquoi je crois qu'il serait intéressant et audacieux de donner à entendre un Orphée féminin. Votre voix joue sans problème sur les deux registres. Nulle autre que vous ne pourrait tenter l'aventure.

— Un contralto n'est pas un castrat. Il faudra peut-être aménager un peu la partition.

— Dois-je comprendre que vous acceptez ?

— Écoutez, monsieur Carvalho, je n'ai plus chanté à Paris depuis dix ans. La dernière fois qu'une scène d'opéra m'a accueillie ici, j'incarnais Sapho et ce ne fut pas un franc succès. Mais j'avais auparavant gagné tous mes quartiers de noblesse avec le rôle de Fidès et c'est l'image que mes admirateurs parisiens ont gardée de moi. Je n'aimerais ni déchoir ni décevoir. Je vous demande de m'accorder quelques jours pour réfléchir. »

Il me fallut peu de temps pour me décider. Hector Berlioz devait diriger l'œuvre et la seule idée de pouvoir travailler l'excitait. Dépêché par Carvalho, il vint donc plaider sa cause rue de Douai.

« Je modifierai l'œuvre pour vous, m'assura-t-il, et j'entendrai toutes vos propositions. Aucune mélodie ne pourra vous desservir. Je saurai vous donner l'impression que l'œuvre entière n'a été écrite que pour vous. »

Rassurée et séduite par ces promesses, je donnai mon accord. Le contrat fut signé le 28 juin 1859. C'était celui d'une diva.

Louis ne vit aucun inconvénient à recevoir Berlioz à Courtavenel durant l'été. Les sentiments du compositeur à mon égard ne lui avaient pas échappé mais nous en riions tous deux. Berlioz avait presque le même âge que Louis mais il paraissait beaucoup plus âgé et ses mines d'amoureux transi ne seyaient pas à son apparence d'homme déjà vieux. Par ailleurs, Ivan m'avait dégoûtée des hommes trop serviles, toujours prêts à idolâtrer. Dès la fin du mois d'août, Berlioz fut donc installé au château avec encre, papier réglé, partition et cœur en berne.

Les premiers jours furent pluvieux. Nous fîmes du feu dans les cheminées et Mamita consola les enfants en confectionnant avec eux des bonbons et des marionnettes de tissu. Louise, plus passionnée que jamais, s'enfermait tout le jour dans sa chambre et ne daignait se montrer que pour faire corriger par notre invité des devoirs d'harmonie et de contrepoint. Berlioz se déclara impressionné par son savoir et par son talent. Dans mon salon de musique, je déchiffrai avec lui la partition de Gluck. Je voulus d'abord que nous jouions au piano toutes les parties d'orchestre puis, lorsqu'il me sembla qu'elles n'avaient plus de secret pour moi, j'étudiai tous les rôles en ne chantant que celui d'Orphée. De passage à Courtavenel, le jeune Camille Saint-Saens vint nous prêter main-forte pour l'adaptation de l'œuvre. Chacun d'entre nous y alla de son idée saugrenue et de son grain de folie mais le résultat fut conforme au but que nous nous étions imposé : remettre cet *Orphée* vieillissant au goût du jour et du public.

La passion de Berlioz pour Gluck était à l'origine de sa vocation. Jeune homme, il avait failli perdre le sommeil à force de vouloir apprendre par cœur toutes les partitions du maître qui lui tombaient sous les yeux. Il était fasciné par l'orchestration de ces œuvres mais son admiration ne lui avait pas fait perdre tout sens critique. C'est pourquoi il effectuait sans regret les changements qui s'imposaient. Pour ma part, je n'étais pas mécontente des cadences vertigineuses et des ornements dont j'étais l'unique auteur.

Lorsque j'allais en promenade, il me fallait déployer des ruses de chasseur pour que Berlioz ne m'accompagnât pas à chaque fois. Par un après-midi radieux, je réussis à me sauver du château avec Paul. Mon fils était bien costaud pour ses deux ans et déjà capable de marcher longtemps sur ses petites jambes potelées. Il ne parlait pas encore mais savait être malgré tout le plus charmant des compagnons. Je ramassai pour lui une baguette de noisetier et nous partîmes à travers champs. Lorsque j'ai en tête quelque musique, je ne parviens pas à être avec ceux que j'aime. Tout empli d'Orphée, mon esprit vagabondait loin de moi. Paul ressentait ma distraction et multipliait les gazouillis charmeurs dans l'espoir d'attirer mon attention. Près d'un ruisseau, je m'assis et laissai Paul courir autour de moi.

« Ne t'éloigne pas, mon chéri ! »

Paul secoua la tête et m'envoya un baiser. Je fermai les yeux et me laissai submerger par la musique d'*Orphée*, opéra de la mort.

J'ai perdu mon Eurydice,
Rien n'égale mon malheur.

Comment faire passer toute la douleur cachée sous cette mélodie si pudique ? Penchée au-dessus du ruisseau, je scrutai les reflets des feuillages sur mon visage vacillant. Un éclat d'émeraude brilla dans mes yeux d'eau, une bouche me sourit qui n'était pas la mienne. Maria ! La petite voix de Paul s'était tue. J'étais seule face à ce visage de noyée dont les cheveux noirs ondulaient comme des algues. Malgré moi, mes mains plongèrent dans l'eau mais il n'y avait rien d'autre à saisir qu'un peu de vase chaude. Je me levai d'un bond.

« Paul ! appelai-je. Paul ! » La panique me saisit. Je scrutai le ruisseau, je battis les fourrés, je contournai les arbres. Je hurlai à pleins poumons le nom de mon fils que l'écho indifférent me renvoyait. Paul avait disparu ! J'hésitai à courir chercher de l'aide, craignant que le petit ne me cherchât de son côté. Des larmes brouillaient ma vue, un sanglot rauque franchit mes lèvres, comme arraché à la profondeur de mes entrailles. La terreur me coupait les jambes mais la seule idée que mon fils pût avoir besoin de moi me maintenait debout. Je portai mes mains à mes tempes douloureuses et fermai les yeux. Lorsque je les rouvris, un vertige me saisit. Paul m'apparut dans un halo de lumière. Il n'était pas seul. Près de lui se tenait un géant blond comme lui, vêtu comme lui de toile blanche. Ils se tenaient tous deux à quelques pas de moi mais ne semblaient occupés que d'eux-mêmes. Ils se regardaient avec gravité, le petit levant ses yeux bleus vers ceux, identiques, qui s'abaissaient vers lui. Dans mon soulagement, je me précipitai vers eux, prenant le petit dans mes bras et me laissant choir dans ceux du plus grand.

« Ivan ! C'est impossible ! Que faites-vous ici ?

— Je suis venu voir mon fils. »

En juin 1858, Ivan était retourné vivre à Spasskoïe, laissant derrière lui la terrible Pauline dans une pension parisienne. Nous ne nous parlions plus guère depuis plusieurs mois bien qu'Ivan fût resté en relation professionnelle avec Louis. La maison de la rue de Douai lui était interdite et il n'avait jamais vu Paul. Je n'étais pas seule responsable de cette rupture : jusqu'à la naissance de Paul, j'avais tenu à préserver le calme de mon foyer et à ménager la susceptibilité de Louis afin de réserver à l'enfant toutes les chances d'être accepté par le clan Viardot. J'y avais réussi à la perfection. Quelques mois après l'heureux événement, j'étais partie pour une longue tournée et je n'avais donc pas eu le loisir de renouer des liens affectueux avec Ivan. Le temps aidant, j'en étais venue à me dire qu'un nouveau rapprochement n'était peut-être pas indispensable. Ivan m'avait assommée de lettres larmoyantes auxquelles je n'avais pas toujours répondu. Ma carrière reprenait un tour intéressant et la discipline que je m'imposais laissait peu de place à un feuilleton sentimental. J'étais donc plutôt satisfaite de savoir Ivan rendu à ses obligations russes. Son apparition imprévue à Courtavenel ne fut pas du goût de tout le monde.

Nous retournâmes ensemble au château, chacun tenant une menotte de Paul. J'étais tellement soulagée d'avoir retrouvé mon enfant que je ne fis pas tout de suite à Ivan la kyrielle de reproches que son attitude méritait.

« Pourquoi n'avez-vous pas prévenu de votre arrivée ? demandai-je simplement.

— Je ne crois pas que l'on m'aurait reçu. J'ai préféré venir sans être invité. Je vous ai d'abord cherchée à Paris mais on m'a dit que vous étiez ici avec… avec votre nouvel amoureux. Alors je suis accouru !

— Voyons, Ivan, je ne comprends même pas de qui vous parlez. Le seul homme de ma vie est le petit trésor qui marche entre nous deux.

— C'est parce que je suis son père que vous le chérissez tant ?

— Ne dites pas de sottises ! Il s'appelle Paul Viardot et Louis l'adore.

— Moi aussi, je l'aime !

— Par pitié, Ivan, ne compliquez pas les choses !

— Vous me dépossédez de mon fils.

— Comme je vous ai dépossédé de Pauline lorsque vous m'en avez supplié ! »

Ivan baissa la tête, accablé.

« Je voudrais vous ramener tous les deux à Spasskoïe et montrer à Paul son domaine.

— C'est trop tard, Ivan. Je ne regrette rien de ce que nous avons vécu ensemble mais il est temps pour moi de concentrer toutes mes forces sur ma carrière. Une cantatrice ne doit pas laisser les passions humaines entraver son travail.

— La carrière ! tonna Ivan. Vous ne pensez donc qu'à cela ? Êtes-vous femme, oui ou non ?

— Pourquoi nous disputer ? Nous allons effrayer Paul. Vous savez très bien que j'ai besoin de chanter pour me sentir en vie et de réussir pour que cette vie ait un sens. Je m'apprête à prendre ma revanche à Paris, Ivan, n'est-ce pas merveilleux ?

— J'ai déjà entendu cela au moment de *Sapho* ! ricana Ivan. Quel génie s'apprête cette fois à vous consacrer ?

— Christoph Willibald Gluck. Il est mort en 1787 mais, si vous insistez bien, il acceptera peut-être de me convier à un rendez-vous galant. Vraiment, Ivan, votre jalousie est maladive ! »

Dans la cour du château, Louis faisait trotter une jument qu'il envisageait de m'offrir. Lorsqu'il nous vit apparaître tous les trois, il laissa, de stupeur, tomber sa badine.

Paul se précipita pour la ramasser.

« Malheureux ! cria Louis en soulevant l'enfant. Veux-tu te faire écraser ? »

Contrit, Paul déposa sur le front de Louis un baiser mouillé qui me brisa le cœur. Qui eût osé affirmer au petit qu'il se trompait de père ? Sur un signe de Louis, le palefrenier emmena l'animal.

« Paul est terrible, aujourd'hui, racontai-je pour gagner du temps. Il est de plus en plus intrépide et indépendant. Tout à l'heure, il s'est échappé et m'a causé une belle frayeur. Il était introuvable. Heureusement…

— Heureusement, Ivan était là ! coupa Louis avec ironie. Bienvenue au château, cher ami ! Quel bon vent vous amène ?

— Je… je suis allé voir ma fille à Paris. Je l'ai un peu sortie pour les vacances.

— Vous avez bien fait, répondit Louis avec sérieux. Si votre fille l'avait voulu, nous l'aurions volontiers emmenée avec nous. Malheureusement, elle nous a fait savoir qu'elle ne désirait plus être en relation avec nous et moins encore avec Louise.

— Je sais, répondit Ivan avec embarras. Elle est têtue et, à mon grand regret, un peu fruste. Je l'ai réprimandée de n'avoir pas su profiter de vos bonnes leçons et nous nous sommes quittés un peu en froid. Je voulais rentrer tout droit en Russie, mais, au dernier moment, je me suis dit qu'il serait peu aimable de repartir sans venir saluer mes chers amis. »

À ma grande surprise, Louis invita Ivan à demeurer quelques jours parmi nous. La chambre bleue était occupée par Berlioz mais on trouva une pièce convenable pour loger cet invité imprévu. Je n'étais pas enchantée de cette situation qui me prenait au dépourvu mais j'étais mal placée pour protester.

Notre première soirée commune fut un échec. Après le dîner, nous passâmes au salon de musique. À la demande de Louise, j'avais accepté de chanter quelques extraits de notre *Orphée* nouvelle manière. Berlioz se mit au piano sous l'œil inquisiteur d'Ivan. Durant le repas, il avait évité toute conversation avec Ivan, lequel lui avait facilité la tâche en l'ignorant souverainement.

Le piano venait d'être accordé et sonnait mieux que jamais. À la lueur des chandeliers, je m'isolai du monde pour devenir Orphée. Les visages d'Ivan et de Louis s'éloignèrent tandis que je prêtais les accents de ma voix à la douleur d'un homme privé de son aimée. Près du piano, Louise tournait les pages avec attention. Berlioz penchait vers le clavier son profil d'oiseau de proie. Je ne le voyais pas mais je me sentais portée par la passion qu'il mettait dans son jeu, embrassant d'un seul geste tout l'orchestre malgré sa médiocre maîtrise de l'instrument. Notre entente m'évoquait celle que j'avais connue avec Gounod à la Villa Médicis, à ceci près que je n'avais plus dix-neuf ans et que mon cœur ne s'embrasait plus pour quelques notes joliment troussées.

Après ce concert improvisé, on causa jusque fort tard. Berlioz dévoila avec une innocence feinte les projets que nous avions ensemble et Louis ne se fit pas prier pour en souligner l'importance. Personne ne songea à interroger Ivan au sujet de ses dernières œuvres, pas même moi. À l'aube de nouvelles victoires, je redevenais dure pour les faibles. Tassé dans son fauteuil, l'air abattu, Ivan était pitoyable. Lorsque je me retirai pour aller me coucher, je donnai à Berlioz une cordiale poignée de main, à Louis un baiser léger et je saluai de loin le pauvre Ivan.

Les jours suivants, je m'enfermai, seule ou avec Berlioz, afin de préparer mon retour parisien. Ivan soupçonna une idylle et je ne le détrompai pas. Au lieu de chercher à supplanter son prétendu rival, il devint de plus en plus morne et détestable, m'offrant avec complaisance le spectacle de sa défaite. Parfois, à travers les hautes fenêtres du salon de musique, je le voyais traverser le jardin de son pas indolent, le dos voûté par toute la misère du monde. Je détournais alors le regard, honteuse pour lui et gênée du mépris qu'il m'inspirait. Mon amour était mort. Il n'en restait qu'un merveilleux petit garçon aux cheveux d'or.

Ivan repartit bientôt pour Spasskoïe sans que nous ayons pu avoir la moindre conversation sérieuse. Il s'en fut amer et déçu mais toujours amoureux. Il me faisait penser à ces malades qui finissent par s'attacher à leur maladie au point de l'entretenir avec un soin jaloux.

Aux premiers jours de l'automne, je quittai à mon tour Courtavenel afin de répéter *Orphée* à Paris. Lorsque je passai pour la première fois mon costume, je crus bien que Berlioz allait subitement guérir de son amour pour moi. J'étais tout bonnement hideuse dans la courte tunique blanche dont les plis retombaient sans grâce sur mon corps massif. Mes jambes dénudées étaient aussi féminines que celles d'un guerrier romain et ma lyre trop grande gauchissait mes gestes. Quelques années plus tôt, j'eusse été horrifiée de mon apparence mais, à trente-huit ans, j'avais acquis assez de sagesse et d'indifférence au regard d'autrui pour éclater de rire en me voyant ainsi travestie. Seule ma voix pouvait me faire pardonner ce physique désastreux et j'avais hâte de relever le défi. Dans un tel accoutrement, j'étais certaine de ne pouvoir être aimée que pour moi-même !

Le 18 novembre 1859, j'incarnai Orphée pour la première fois. La curiosité du public avait été entretenue par la presse depuis plusieurs jours et la salle était comble. Au troisième rang, Gustave Flaubert était suspendu à mes lèvres. Entouré de Louise et de Marianne, Louis arborait l'air satisfait de l'impresario comblé. George avait fait le voyage, Mamita aussi. Charles Dickens avait prolongé pour m'entendre son séjour à Paris. Je vis tout cela avant de commencer à chanter, ces visages amis me donnèrent confiance puis j'oubliai jusqu'à leur existence.

Dès ce premier soir, je connus l'un de ces triomphes qui justifient à eux seuls une vie entière de labeur. La représentation fut splendide et il me sembla que je partageais avec le public ma victoire sur la mort. En arrachant Eurydice aux Enfers, j'allais aussi à la quête de ma propre existence, je ramenais à la surface les honneurs perdus, je rendais un sens à ce qui n'en avait plus. Bien plus que la beauté, plus encore que le plaisir, je donnais au public d'*Orphée* un fol espoir en la puissance de l'amour et de la vie. C'est pourquoi, sans doute, je fus tant aimée.

Les critiques furent excellentes et Paris découvrit enfin qu'une grande artiste vivait entre ses murs. Il se trouva même des plumes non dénuées d'humour pour déplorer que l'on me découvrît si tard alors que je charmais depuis vingt ans les oreilles britanniques, russes ou allemandes. Ce succès tardif me laissa plus modeste que celui du *Prophète*. Je connaissais désormais la fragilité de la gloire et je voulais finir ma carrière comme je l'avais commencée : aimée et désirée dans le pays où mes parents avaient choisi de me faire naître.

Lorsque je faisais part à Louis de ce désir, il protestait en affirmant que je ne pouvais déjà songer à la fin de ma carrière.

« Que puis-je désirer de plus ? objectai-je avec sérénité. J'ai obtenu tout ce que je voulais, y compris et surtout un rôle digne de moi pour reprendre ma place à Paris. Que peut-il désormais m'arriver de mieux ? »

En vérité, j'essayais de me faire croire à moi-même que je pouvais désormais choisir de continuer ou non à chanter. Le verdict de Manuel était tout autre : à la suite d'une grave bronchite que j'avais subie durant des semaines sans renoncer à Orphée, mon frère m'avait de nouveau examinée.

« Tu ne m'as pas beaucoup écouté, me gronda-t-il. Tu as brûlé ta voix et tes dons. Tu chanteras encore pendant quelques mois mais Orphée sera ton dernier rôle.

— N'oublie pas que tu m'as déjà prédit plusieurs fois une fin imminente ! », ripostai-je sans conviction.

Plus de trois ans après la première représentation, Orphée tenait toujours l'affiche du Théâtre Lyrique. Pour ma part, j'avais chanté le rôle en Allemagne et en Angleterre avec un succès sans précédent. Durant les deux premières saisons, j'avais sauvé plus de cent cinquante fois des Eurydice qui n'en valaient pas toutes la peine. Entre-temps, Léon Carvalho avait monté *Fidelio* de Beethoven et m'avait confié le rôle de Léonore mais nous étions, d'un commun accord, revenus rapidement à *Orphée*. La froideur soudaine du public m'avait fait comprendre que je n'avais plus ni l'âge ni la voix d'une Léonore. L'heure ne tarderait plus à venir où la plupart des rôles qui avaient fait mon bonheur et ma gloire me seraient interdits. Maria n'avait pas connu cette lente dépossession de ses dons mais je savais pourquoi j'avais vu s'éteindre le regard de mon père. À l'opéra, on ne se contente pas de chanter des personnages, on vit aussi à travers eux de multiples existences qui donnent du piquant à celle offerte par le Bon Dieu. Un chanteur d'opéra est toujours un monstre à plusieurs têtes.

J'eus la chance, avant de me retirer, d'incarner le noble personnage qui inspire aujourd'hui ma retraite.

En 1861, Royer, le directeur de l'Opéra, daigna enfin s'apercevoir que j'avais peut-être ma place dans sa maison. Profitant sans vergogne du succès d'*Orphée*, il me proposa de chanter *Alceste* de Gluck sous la direction de Berlioz. Je tenais enfin ma vraie revanche et, surtout, l'occasion d'incarner une femme de mon âge dont la noblesse de sentiments à l'égard des siens correspondait mieux que jamais à mes préoccupations. Berlioz s'étant lassé de m'aimer sans espoir, toutes les conditions étaient réunies pour que nous pussions faire du bon travail.

À quarante ans, je retrouvais l'Opéra et l'occasion m'était enfin donnée d'entrer dans la légende des grandes divas du siècle. Penser à sa propre postérité peut sembler un peu vain mais il ne faut pas oublier que j'avais passé ma vie de chanteuse à être « la sœur de la Malibran ». *Alceste* pouvait faire de la Malibran la sœur de la Viardot.

Ajouté à celui d'*Orphée*, le succès d'*Alceste* me couronna de nouveau reine de Paris. Je connus dans mon pays toutes les joies et tous les désagréments de la célébrité tels que je les avais déjà expérimentés à Saint-Pétersbourg. Il ne se trouva bientôt plus une seule personne pour me trouver le moindre défaut. Laide, j'étais forcément sublime. Vocalement fatiguée, j'étais la plus grande chanteuse du siècle. J'accueillis ces hommages avec tranquillité. Je n'étais ni grisée, ni désireuse d'avoir plus. J'avais simplement conscience de recevoir un peu tard ce qui m'était dû depuis si longtemps.

À vingt ans, Louise ressemblait plus que jamais à Maria. Pour des raisons connues d'elle seule, elle entretenait la mémoire de cette tante qu'elle n'avait pas connue. Ma fille, pourtant, n'avait rien du caractère frivole de Maria et, pour tout dire, rien de féminin non plus hormis la finesse de ses traits. Elle jurait de ne jamais se marier et rêvait de devenir un grand compositeur. Sa volonté était celle d'un homme et j'enviais parfois son autorité.

La passion de Louise pour la musique nous avait beaucoup rapprochées. Ma fille passait désormais de longs moments près de moi, curieuse de toutes les partitions que je pouvais lui montrer et toujours désireuse de connaître mon avis sur ses propres compositions.

Le 12 mai 1862 – comment pourrais-je jamais oublier cette date ! –, Louise insista beaucoup pour que nous nous retrouvions toutes deux dans le salon de musique.

« J'ai quelque chose à te demander, me dit-elle sur un ton qui n'admettait pas de réplique.

— Tu sais que je chante tout à l'heure à l'Opéra. Ne pour-rions-nous pas nous voir demain ?

— Pour les petits, tu as toujours le temps, protesta Louise en fronçant les sourcils. Je me demande parfois si je suis vrai-ment ta fille !

— Comment peux-tu être si cruelle ? Allons, soit ! Suis-moi ! »

Louise descendit l'escalier devant moi et j'admirai avec orgueil la souplesse de ses mouvements. Peu soucieuse de son apparence, elle portait ce jour-là une simple robe de cretonne bleu lavande mais son port de reine suffisait à la rendre élégante.

Elle referma sur nous la porte du salon de musique.

« Tu sais ce que je vais te demander, n'est-ce pas ? »

Je n'en avais pas la moindre idée.

« Non, vraiment pas.

— Je voudrais voir le manuscrit de *Don Giovanni*.

— Mais… oui, bien sûr. »

La demande de Louise me prenait au dépourvu. Depuis que je l'avais montré à Rossini, le manuscrit n'avait plus jamais vu le jour, non que je ne fusse point fière de posséder une telle merveille mais parce que j'avais fini par me persuader qu'il était maudit. Dans mon esprit, Scheffer avait brandi au-dessus de ma tête le glaive vengeur du Commandeur tandis que Maria ne cessait de réclamer justice pour ma trahison. Louise, bien sûr, ignorait tout cela. Élevée dans le luxe, elle jugeait naturel que l'on pût acquérir un manuscrit de cette valeur sans consentir le moindre sacrifice.

« Dis-moi, maman, comment était ma tante Maria en Zerline ?

— Je te l'ai déjà dit. Lorsque je l'entendis pour la première fois, j'avais quatre ans et elle me parut… irréelle. Je n'arrivais pas à comprendre que ma sœur et la cantatrice étaient une seule et même personne. J'avais à peine eu le temps de m'habituer à cette idée que Maria mourut. Depuis, la Malibran est devenue un mythe, tout aussi mystérieux pour moi que jadis Zerline ou Cendrillon.

— Pour moi aussi, Maria est irréelle, murmura Louise, songeuse. Pourtant, je me suis toujours sentie très proche d'elle. Mais laissons les morts à leur éternité ! Tu me montres ton manuscrit ? »

J'hésitai mais le regard impérieux de Louise eut raison de mes réticences. Touchée par la solennité de ma fille, je déposai le coffret sur ses genoux.

« Puis-je l'ouvrir ?

— Je t'en prie.

— Quelle odeur ! s'exclama Louise en saisissant la partition. On dirait un bain de violettes ! »

Je m'étais tellement habituée à cette manifestation impalpable de la présence de Maria que je ne m'étonnai même pas. Plongée dans le manuscrit, Louise m'avait déjà oubliée. Elle fredonnait, s'exclamait, s'extasiait. Je l'observai en silence, touchée par son visage radieux. Vaincue par cette passion juvénile, la malédiction se dissipait.

« Je n'arrive pas à y croire, dit enfin Louise. Tu ne m'as jamais raconté comment ce manuscrit était arrivé jusqu'ici.

— C'est une trop longue histoire, je te la raconterai un autre jour. Je dois aller me préparer.

— Dis-moi, maman, crois-tu que tu seras aussi connue que Maria lorsque tu ne chanteras plus ?

— Quelle drôle de question ! Tu sais, ton oncle Manuel prétend que ta tante était sur le point de perdre sa voix lorsqu'elle mourut. Elle s'est éteinte en pleine gloire, laissant à ceux qui l'aimaient une image intacte.

— Tu n'as pas répondu à ma question.

— J'y viens. Si je quittais la scène aujourd'hui, je partirais en pleine gloire mais j'aurais le sentiment de ne pas avoir tout accompli. Je voudrais pouvoir racheter tous mes échecs mais je sais bien que c'est impossible. Alors…

— Tu ne songes tout de même pas à t'arrêter? J'ai passé toute mon enfance à espérer que cela arriverait mais aujourd'hui j'attends ta revanche comme s'il en allait de mon propre honneur.

— Tu es gentille! Malheureusement, si j'attends trop, je risque d'obtenir satisfaction au moment même où ma voix me trahira pour de bon. J'offrirai alors à mon public l'image de ma déchéance et l'on oubliera vite quelle grande chanteuse je fus.

— Que vas-tu faire?

— Je ne sais pas encore.

— Crois-tu que la postérité retiendra la Malibran et sa sœur? Crois-tu qu'il y aura de la place pour deux?

— Je n'en sais rien. Est-ce si important?

— Pour toi, peut-être pas, mais suppose que tu éclipses la Malibran. Ne serait-ce pas, pour elle, une deuxième mort? »

Je n'avais pas envisagé les choses sous cet angle-là. J'avais, depuis peu, fait la paix avec le fantôme de mon père mais Maria me hantait toujours. Depuis la vente de l'épingle, je n'avais cessé de vouloir me racheter aux yeux morts de ma sœur. Sans le savoir, Louise m'offrait enfin une solution.

« Tu as raison, dis-je en l'embrassant. Je vais y songer.

— Bonne chance, maman. À ce soir. »

Louise ne se lassait pas d'*Alceste*. Elle avait assisté à toutes les représentations et n'avait pas manqué d'observer les moindres détails de la mise en scène comme les subtilités de l'interprétation. Elle me faisait des rapports détaillés dans lesquels elle ne m'épargnait rien mais je faisais confiance à la pertinence de son jugement.

Ce soir-là, je fus une Alceste absente. Imposante et maternelle dans ma robe de reine, je jouissais des regards posés sur moi. J'étais aussi belle qu'on peut l'être à quarante ans, quand la beauté a déjà déserté les autres femmes et que la disgrâce d'une ancienne laideur s'efface en devenant ordinaire. Au lieu d'être tout à mon rôle, je ressentais cela avec une acuité nouvelle. Sous mes pieds, les planches de la scène m'offraient une volupté connue et sans cesse renouvelée mais je ne ressentais plus la joie sensuelle de l'émission du chant. Pour la première fois, je chantais sans le moindre plaisir et j'acceptais cette évidence. J'observais froidement une chanteuse vieillissante dans son dernier numéro.

« À quoi bon tout cela ? pensais-je tandis qu'une étrangère se servait de ma voix pour s'enquérir d'Admète, le mari mourant. Vais-je pleurer sur ce métier ingrat que je n'ai pas choisi ? Qu'ai-je fait de ma vie sinon singer celle de ma sœur ? J'ai été, malgré moi, l'instrument de la vengeance de mon père. Même mort, il lui fallait briser l'orgueilleuse Maria et j'étais seule à pouvoir la supplanter. Même voix, même silhouette, longtemps le même répertoire : si le destin n'en avait décidé autrement, j'aurais pu éclipser le mythe de la Malibran... L'histoire n'aurait retenu qu'une seule des filles Garcia, la préférée de Manuel.

« Il est encore temps de gagner la partie, me chuchotait une voix insidieuse. Qu'importe ta sœur défunte ? C'est de toi qu'il s'agit. » Alors, tout en chantant, je me revis avec ma sœur dans le duo de *Norma*, je sentis sur mes bras la tendresse de ses mains, je me réchauffai à son sourire si doux et si triste. J'oubliai Berlioz, l'orchestre, l'opéra. Je n'étais plus qu'une mécanique bien huilée, une enveloppe vide pour ma voix encore belle. Accoudée sur le rebord d'une loge, une jeune femme me souriait. Ses noirs bandeaux soulignaient la pâleur de ses traits ravissants. Un bouquet de violettes reposait dans le creux de ses seins, ses mains jointes m'imploraient en silence. Lorsqu'elle tourna la tête, je vis briller dans ses cheveux l'épingle d'émeraude dont j'avais cru pouvoir me séparer. Une grande paix intérieure m'envahit. Maria était près de moi, elle me guidait vers le sacrifice qui me vaudrait son pardon. Alors, les yeux levés vers elle, je redevins Alceste pour un instant, juste le temps de me sentir à nouveau troublée jusqu'au fond de mon être par le plaisir du chant, bouleversée dans mon corps comme aucun amant ne m'avait jamais permis de l'être. Cet ultime embrasement faillit ébranler ma volonté mais je luttai encore et, triomphante, j'arrachai à moi-même la seule vraie décision de mon existence, celle qui allait enfin me permettre d'entrer dans le monde inconnu des citoyens ordinaires.

Non ! Ce n'est pas un sacrifice...

À la fin de mon air, j'étais en larmes. Le profond silence tomba sur la salle, déchiré bientôt par une vague déferlante de bruyante émotion. Dans la fosse, Berlioz refusa de se retourner pour saluer. Bouleversé, il m'applaudit lui aussi. Dans la loge, la jeune femme m'adressa un petit signe amical. J'inclinai la tête et je vis qu'elle m'avait comprise. Elle se leva et sortit, emportant dans le sillage de sa robe démodée les noirs démons de mon passé. Avant même la fin de la représentation, j'avais fait mes adieux à l'opéra.

Je chantai encore pendant près d'un an au Théâtre Lyrique. Léon Carvalho m'avait suppliée de ne pas abandonner *Orphée* tant que le public le réclamait encore. Malgré ma voix toujours plus chancelante, je m'acquittai de ma tâche avec une irréprochable conscience professionnelle et d'autant plus de plaisir que je n'attendais plus rien de mon métier. Le 24 avril 1863, je me retournai une dernière fois sur mon Eurydice et sur ma splendeur passée. Alors que Berlioz s'apprêtait à créer sans moi *Les Troyens*, je laissai sans regret s'éclipser mon étoile.

19

Depuis que j'ai fait le deuil de l'opéra, je vis en paix avec mes morts. Si je n'ai pas tenu jusqu'au bout ma promesse faite à Marie Duplessis, j'estime cependant avoir assez œuvré à lui offrir une part d'éternité pour ne plus être tenue de racheter la vacuité de sa vie. Au cimetière Montmartre où je lui rends parfois visite, Marie repose sous une élégante sépulture offerte par le comte de Perregaux. Les vivants ont rebaptisé Marie d'un modeste « Alphonsine Plessis » gravé dans la pierre. La dame aux camélias aurait sans doute préféré, en guise d'ultime parure, son titre de comtesse, mais les largesses de son époux n'ont pas été jusque-là. « De Profundis », peut-on lire sous les deux dates dont la proximité laconique célèbre les noces barbares de la jeunesse et de la mort. Des profondeurs… La douleur de Dumas, mon obstination et le génie de Verdi ont tiré vers la lumière le noir soleil de Marie. Telle Orphée, j'ai triomphé de la mort par la seule force d'un sentiment pur. Je puis me retirer l'âme en paix.

En 1847, la courtisane Appolonie Sabatier fut immortalisée par les bons soins du sculpteur Clésinger. À la demande de son amant, un riche Belge commanditaire de l'œuvre, on exposa au Salon son corps parfait sculpté dans le marbre blanc. Avec le même talent qu'il devait mettre à modeler la mort sur le visage de Chopin, le futur mari de Solange avait su tirer de la froideur du marbre des frémissements de chair dont tout Paris causa. J'eus l'occasion de voir cette œuvre en compagnie de George.

« Clésinger ose appeler cela *Femme piquée par un serpent*, ricana George. Voyez comme elle a l'air morte !

— Comme vous voilà sévère ! protestai-je en riant. Pour ma part, je trouve ce marbre splendide. Quand le modèle aura vieilli ou disparu, ce témoignage de sa beauté en perpétuera le souvenir. Ne trouvez-vous pas merveilleux d'être ainsi immortalisée ?

— Je préférerais l'être pour mon esprit ou mon talent. J'aimerais assez continuer à vivre à travers mes livres.

— Vous avez bien le temps d'y penser ! Quant à moi, je ne sais quelle petite trace je laisserai de mon passage sur terre. Si seulement on pouvait capturer ma voix et la conserver pour les générations à venir !

— Je m'accorderais bien une deuxième vie pour le seul bonheur de vous entendre ! Malheureusement, il semble qu'il vaut mieux être courtisane pour se survivre.

— Allons, mesdames ! interrompit une voix d'homme. Un peu d'indulgence pour une pauvre pécheresse !

— Ah, mais c'est mon cher crétin de Liszt ! s'exclama George.

— En personne, répondit Liszt en lui donnant une affectueuse bourrade.

— Aïe ! Ne bousculez pas mes vieux os !

— C'est tout ce que vous méritez ! Mme Viardot, elle, a droit à un baisemain ! Alors, ma petite Pauline, que pensez-vous de ce chef-d'œuvre ?

— Que c'est un chef-d'œuvre ! Pas seulement parce qu'il charme l'œil mais aussi parce qu'il vient de provoquer entre George et moi une ébauche de conversation philosophique. En résumé, George est jalouse de savoir qu'une courtisane a autant de chances qu'elle de passer à la postérité.

— Grave sujet ! fit Liszt en se frottant les mains avec gourmandise. J'aimerais bien savoir ce qu'en pense… le modèle. »

Appolonie Sabatier venait de faire son entrée, escortée d'un aréopage d'hommes de lettres parmi lesquels Gustave Flaubert, Théophile Gautier et le vénéneux Charles Baudelaire. Ces messieurs se pressaient avec respect autour de celle qu'ils nommaient « la Présidente », en raison des repas littéraires qu'elle présidait chaque dimanche. Je voyais pour la première fois la célèbre courtisane et je dus reconnaître qu'on l'eût prise facilement pour une femme du monde. Son air de réserve contrastait avec le complet abandon du marbre et son maintien parfait mettait en valeur sa robe de moire vert sombre. Elle ne portait pas trop de bijoux mais chacun d'entre eux était d'un tel raffinement qu'on eût dit qu'elle le tenait d'une famille aristocratique plutôt que d'un amant. Sur la blancheur de son décolleté brillait une petite croix en or.

George se détourna, Liszt et moi fîmes à regret de même.

« Je comprends votre aversion pour cette sorte de femme, mon cher George, affirma Liszt. Néanmoins, toutes ne sont pas entièrement méprisables.

— Vous semblez savoir de quoi vous parlez ! répondit George d'un ton sec.

— Précisément ! Et je dirai qu'entre certaines femmes dites respectables qui se marient par intérêt pour tromper ensuite leur époux et des créatures qui ne font pas mystère de ce qu'elles sont, le niveau de moralité n'est pas loin d'être identique.

— Vous déraisonnez !

— Pas du tout. J'ai bien connu une jeune femme que vous eussiez méprisée. Elle était pourtant l'incarnation la plus absolue de la femme qui ait jamais existé. Elle… » Liszt hésita et me jeta un bref regard. « Elle avait beaucoup de cœur et un entrain tout à fait idéal. Elle est morte malade, abandonnée de tous. Elle eût mérité un sort meilleur.

— C'est bien triste, concéda George. Faut-il regretter que cette jeune femme n'ait pas été immortalisée par quelque statue ou portrait ?

— Sans doute. Il est toujours regrettable de voir tant de grâces à jamais perdues. »

J'avais tout de suite compris que Liszt évoquait Marie Duplessis. Lui seul savait que je l'avais revue sur son lit de mort et j'étais presque seule à savoir qu'il en avait été brièvement amoureux. L'air de vertu offensée affiché par George m'agaçait. Toujours sensible au charme de Liszt, je voulus voler à son secours.

« Je ne sais à qui vous faites allusion, mentis-je, mais je comprends ce que vous voulez dire. Pourquoi, demandai-je en me tournant vers George, trouvez-vous respectable que je vende mon talent alors que vous méprisez celles qui font commerce de leurs charmes ? Certaines séduisent par des attraits physiques, d'autres exercent leur ascendant sur les hommes par la seule beauté de leur voix, aucune n'est à blâmer ou bien toutes le sont.

— Ma mignonne, vous avez perdu le sens commun ! protesta George. L'art n'est pas la chair, tout de même !

— L'art provoque des plaisirs sensuels, c'est bien pourquoi on le tolère malgré tous les désordres qu'il cause. Ne comptez pas sur moi pour jeter la pierre à une courtisane si

346

son cœur est noble. Je connais au moins dix chanteuses de renom dont l'âme n'est que bassesse. »

George ne trouva rien à me répondre et s'en alla visiter seule le reste de l'exposition. Liszt me remercia pour mon intervention mais je restai fâchée de l'intransigeance de mon amie.

Un an après cette conversation, Liszt dévora avec la même avidité que moi le roman d'Alexandre Dumas mais la véritable rédemption de Marie devait commencer en 1852, lorsque fut créée au Vaudeville la pièce tirée de *La Dame aux camélias*.

C'était, si je m'en souviens bien, le 2 février. Alexandre Dumas m'avait adressé deux places ainsi qu'à la plupart des amis qu'il avait l'habitude de côtoyer durant mes samedis. Ainsi, n'ayant point coutume de fréquenter le Vaudeville, je me retrouvai néanmoins en terrain de connaissance. Dans la salle, j'aperçus avec plaisir les visages de Corot, Doré, George, Alexandre Dumas père, Delacroix et bien d'autres encore. Mais, anxieuse comme une jeune fille à l'heure de son premier rendez-vous, je n'en cherchais qu'un seul. Il avait promis de venir mais il était en retard. Peut-être n'avait-il pu obtenir de place, peut-être était-il souffrant ou déjà reparti pour l'Italie. Enfin, je le vis s'installer au parterre, suivi de la belle Giuseppina Strepponi.

« Regarde ! chuchotai-je à Louis, tout excitée. Verdi est venu !

— Eh bien, qu'y a-t-il d'étonnant à cela ? N'a-t-il pas déclaré la semaine dernière qu'il serait des nôtres aujourd'hui ?

— J'avais si peur qu'il ne vienne pas ! »

Louis me considéra avec stupeur.

« Peur ? En quoi la présence de Verdi ce soir a-t-elle la moindre importance pour toi ?

— Oh, elle n'en a pas tant que cela ! Disons que la présence de célébrités dans la salle est importante pour

Alexandre Dumas. C'est sa première pièce et il est mort de peur. »

Louis se contenta de cette explication un peu niaise et se concentra sur le spectacle qui allait commencer.

Je ne fus pas déçue. La pièce reprenait la trame de *La Dame aux camélias,* mais l'action, plus resserrée, mettait mieux encore en lumière la personnalité de Marguerite Gautier. L'actrice Eugénie Doche fut excellente mais j'eus du mal à retrouver sur ses traits éclatants de fraîcheur le masque douloureux de Marie agonisante. Charles Fechter fut un bel Armand Duval dont le chagrin arracha des larmes à plus d'un spectateur.

Bien entendu, le public n'était pas dupe de la prose qui lui était servie. Il ne faisait plus mystère pour personne qu'Alexandre Dumas avait prêté à Armand Duval un peu plus que ses initiales. Ainsi, le succès de la pièce était-il assuré : comment ne pas compatir aux peines de cœur d'un si jeune auteur ?

J'essuyai moi aussi quelques larmes, émue de sentir autour de moi tant de pitié pour la pauvre Marie. En effet, il ne faisait aucun doute que le public pleurait sur le sort d'une femme bien réelle quoique morte. J'étais heureuse de voir éclater le mur de solitude qui avait enserré les derniers moments de Marie, la vraie dame aux camélias.

À la fin de la représentation, Alexandre Dumas dut monter sur scène. Entouré d'Eugénie Doche et d'Armand Fechter, il salua gravement et chacun put lire sur son visage qu'il partageait son succès avec une invisible bien-aimée.

Au quatrième rang, un homme se leva pour applaudir. C'était Verdi. Autour de lui, la salle entière se mit debout pour une ovation. Marie eût aimé cet hommage populaire.

« Eh bien ! dit Louis en se tournant vers moi. Voici une jolie pièce bien tournée. Je me demande si tout ce que l'on murmure au sujet de l'héroïne est vrai.

— C'est bien possible. L'art se nourrit de la réalité pour façonner une autre vérité.

— Te souviens-tu que nous avons rencontré cette Marie Duplessis ?

— Nous voyons tant de gens ! Je ne sais plus très bien.

— Mais si, Pauline, fais un effort ! Rossini avait eu le mauvais goût de l'inviter à dîner en même temps que nous. Heureusement, personne ne l'a su. Cela eût été désastreux pour ta réputation. »

À la surprise de Louis, je me détournai, agacée.

« Je dois m'entretenir un instant avec Verdi. Retrouvons-nous à la sortie.

— Mais tu l'as vu samedi dernier ! Enfin, fais comme tu l'entends, ma chérie.

— C'était mon intention ! »

Je n'eus pas à chercher Verdi bien longtemps. Lui aussi désirait me parler.

« Ma chère madame Viardot ! s'exclama-t-il de sa belle voix chantante. Je suis tout retourné. Je n'ai cessé d'entendre de la musique tout au long de la pièce. Je crois que vous aviez raison, votre *traviata* est une héroïne d'opéra.

— Vraiment ? J'avais presque perdu tout espoir de vous l'entendre reconnaître.

— Je suis désolé d'avoir été aussi aveugle. Le roman ne m'avait pas fait la même impression. Je suis un homme de théâtre, madame Viardot. J'avais besoin de voir cette jeune femme sur scène avant de pouvoir à mon tour en tomber amoureux.

— Vous allez vraiment écrire un opéra sur Marie Duplessis ? demandai-je, la voix nouée par l'émotion.

— Je me suis engagé à écrire un nouvel opéra pour la Fenice de Venise. Je dois réfléchir un peu mais cette pièce pourrait me fournir un excellent livret. Puis-je vous parler plus tranquillement demain ?

— Demain après-midi ?

— Entendu. Je serai chez vous à seize heures.

— C'est que… je préférerais vous rendre visite moi-même. Nous sommes voisins et le dérangement ne sera pas bien grand pour moi.

— Comme vous voudrez. À demain, donc.

— À demain, maestro. »

Verdi me baisa la main et s'en alla rejoindre Giuseppina Strepponi.

Durant leur séjour parisien, Verdi et Giuseppina demeuraient au numéro 24 de la rue Saint-Georges. Ce n'était pas très loin de la rue de Douai et je m'y rendis à pied. En passant rue Notre-Dame-de-Lorette devant l'atelier de Delacroix, j'eus une pensée amicale pour mon vieil ami mais, surtout, je songeai avec amusement à un bon mot de Balzac relatif aux nombreuses demi-mondaines qui habitaient le quartier :

« Lorette est un mot décent pour exprimer l'état d'une fille d'un état difficile à nommer et que, par pudeur, l'Académie française a négligé de définir vu l'âge de ses quarante membres. »

Il était piquant de penser que Verdi habitait ce quartier au moment même où il succombait aux charmes posthumes de Marie.

Giuseppina Strepponi me conduisit auprès du maestro. C'était une femme encore belle, aimable dans ses manières et dénuée de toute affectation. Je crois qu'elle m'aimait bien et qu'elle n'avait jamais oublié ma présence attentive à ses cours de chant verdien.

« Giuseppe vous attend, me dit-elle. Depuis ce matin, il n'a cessé d'écrire et refuse d'être interrompu par toute autre personne que vous. »

Le cabinet de travail du maestro était plongé dans une semi-obscurité où dansaient quelques chandelles.

« Enfin vous voilà ! s'exclama Verdi en abandonnant son travail. Prenez un fauteuil afin que nous puissions causer. Vous êtes une femme perspicace, madame Viardot. Grâce à votre obstination, je viens de commencer mon nouvel opéra.

— Comment ? Sans livret ?

— Dès mon retour en Italie, j'en commanderai un à Piave. Il n'aura qu'à traduire et retoucher un peu la pièce de Dumas. Pour le moment, je mets en musique mes premières impressions et ma plume va moins vite que mon cœur. Mais j'ai besoin de vos conseils.

— Je vous aiderai autant que je le puis.

— Je me demande qui sera l'héroïne de mon opéra. Marie Duplessis ou Marguerite Gautier ? Il y a longtemps déjà, vous m'avez parlé de la première et vous avez su m'intéresser sans toutefois me convaincre. Aujourd'hui, la deuxième brise mes réticences. Que faire ?

— Vous venez de me dire que vous comptiez suivre à la lettre la pièce de Dumas. Marguerite Gautier est la sœur de Marie Duplessis mais elle n'est pas son double. Je ne comprends pas très bien où vous souhaitez en venir.

— C'est pourtant simple. Pour le texte, il serait sot d'aller chercher ailleurs ce qui a été si bien dit par Dumas. Les paroles raconteront donc Marguerite Gautier. En revanche, je me demandais si ma musique ne devait pas plutôt dépeindre Marie Duplessis. »

Je dus me retenir pour ne pas embrasser Verdi ! Bien qu'il eût été plus simple pour lui d'ignorer le modèle de *La Dame aux camélias*, il choisissait de rendre hommage à Marie alors que Dumas, à mon sens, s'était contenté de se servir d'elle pour construire sa propre gloire.

« Il reste un problème, dit Verdi en posant sur moi son troublant regard gris.

— Lequel, mon Dieu ! répondis-je vivement.

— Quel prénom dois-je donner à mon héroïne ? »

Je poussai un soupir de soulagement.

« Marguerite me semble tout indiquée, ou plutôt Margherita puisque votre livret sera en italien.

— Non, vraiment, c'est impossible. Pas Margherita. Plus jamais Margherita. Je… »

La voix du maestro se brisa.

« Il n'y aura jamais d'autre Margherita que la mienne, mon épouse adorée. Elle est morte jeune. Il ne me reste de notre bref bonheur qu'une alliance et une mèche de cheveux. J'avais déjà conduit à la tombe mes deux enfants lorsque leur mère mourut.

— Je suis vraiment désolée, j'ignorais tout cela.

— N'y pensez plus ! Je n'en parle jamais et c'est bien mieux ainsi. Mais puisque la vraie dame aux camélias s'appelait Marie, pourquoi ne choisirions-nous pas Maria ? »

Je souris à ce nom mais je secouai la tête.

« Puisque vous avez la bonté de m'associer à ce choix, permettez-moi de vous dire qu'il ne peut non plus y avoir deux Maria.

— Pardonnez-moi ! Nous voici donc liés, chacun de notre côté, à une jeune morte et ces deux mortes portent chacune le nom d'une troisième ! Voilà qui est étrange ! Il faudrait trouver autre chose. J'aimerais assez un nom qui nous rappellerait à la fois Margherita et Maria. Qu'en pensez-vous ?

— Je pense que vous avez raison mais... comment trouver un tel nom ?

— Nous avons encore le temps d'y réfléchir. Ah ! voici Giuseppina... »

La belle Italienne avançait à petits pas, tenant devant elle un plateau d'argent. Elle déposa son fardeau sur le bureau du maître et servit le café avec des gestes gracieux. Lorsqu'elle me tendit ma tasse, ma main trembla et je renversai le breuvage brûlant dans les plis de ma robe. Giuseppina se précipita sur moi avec une serviette et je la laissai faire, regardant stupidement la tasse brisée sur le parquet. Sur la porcelaine, un délicat motif de violettes était encore visible !

« Vous ne vous êtes pas brûlée, au moins ? demanda Verdi avec inquiétude.

— Non, merci. Tout va bien. Je suis vraiment navrée.

— Ce n'est rien, je vous assure. »

Tandis que Giuseppina allait chercher une nouvelle tasse, je me penchai vers le maestro et lui dis très vite :

« Violetta ! Il faut l'appeler Violetta !

— Mais pourquoi ?

— C'est un nom de fleur, comme Margherita.

— C'est vrai, mais... ne vouliez-vous pas qu'il y ait aussi un lien avec Maria ?

— Il y en a un, je vous assure ! Maria aimait passionnément les violettes parce qu'elles poussent à l'ombre et

353

n'exhalent leur parfum qu'au soleil. Je vous en supplie, appelez-la Violetta !

— Si vous y tenez... D'ailleurs, Violetta fait « voilette ». C'est un nom pudique pour une courtisane mais de circonstance pour une repentie. Soit ! Ce sera Violetta ! »

Vingt ans après, Violetta a rejoint le cortège des grandes héroïnes d'opéra, celles qui aiment jusqu'au sacrifice et savent mourir avec grâce. En coulisses, Maria et Marie ont été de ces femmes d'exception. Comme elles, je me retire de la scène avant que d'y faiblir mais je n'entrerai pas dans la légende : mes propres sacrifices n'ont guère de panache et mes amours manquent d'absolu. Pourtant, si une main amie fouillait un jour mes souvenirs pour me raconter aux générations futures, il ne me déplairait pas de troubler encore quelques cœurs. Le portrait serait forcément infidèle mais qu'importe ? Il contiendrait sa propre vérité et cette vérité l'emporterait sur la mienne. Je serais ressuscitée par la volonté d'un être de chair et non par décret divin. Cette idée m'amuse mais je n'y compte pas trop. Quel vivant souhaiterait s'encombrer d'un mort qui n'est pas le sien ?

Demain, Tourgueniev nous rejoindra à Bade. Il m'a aimée diva et m'aimera simple mortelle. Louis comprend, Louis tolère, Louis m'adore. Je ne verserai pas une larme sur ma jeunesse morte. Je nais enfin à la vie après n'avoir vécu que pour l'art. J'ai quarante-deux ans et la vie me sourit.

ÉPILOGUE

En mai 1910, Marianne Viardot retrouva dans l'appartement de sa mère un coffret de bois précieux orné de ferrures ouvragées. Elle hésita à l'ouvrir et le tint longtemps serré entre ses mains glacées par le deuil. Le destin avait souhaité engloutir les secrets de sa mère et Marianne croyait aux signes.

À la mort de son père, le 6 mai 1883, elle avait espéré qu'en prenant un tour nouveau les relations entre sa mère et Tourgueniev lui permettraient enfin de comprendre qui était vraiment Mme Viardot, professeur respectable et compositeur talentueux. Mais Tourgueniev suivit de quelques semaines son rival de quarante ans, emportant dans la tombe la moitié d'un lourd secret. Pauline avait fermé les yeux des deux hommes avec la même tendresse.

Le 25 mai 1887, une pluie de cendres s'abattit sur le monde musical : cent trente et une personnes périrent dans l'incendie du Théâtre Lyrique… Dans les ruines fumantes se diluèrent les derniers vestiges de la gloire de Pauline.

Le château de Courtavenel fut détruit par inadvertance, l'hôtel particulier de la rue de Douai fut vendu à la mort de Louis et remplacé par un immeuble moderne. Pauline s'en moqua. Les temples de sa gloire pouvaient bien s'écrouler. Depuis longtemps, ils n'abritaient plus que des souvenirs.

Le 6 juillet 1893, Pauline fit remettre à la Bibliothèque nationale le manuscrit du *Don Giovanni* de Mozart. Paul prétendit qu'elle cherchait depuis longtemps une manière honorable de s'en débarrasser. Marianne avait surtout remarqué que sa mère avait pris cette décision en sortant d'une représentation de *La Traviata* de Verdi à l'Opéra-Comique. Depuis vingt ans, elle n'en manquait aucune.

Pour la dernière fois, Marianne contempla autour d'elle les montagnes de livres et les centaines de portraits d'artistes qui témoignaient de l'incroyable vitalité d'une vieille dame peu ordinaire mais ne laissaient rien deviner d'un passé dont elle ne parlait pas.

Marianne souleva doucement le couvercle du coffret et le reposa aussitôt, déçue. Pauline n'avait laissé derrière elle qu'une épingle à tête d'émeraude et une fleur de camélia séchée.

*Cet ouvrage a été composé
par Atlant'Communication
aux Sables-d'Olonne (Vendée)*

*Impression réalisée par
Maury-Imprimeur
45330 Malesherbes
pour le compte des Éditions Archipoche
en décembre 2008*